ASSASSIN'S CREED® ORIGINS

Obras do autor publicadas pela Galera Record:

***Série* Assassin's Creed**

Renascença

Irmandade

A cruzada secreta

Revelações

Renegado

Bandeira Negra

Unity

Submundo

Barba Negra: O diário perdido

Abstergo Entertainment: Dossiê do funcionário

***Série* Assassin's Creed Origins**

Juramento do deserto

OLIVER BOWDEN

ASSASSIN'S CREED® ORIGINS

JURAMENTO DO DESERTO

Tradução de
Ryta Vinagre

1ª edição

Galera
RIO DE JANEIRO
2017

CIP-BRASIL. CATALOGAÇÃO NA PUBLICAÇÃO
SINDICATO NACIONAL DOS EDITORES DE LIVROS, RJ

Bowden, Oliver, 1948-
B782a Assassin's Creed Origins: Juramento do deserto / Oliver Bowden; tradução de Ryta Vinagre. - 1. ed. - Rio de Janeiro: Galera Record, 2017.

Tradução de: Assassin's Creed Origins: Desert Oath
ISBN 978-85-01-11242-2

1. Ficção inglesa. I. Vinagre, Ryta. II. Título.

17-44900 CDD: 823
CDU: 821.111-3

Título original:
Assassin's Creed Origins: Desert Oath

Composição de miolo: Abreu's System

Texto revisado segundo o novo Acordo Ortográfico da Língua Portuguesa.

Direitos exclusivos de publicação em língua portuguesa somente para o Brasil
adquiridos pela
EDITORA RECORD LTDA.
Rua Argentina, 171 – Rio de Janeiro, RJ – 20921-380 – Tel.: (21) 2585-2000,
que se reserva a propriedade literária desta tradução.

Impresso no Brasil

ISBN 978-85-01-11242-2

Este livro é dedicado a todos os fãs de Assassin's Creed ao redor do mundo.

PARTE UM

I

O deserto estaria vazio se não fosse por uma cabana de caçador dilapidada de telhado plano que interrompia o horizonte como um único dente apodrecido. *Vai servir*, pensou Emsaf. Ele amarrou seu cavalo à sombra da cabana e invadiu o interior frio, grato pelas grossas paredes de lama que desviavam o pior do calor.

Ali dentro, Emsaf descobriu a cabeça e avaliou o ambiente. Não era um lugar onde faria questão de passar muito tempo, é claro — não tinha mobília e cheirava a umidade —, mas era ideal para o que tinha em mente.

E o que ele tinha em mente era a morte.

Colocou o arco no chão, deitou ao lado uma flecha da aljava e voltou em seguida a atenção para uma janelinha que dava para a planície além. Forçou a vista por um instante, examinando a paisagem de vários ângulos, e se ajoelhou, experimentando diferentes linhas de visão e, então, estendendo a mão para o arco, encaixando uma flecha e ensaiando a mira.

Satisfeito, voltou a colocar a arma no chão, comeu o que restava do melão que havia comprado no mercado em Ipou e se acomodou para aguardar o surgimento de sua presa.

E, enquanto esperava, os pensamentos de Emsaf se voltaram para a família que havia deixado em Hebenou, motivado por uma carta que recebera de Djerty. Seu conteúdo se revelara tão perturbador para Emsaf que ele se preparara para partir de imediato.

"Tem uma coisa que devo fazer", foi só o que disse à mulher e ao filho, "algo que não pode esperar. Voltarei assim que puder. Eu prometo."

Informou a Merti que passaria várias semanas fora, meses até, e que em sua ausência ela deveria cuidar da plantação e do comércio. A Ebe, de apenas 7 anos, deu a tarefa de cuidar dos gansos e patos, fazendo o menino prometer ajudar a mãe com o gado e os porcos, e tinha toda a confiança de que Ebe obedeceria à risca, pois era um bom garoto, dedicado aos pais e diligente na execução de suas tarefas.

Os olhos de ambos marejaram, e Emsaf descobriu que precisava se esforçar para manter a compostura, o coração pesando imensamente no peito quando ele montou no cavalo.

— Cuide de sua mãe, rapazinho — disse a Ebe, fingindo tirar um cisco do olho.

— Vou cuidar, papai — respondeu o filho, com o lábio inferior trêmulo.

Emsaf e Merti trocaram um sorriso pesaroso. Eles sabiam muito bem que esse dia haveria de chegar, mas, mesmo assim, quando chegou de fato, foi um choque.

— Reze aos deuses por mim. Peça que nos mantenham em segurança até meu retorno.

Emsaf virou o cavalo e tomou o rumo sudoeste, olhando para trás apenas uma vez, vendo a família que o observava ir embora, a partida parecia uma faca em seu coração.

Estimara uma viagem de doze dias do norte de Hebenou até seu destino. Levava consigo o mínimo necessário e cavalgava à noite, orientando-se pela lua e pelas estrelas. Durante o dia, descansava a montaria e dormia, mantendo-se longe do sol ardente e traiçoeiro, à sombra de uma frondosa cornalheira ou em cabanas.

Num certo início de noite, Emsaf acordou quando o sol ainda estava alto e correu o olhar treinado pelo horizonte. Ali, ao longe, quase invisível, havia uma leve ruptura na névoa de calor que cobria a linha do horizonte como uma camada de limo. Ele tomou nota mentalmente, mas não a considerou grande coisa. No dia seguinte, porém, certificou-se de despertar no mesmo horário e lá, na faixa de luz do horizonte, no mesmo lugar do dia anterior, havia um ponto. Sem dúvida, estava sendo seguido. E mais: quem o seguia era experiente. Evidentemente vinha mantendo a distância entre os dois constante.

Testar sua teoria representaria o risco de alertar seu perseguidor, mas era necessário. Desacelerou o passo. O calor característico continuava firme. Viajou durante o dia, enfrentando o sol abrasador. Seu perseguidor deve ter feito o mesmo. Em certa noite ele galopou, instigando o cavalo ao máximo que se atrevia. Quem o seguia percebeu, previu a tática e a imitou.

Só havia uma única atitude possível. Emsaf precisava abandonar a missão, ao menos temporariamente, até ser capaz de fazer algo a respeito de quem quer que fosse aquele espreitador. Quando será que seu rastro havia sido detectado? Sendo ele próprio um explorador experiente, seus métodos eram cautelosos.

Muito bem, refletiu. *Vamos pensar direito.* Ele havia localizado aquele espectro distante no quinto dia de viagem, o que lhe soava alentador, porque significava que Merti e Ebe estavam a salvo. Contanto que aquela pessoa permanecesse bem longe de sua casa, então tudo ficaria bem. O que Emsaf precisava fazer agora era tirar o perseguidor de sua toca.

Não muito longe dos arredores de Ipou, Emsaf encontrou um assentamento. Mercadores haviam armado barracas e vendiam óleos, tecidos, lentilhas e feijões em vasos altos. Muitos estavam de passagem, e, quando ele conseguiu encontrar um homem que seguia para Tebas, ofereceu-lhe uma moeda para entregar um recado, com a garantia de outras quando o trabalho fosse concluído. Emsaf comprou provisões, mas não se demorou muito. Passar por agricultores e bois o fazia pensar em Merti e Ebe com uma pontada dolorosa de saudade. Encontrou uma travessia e cruzou o Nilo para o Deserto Ocidental, atraindo seu perseguidor, planejando o movimento seguinte.

Duas noites depois, se deparara com a cabana de caçador na planície e concluíra que era o local ideal para ficar à espreita.

E, como previra, agora seu alvo entrava no campo de visão — uma figura solitária a cavalo, ao longe, emergindo da névoa de calor. Emsaf agradeceu aos deuses que o sol estivesse a suas costas e encaixou a flecha no arco, mirando no cavaleiro. Distinguiu a mesma forma, agora um tanto familiar, da capa, a coloração do cavalo.

Estava na hora.

Respirou fundo, mantendo a vítima em seu campo de visão, segurando a mira pelo que pareceu tempo demais. Precisava soltar o arco antes que seus músculos tremessem e a mira fosse arruinada. Precisava acabar com aquilo naquele exato momento.

Ele abriu os dedos da mão direita.

A flecha encontrou o alvo. Ao longe, o cavaleiro caiu da montaria, levantando uma nuvem de poeira e areia assim que bateu no chão. Emsaf encaixou outra flecha e mirou, pronto para disparar pela segunda vez caso necessário, vigiando o corpo em busca de sinais de vida.

Mas não viu nenhum.

2

Duas semanas antes

O matador acordou ao amanhecer, pouco antes de o sol nascente jorrar pelas lonas e atear seu fogo branco em seus olhos. Logo a casa estaria cálida, mas, enquanto se vestia e depois puxava o manto de sua cama, enrolando-se ali, ele sentia um frio puro habitando o silêncio.

Em outro cômodo, preparou o que restava do pão e das frutas e comeu devagar, imerso em contemplação, limpando a mente para a tarefa que o aguardava. Já fazia muito tempo, mas sua mente e seu corpo estavam preparados — as lâminas estavam afiadas.

Terminada a refeição, fez os últimos preparativos, consultando mapas. Cicatrizes entrecruzadas em sua bochecha refletiam no espelho de bronze que ele usara para passar kajal abaixo dos olhos e assim amenizar o resplandecer do sol.

Será que Ísis, Hórus e Anúbis sorririam para ele?, perguntou-se.

Só o tempo iria dizer.

Por três dias e noites ele viajou até chegar à herdade em Hebenou, um conjunto de construções na areia com cercas para os animais e um varal que luzia branco. Confiante de estar escondido pelos contornos da terra, parou diante de um grupo de palmeiras e amarrou a montaria à sombra de uma árvore. Ali, retirou um odre de sua bagagem, verificou a posição do sol e cuidou para que o astro se mantivesse às suas costas enquanto avançava, encontrava uma depressão adequada no deserto e se metia ali. Cobriu-se com o manto e se acomodou para esperar.

Ali. Na casa da fazenda. Movimento. Um homem, não, uma *mulher* estava a caminho do poço *sakia*. Trazia um balde grande, e o matador semicerrou os olhos ao notar como ela caminhava, os movimentos econômicos e controlados. Enquanto ele a observava, ela encheu o recipiente, descansou na beira do poço e ficou um tempo parada ali, as mãos nos quadris. Momentos depois, colocou as mãos em concha na boca e gritou um nome transportado por uma leve brisa.

Ebe!

O nome de seu alvo era Emsaf, que ou estava em outro lugar — na cidade, cuidando da lavoura, fora de vista — ou viajando. Na casa principal, apareceu um menino. Era Ebe, sem dúvida. O matador observou os dois trabalharem, enchendo mais um balde à beira do poço e levando-o até a casa. Usaram baldes menores para dar água aos animais. As cabras baixaram a cabeça para beber. Na planície, o vigilante fez o mesmo.

Ele permaneceu na depressão até se convencer de que Emsaf estava ausente, só a mulher e o menino dentro da casa, então se pôs de cócoras e se preparou para correr. Chegou ofegante à casa principal e se recostou nos tijolos de barro. Por uma janela dos fundos, ouviu os ruídos da mulher e da criança comendo. Captou a palavra "pai". Na resposta da mãe vieram as palavras "voltará logo".

O matador fechou os olhos para refletir. Esse era um contratempo — pequeno, mas ainda assim um contratempo. Será que Emsaf fora alertado?

Não. Não de sua vinda. Caso contrário, ele teria ficado para proteger a família. Mas avisado de algo. Teria ido alertar os outros, talvez partido para uma tarefa? Ele descobriria quando o apanhasse, decidiu, e por ora deixaria a questão de lado.

Agora, o tempo. O problema era o tempo. O tempo era seu inimigo.

Ele descalçou as sandálias, a areia quente sob seus pés enquanto se esgueirava em volta da casa, abaixando-se bem sob as janelas até chegar à entrada. Ali, assumiu posição ao lado da porta, colado à parede, ouvindo com atenção para avaliar as posições do menino em relação à mãe. Tirou a faca do cinto e passou em torno do pulso a alça de couro pendurada do cabo.

Esperou. Contou os passos que ouvia.

Agora.

Puxou a lona de lado, entrou habilidosamente, segurou a mulher por trás e manteve a faca em seu pescoço, uma curta escaramuça que acabou em segundos.

Do outro lado da sala, Ebe ouviu um barulho, virou-se e viu um homem com o rosto cheio de cicatrizes segurando uma faca contra sua mãe. O menino tinha cabelo desalinhado, olhos arregalados de surpresa e medo. Havia um prato em sua mão, uma faca em cima dele, e seu olhar correu pela sala.

— Ninguém precisa se machucar — disse o matador. Uma mentira. A mulher prendeu a respiração. — Menino, baixe o prato, fique de bruços.

— Não obedeça, Ebe — disse a mulher com a voz tensa e determinada.

— Não estou brincando — alertou ele, e pressionou com força a lâmina na carne de Merti para reforçar o argumento. O sangue escorreu da ferida para o pulso do matador.

— Baixe o prato — repetiu.

— Lembre-se do que papai disse — falou a mulher, ofegante. — Fuja, Ebe. Vá pela janela. Você pode correr mais do que ele. Ele estará a cavalo. Encontre um cavalo e vá. — Ela segurou o braço do matador para se firmar.

O matador balançou a cabeça.

— Dê um passo e vou rasgar a garganta dela. Agora faça o que mandei.

O que aconteceu a seguir foi muito rápido: o movimento do pulso de Ebe, o prato sendo atirado, espatifando-se na pedra. Na outra mão brotou a faca, a lâmina entre o indicador e o polegar. Uma torção do pulso, e a faca foi lançada em direção ao matador ao mesmo tempo que a mãe do menino fez seu movimento, torcendo-se e enterrando os dentes no braço do agressor.

Foi um bom arremesso da faca, mas o matador se esquivou, e a lâmina errou quase completamente, mal deixando um arranhão em seu ombro. A mãe do menino meteu o cotovelo nas costelas do matador, uma, duas vezes, golpes firmes e experientes. Ela também estivera treinando. Agora não havia alternativa para ele senão eliminar os dois. Fez sua escolha depressa, cortando a garganta da mãe enquanto ela tentava atingi-lo pela terceira vez e, no mesmo movimento pendular, atirou a adaga no menino que arremetia para a frente, nitidamente com o intuito de ajudar a mãe a lutar.

O menino estava perto. A mira do matador foi certeira. O jovem Ebe levou a mão ao pescoço, onde a faca havia se incrustado, o sangue jorrando do ferimento. Ele arriou de joelhos e caiu de lado. Mãe e filho morreram a trinta centímetros um do outro nas lajes.

O matador virou a cabeça de lado e olhou fixamente para o sangue que formava uma poça entre suas duas vítimas, misturando-se, ensopando lentamente o piso de terra. Ele contorceu os lábios, um breve movimento de irritação. Sua intenção fora mantê-los vivos por tempo suficiente para interrogá-los. Quando escolheram lutar, eles lhe negaram isso. Na morte, ganharam tempo para Emsaf, talvez até uma chance de fuga.

Bion suspirou e franziu a testa de leve. Que contraproducente.

Ele encontrou o rastro, seguindo Emsaf pela estrada para Ipou.

Sua presa era habilidosa, disso não havia dúvida. Quando passava por caravanas ou mercadores em viagem, acompanhava os passos deles; e quando o único rastro na estrada seria o dele, metia-se no matagal. Mas embora desconfiasse estar sendo seguido, acabou levando tempo demais para confirmar sua desconfiança, de modo que, quando ele se certificou, o matador já havia previsto seu plano.

Quando, ao longe, viu a cabana de caçador, porém nenhum sinal de Emsaf, o matador soube que havia uma armadilha. Era o tipo de armadilha que ele faria. Tal noção significava que o destino de Emsaf estava perto de ser selado.

Próximo aos campos, a certa distância do rio, ele deu com um viajante montado num burro, carregado de cântaros. A distância, identificava a silhueta de trabalhadores rurais, todos longe demais para distinguir o que ia acontecer.

— Olá — cumprimentou o viajante animadamente enquanto o matador desmontava e se aproximava, com a faca fora de vista, coberta pelo manto. O viajante levantou a mão para proteger os olhos. — O que posso fazer por v... — começou ele, uma saudação cordial e alegre que jamais chegaria a ser concluída.

O matador levou em seguida o burro de volta ao abrigo, o animal agitado por causa do cheiro de sangue, ainda carregando no lombo o cadáver de seu dono. À sombra, fora de vista, conseguiu transferir o corpo inerte para o próprio cavalo, usando corda e laços sagazes que se soltariam nas condições corretas, aproveitando o início do *rigor mortis* para sentar o homem reto, e por fim lançando seu manto sobre o defunto e recuando para admirar o trabalho.

E então eles partiram, cavalo e cavaleiro morto, enquanto o matador contornava a cabana num trajeto em arco, muito amplo, e se posicionava atrás dela. Viu de longe o cadáver tombar do cavalo, a flecha de Emsaf em seu pescoço.

A armadilha foi disparada.

Algum tempo depois, Emsaf saiu da cabana, e o matador, tendo se aproximado pelos fundos, estava ali, à espera. Usou a faca para romper a espinha de Emsaf na base do pescoço, deixando-o capaz apenas de enxergar e falar, e se agachou para conversar.

— Onde está o último de vocês? — perguntou.

Emsaf o encarou com olhos experientes e pesarosos, e o matador sentiu uma nova onda de irritação. A família toda era farinha do mesmo saco; ele logo soube que estava perdendo tempo. Meteu a adaga no olho de Emsaf e a limpou em suas roupas. Na planície, abutres começavam a baixar no corpo do viajante. Bion ficou observando-os com indolência, aproveitando o momento para descansar um pouquinho, depois seguiu seu caminho. Logo as aves encontrariam Emsaf também. Morte e renascimento. Um ciclo que não tinha fim.

Mais tarde, o matador encontrou o medalhão entre os pertences de Emsaf e o colocou na própria sacola.

Por ora, a missão estava concluída.

Bion espreguiçou-se e respirou fundo. Ia limpar as armas, descansar um pouco e logo depois apresentar seu relatório. Só então receberia as ordens seguintes, uma nova presa a encontrar, e o jogo mais uma vez estaria em marcha.

3

Naquele dia — o dia em que nossa vida mudou —, estávamos sentados em nosso lugar preferido, recostados na pedra aquecida do lado de fora da muralha da fortaleza de Siuá. Eu tinha visto o cavaleiro solitário tremeluzindo no horizonte, mas, para ser sincero, não pensei muito nele. Afinal, era pouco mais do que um ponto a distância, só mais um pedaço do cenário, assim como a água lambendo as margens do oásis abaixo, ou as pessoas que andavam pelo verdume das plantações.

Além disso, eu estava sentado com Aya, e ela falava de Alexandria, tal como costumava fazer, dizendo que um dia gostaria de voltar lá. Enquanto escutava, eu também observava o cavaleiro chegando à margem do oásis, prestes a seguir para a aldeia mais abaixo.

— Você devia ver, Bayek — dizia ela, e fui imaginando o cenário conforme ela contava. — É em Alexandria que o mundo todo se encontra, onde todas as línguas existentes são faladas nas ruas, onde gregos e egípcios caminham juntos, onde os judeus têm até os próprios templos... e eruditos do mundo todo vão estudar no grande Museu e na Biblioteca. Acha que um dia você irá até lá?

Dei de ombros.

— É possível. Mas meu destino está aqui.

Houve uma pausa.

— Eu sei — falou ela com tristeza.

— Sabe o que mais fez Alexandre — comecei, a fim de deixar o clima mais leve —, além de criar essa grande cidade, quero dizer? Ele veio até aqui, para Siuá. Veio visitar o oráculo e o templo de Amon.

Em Siuá, tínhamos dois templos. Um estava abandonado, porém o outro parecia ser uma cidade menor dentro da cidade: o templo de Amon.

— Como ele chegou até aqui? — perguntou Aya.

— Bem — falei —, a versão da história da qual mais gosto conta que Alexandre e seus companheiros estavam no deserto, quase morrendo de sede, quando apareceram duas serpentes que os guiaram do deserto para Siuá.

Aya riu.

— Ou talvez ele simplesmente tenha vindo aqui numa peregrinação.

— Prefiro minha versão.

— Você continua o romântico de sempre. E então, o que houve enquanto ele estava aqui?

— Ele visitou o oráculo. Agora, ninguém sabe exatamente o que o oráculo disse a Alexandre, mas ele saiu do encontro convencido de que era o filho de Amon e que seria coroado faraó em Mênfis, além de conquistar muitas terras.

— Acha que nosso oráculo foi responsável por tudo isso?

— Gosto de acreditar que sim — respondi. — A questão é que nosso oráculo em Siuá é considerado infalível, nosso templo de Amon é reconhecido por toda a terra...

— E?

— E precisa de proteção.

Aya baixou a cabeça, as tranças escuras caindo nos ombros enquanto ela sorria.

— E, assim, voltamos ao seu destino. Diga-me uma coisa, Bayek: você *tem certeza* de que quer seguir os passos de seu pai? Sabe disso? Verdadeiramente? No fundo de seu coração?

Era uma boa pergunta.

— Claro que sim — respondi.

Ficamos sentados em silêncio por algum tempo.

— Eu queria ser mais parecida com você — disse ela. — Mais... *satisfeita*.

— Não queria que fosse o contrário? — perguntei, testando o terreno. — Que eu fosse mais parecido com você?

A pergunta ficou no ar. E foi assim que ficamos sentados ali por mais alguns instantes — até nosso amigo Hepzefa aparecer correndo pela trilha, vindo em disparada em nossa direção.

— Bayek! Bayek! — gritou ele —, chegou um mensageiro de Zawty.

— O que foi? — perguntou Aya. Sentou-se ereta; aquele definitivamente era o fim da paz de nossa tarde.

— Ele veio buscar Sabu — disse Hepzefa, sem fôlego.

— Como assim? — ouvi-me perguntando.

— Sabu está prestes a partir — arfou Hepzefa. — Seu pai está indo embora de Siuá.

Em instantes, nós três tínhamos descido da muralha da fortaleza e seguido para a aldeia, onde moradores espiavam de dentro das casas, protegendo os olhos do sol e esticando o pescoço para observar a rua.

Eles olhavam em direção a minha casa.

Ao chegarmos à rua, uma mulher me viu e cochichou com sua companheira, que também me avistou e então afastou o rosto depressa. Crianças subiam correndo pela colina, querendo saber do que se tratava todo aquele tumulto. Vi um cavaleiro avançando contra a maré, prestes a se juntar à peregrinação, e ocorreu-me que o homem que eu havia visto rodeando o oásis era o mensageiro de Zawty. Estava preocupado, metendo o que parecia uma bolsa de moedas numa sacola de couro atravessada no peito, e assim, quando avancei explosivamente e segurei seu cavalo, ele quase caiu da sela, surpreso. Praguejou e passou a mão no queixo.

— Largue meu cavalo — avisou, fixando em mim um par de olhos da cor de lápis-lazúli.

— Você veio com um recado para meu pai, o protetor da cidade. O que diz o recado?

— Se ele é seu pai, certamente dirá a você.

Balancei a cabeça, frustrado, e experimentei outra abordagem.

— Em vez disso, responda-me: quem mandou a mensagem?

O mensageiro puxou o arreio do cavalo de minha mão.

— Terá de perguntar a ele também — respondeu o cavaleiro, partindo logo em seguida.

Os moradores ainda seguiam para minha casa. Mais adiante, veio um chamado por Rabiah, e entendi por quê: ela e meu pai eram confidentes, costumavam ser encontrados conversando aos cochichos, longe de ouvidos curiosos. Nas reuniões da cidade, os dois sempre pareciam falar em uníssono.

— Vamos — dizia Hepzefa, subindo a colina.

No entanto, embora ele e Aya estivessem prestes a começar sua subida, eu me demorei ali, certo de que minha vida logo mudaria e querendo adiar muito esse momento.

Aya se virou e percebeu. Disse a Hepzefa para seguir em frente e recuou, sendo iluminada pelo restinho de sol de modo que parecia brilhar enquanto cobria aquela breve distância entre nós.

— Bayek — falou ela com gentileza, passando os braços em volta dos meus ombros, seu olhar encontrando o meu. — O que foi?

— Eu estou... — comecei. — Não sei.

Ela assentiu com compreensão.

— Ora, você jamais saberá se não for lá descobrir o que é. Venha.

Ela se curvou, roçando a boca na minha.

— Seja forte — sussurrou, então segurou minha mão, ao mesmo tempo para me reconfortar e levar-me pelo caminho, à casa que meu pai se preparava para deixar.

4

Na manhã seguinte, acordei com uma melancolia que parecia permear o ar do meu quarto. E por alguns instantes, tentando atravessar por instinto aquele período em que o mundo real e o mundo dos sonhos estão inseparavelmente atrelados, permaneci deitado, indagando-me qual era o problema, o que de súbito havia deixado meu mundo tão estranho e diferente. Até que...

Eu me lembrei.

Tudo voltou.

Lembrei-me da minha mãe, parada de braços cruzados ao anoitecer, os lábios tão rígidos que estavam praticamente brancos, os olhos em brasa. Na rua, na frente de minha casa, amarrado, estava o cavalo de meu pai, os alforjes já pendurados, e bastou vê-los ali para que a notícia ficasse mais palpável, a percepção me atingindo como um golpe baixo.

Quando olhei para Aya, ela correspondeu ao meu olhar, as íris pontilhadas de preocupação. Então meu pai apareceu, freando repentinamente à visão dos moradores reunidos ali, balançando a cabeça, ainda com seus preparativos.

— Ahmose — disse ele, um apelo a minha mãe. Se tinha esperanças de compreensão, contudo, viu-as frustradas.

Rabiah havia chegado. Ela e meu pai trocaram palavras aos sussurros e nenhuma delas pareceu satisfazer aquela mulher, a julgar por sua expressão. Ficava claro que ela e minha mãe tinham o mesmo pensamento. Balançava a cabeça, tentando insistir alguma coisa com meu pai, mas, o que quer que fosse, ele não lhe deu ouvidos e se recusou a falar com ela na privacidade de nosso lar, teimando que precisava partir imediatamente.

E então ele estava pronto. Deu um beijo em minha mãe e me envolveu num abraço feroz, deixando-me sem fôlego enquanto dava tapinhas nas minhas costas em despedida.

Montou em seu cavalo. A multidão se calou.

— Você fez um juramento, Sabu — disse Rabiah, mas havia uma tranquilidade nela, como se aceitasse a guinada nos acontecimentos.

— Fiz muitos juramentos, Rabiah — respondeu ele.

— Quem protegerá Siuá agora? — gritou uma voz da multidão.

— Sem mim aqui, vocês precisarão de muito menos proteção — respondeu ele. Com isso, deu a volta com seu cavalo e partiu, escolhendo um caminho em meio ao povo e seguindo na direção do oásis, afastando-se de Siuá.

Eu me lembrei do barulho dos cascos de seu cavalo enquanto ele descia a trilha rumo às plantações, o povo ladeando o caminho para vê-lo partir, alguns tentando entender o que ele dissera; e me lembrei de ter tentado compreender meus sentimentos enquanto ele se transformava num pontinho ao longe, mas na hora não consegui. E assim que levantei a cabeça do travesseiro e examinei meu quarto como se fosse um lugar desconhecido, descobri que ainda não era capaz de fazê-lo.

Minha mãe já estava de pé. Tinha levado um copo d'água aos fundos de nossa casa, onde jovens figueiras cresciam junto das paredes, os galhos superiores proporcionando um dossel através do qual o sol da manhã pontilhava o pátio pequeno. Ela se sentou com os joelhos dobrados, a roupa esticada ao longo das pernas, o copo tão frouxo em suas mãos que parecia correr o risco de cair de seus dedos. E embora ela tivesse sorrido para mim ao me ver chegar e me sentar ao seu lado, o sorriso foi meio desanimado; perguntei-me o quanto ela havia dormido.

— Ele vai voltar — disse minha mãe. — Não se preocupe com isso.

— E quanto a nós?

Ela soltou uma risada curta e seca.

— Ah, a vida continua. Espere só, quando ficarmos acostumados à vida sem ele, ele vai reaparecer e nos deixar desorientados.

— Mas por que ele partiu?

— Não sei. — Ela suspirou. — Ele não me disse. Vi preocupação nos olhos dele.

— Tinha algo a ver com Menna?

O olhar da mamãe endureceu ante a lembrança. Ela mergulhou em seus pensamentos, e só lhe fiz companhia, permitindo que refletisse. Por fim, ela negou com a cabeça.

— Que diferença faria, se tivesse?

— Pelo menos faria sentido.

— Entendo. — Ela levou o copo aos lábios e depois o colocou no degrau. — Neste caso, você deve procurar Rabiah.

5

Meu pai foi o homem que derrotou Menna, o ladrão de túmulos. Só os deuses sabiam o quanto esse fato em particular martelava minha cabeça. A de todos na aldeia. Constantemente.

Quem era Menna? Boa pergunta. Alguns diziam que tal homem não existia; que "Menna", na verdade, eram várias pessoas, ou simplesmente o nome de uma quadrilha muito organizada que mantinha a ilusão de um representante sinistro para espalhar o medo.

Outros diziam que Menna era de fato uma pessoa viva, que respirava, de carne e osso, mas não um membro ativo da própria quadrilha. Diziam que era um homem que engordou e enriqueceu com o trabalho de seus lacaios e que controlava suas operações sem jamais deixar os pátios de sua casa palaciana em Alexandria.

O boato mais persistente, e aquele que mais replicávamos nas ruas de Siuá durante minha adolescência, era de que Menna *era* uma pessoa de verdade e que governava sua quadrilha com uma poderosa mistura de medo e a promessa de grandes riquezas. Diziam que seus dentes tinham sido retirados de suas vítimas, unidos com amarrações, pintados de preto e afiados, e que eles cumpriam com louvor sua função de inspirar medo em todos que deitavam os olhos nele; que era cruel, impiedoso e que não venerava deus algum senão o dinheiro. Diziam que ele mataria aqueles que não conseguisse subornar e qualquer um que ousasse desafiá-lo — os mataria e então mataria as respectivas famílias, pendurando as entranhas de cada um nas árvores e seus cadáveres esfolados em praças públicas, como uma alerta àqueles que o contrariassem.

Diziam que ele era um demônio, enviado pelos deuses para castigar os maus e atormentar os inocentes.

Ele era cruel desse jeito.

Fosse qual fosse a verdade, Menna e sua quadrilha estavam sempre vários passos à frente dos soldados que os perseguiam sem trégua.

De vez em quando um de seus homens acabava capturado, torturado e queimado vivo como retaliação, de modo que a jornada ao além era negada ao seu corpo, profanado, tal como o próprio Menna profanara tantos cemitérios.

Mas nada disso os impedia. O único homem de autoridade não subornável que tentou pará-los fracassou e logo morreu misteriosamente. Nenhum volume de intervenção era capaz de reprimir as atividades de Menna, e muito embora a tortura já tivesse batido à porta de seus comparsas, ninguém jamais revelara sua identidade ou seu paradeiro. Todos o temiam.

Eu era bem pequeno, talvez tivesse só uns 10 anos, quando Menna e seus homens estiveram em plena atividade. Quando tomei consciência deles, todos já eram pouco mais do que mera história, uma fábula. Eles existiam puramente como assunto de conversas entre minha mãe e meu pai, além de, também, em minha imaginação, tarde da noite, quando eu me deitava na cama, tentando dormir.

O que me contaram foi que a quadrilha estivera de andanças pelo norte — saqueando pirâmides, é claro, mas também lançando sua rede mais além. E foi graças a ladrões de túmulos como Menna que os arquitetos dos faraós começaram a acrescentar mais armadilhas e becos sem saída em seus locais de sepultamento, que funcionavam como um verdadeiro chamariz àqueles que ganhavam a vida roubando as posses que os mortos pretendiam levar para o além. Nem os ricos, que agora eram sepultados em enormes câmaras secretas, tumbas construídas na pedra, estavam a salvo de tais depredações. Mas seus alvos preferidos eram aqueles menos abastados, porém não pobres, que começariam sua passagem para a próxima vida em uma necrópole, um cemitério situado próximo a um povoado. Era esses que Menna visava.

Ele tinha um método. Fingindo-se de mercadores, os membros da quadrilha acampavam a uma distância de ataque do alvo, mas não perto demais. Dali passavam ao trabalho de se infiltrar na comunidade local e subornar autoridades, bem como avaliar os túmulos, tomando nota de seus túneis e pensando em meios de evitar quaisquer possíveis armadilhas instaladas.

Seus métodos variavam, dependendo da natureza do cemitério, mas era hábito arrombar as tumbas e simplesmente levar tudo dali. Dessa forma, os ladrões podiam desaparecer depressa e dividir o ouro do butim mais tarde, na segurança de seus covis.

Tudo isso, é claro, chegou à atenção de meu pai, que, como protetor de Siuá — o *mekety* da cidade —, assumiu a tarefa de saber quando Menna e sua quadrilha estavam próximos.

E, naquela época em especial, eles estavam muito próximos.

6

Rabiah não estava em casa. Sentei-me na frente da porta dela e me acomodei para esperar, ressentido por cada segundo que passava, até que por fim eu a vi andando devagar pelo caminho, com um cesto de frutas trazidas do mercado.

— Eu estava me perguntando se veria você hoje — disse ela, passando sem demonstrar muito calor humano ou uma saudação em especial. Eu a acompanhei até dentro de casa sem ser convidado, esperando enquanto ela tirava o xale e baixava o cesto, depois me sujeitei ao seu escrutínio enquanto Rabiah ficava ali de braços cruzados, avaliando-me por um tempo desconfortavelmente longo.

Um pouco mais velha do que minha mãe, Rabiah era, no entanto, semelhante no quesito temperamento: nenhuma das duas era de medir as palavras ("Sou *direta* e não há nada de errado nisso", costumava dizer minha mãe sempre que papai a repreendia por falar com franqueza), e ambas tinham o hábito de fazer você sentir que era um livro aberto.

Naquele momento, era assim que eu me sentia.

— Vejo determinação — disse ela quando enfim a inspeção acabou. — Isso é bom. É o que gosto de ver vindo do sangue do protetor de Siuá. Quem sabe você não tenha esperanças de vestir a capa, agora que seu pai partiu?

— Talvez. — Falei com cautela, perguntando-me aonde ela queria chegar.

— O quão perto estaria de fazer isso, você imagina? — perguntou ela. Era impossível interpretar sua expressão, os olhos ligeiramente semicerrados.

— Aprendi muito com ele... sobre a arte da sobrevivência e do combate.

— Sobrevivência. Você não aprendeu isso com a núbia?

Os núbios tinham montado acampamento nos arredores da cidade quando eu era mais novo. À época, fiz amizade com uma menina, Khensa, que, apesar de mais jovem do que eu, ensinou-me muito sobre caça e armadilhas. Mais tarde, descobri que Khensa havia ensinado tais coisas a pedido de minha mãe, que considerava os núbios os melhores naquilo.

— Sim — falei a Rabiah. — Mas, quando os núbios foram embora, meu pai assumiu meu treinamento. Só ele era capaz de me ensinar combate e proteção.

— É claro — concordou Rabiah. — E como progrediu em seu treinamento?

Ela fixou o olhar em mim, e minha sensação era de que ela conseguia enxergar dentro da minha cabeça e ler meus pensamentos, porque era verídico que meu treinamento, por algum motivo, avançara lentamente, meu pai sempre parecia relutante. Rabiah e minha mãe o pressionaram insistentemente para que me treinasse, no entanto cada passo era precedido por alguma variação de "Você ainda não está pronto, Bayek".

Sim, eu tinha consciência de que meu treinamento levaria anos — "Uma vida inteira, Bayek" era outra coisa que eu ouvia muito —, mas, mesmo assim: a impressão era que dos meus 6 anos, quando aquilo começara, até aquele momento, aos 15, eu praticamente não tinha feito progresso nenhum.

E agora Rabiah demonstrava pensar da mesma forma.

— Diga-me — falou ela —, *você* acredita que seu treinamento deveria ter progredido mais do que isso?

Baixei a cabeça.

— Sim — confessei.

— De fato — disse ela com um sorriso. — E por que você acha que seu pai não o levou até o fim? Por que seu treinamento está tão longe da conclusão?

— Gostaria muito de saber — respondi a ela. — Tem alguma relação com minha amizade com Aya?

— *Amizade* — riu ela —, essa é boa. Amizade. Vi vocês dois juntos, como lapas no casco de um barco. Quais as possibilidades de se atingir iluminação nos modos da custódia quando se tem como rival o amor juvenil, não?

Senti-me ruborizar, e Rabiah sorriu, o que só aumentou meu desconforto.

— Se ele o fez pensar que se tratava de sua amizade com Aya, então tentava esconder o verdadeiro motivo. Disto eu *sei*. Havia outra coisa, tenho certeza. Outra razão. Diga-me, do que você se lembra da noite do ataque de Menna?

— Então *tem* algo a ver com Menna?

— Primeiro, responda minha pergunta. Do que você se lembra daquela noite?

Olhei para ela. Eu tinha uns 6 anos, na época, mas ainda me lembrava de cada segundo.

Na data da invasão, a noite estava bem silenciosa. Uma noite tranquila. Eu estava deitado na cama, esforçando-me para ouvir a conversa de meus pais. Meu pai fora informado a respeito de desconhecidos aparecendo na cidade. Mercadores, segundo alegavam ser, embora negociassem muito pouco. Ele acreditava que aqueles rostos recém-chegados eram afiliados de ladrões de túmulos, que tinham montado acampamento em algum lugar no deserto, nos arredores da cidade, como era habitual de Menna.

Para mim, tal informação era inestimável. Com os boatos da chegada de Menna, de súbito eu estava sob um monte de interrogatórios: meus amigos Hepzefa e Sennefer importunavam-me (mas não Aya, que ainda não havia entrado em minha vida), querendo informações diariamente. Era verdade que Menna planejava marchar até Siuá com um exército de ladrões de túmulos? Era verdade que a ponta de seus dentes afiados era coberta de veneno? Eu gostava da atenção. Ser o filho do protetor certamente tinha suas vantagens.

Mesmo assim, meu sono aquela noite era inquieto. Em meus sonhos, eu me postava diante de rochas, vasculhava uma caverna e dentro dela via o brilho de olhos, um clarão de dentes brancos numa escuridão opressiva. Um rato. Depois outro. E mais outro. Enquanto eu olhava, a caverna parecia se encher de um monte gorduroso de corpos, agitando-

-se, contorcendo-se. Eles se arrastavam um por cima do outro, todos tentando chegar ao topo da pilha, a forma se alterando e se avolumando, e uma quantidade cada vez mais expressiva de olhos surgindo na escuridão. O ruído emitido por eles, aquele arranhar e a luta, parecia estar aumentando de intensidade, até que...

Acordei. Só que o barulho dos ratos não desapareceu juntamente ao sonho. O barulho estava no quarto comigo.

Vinha da janela.

Depressa me pus sentado na cama. Tinha algo lá fora, e no início pensei que talvez pudesse ser mesmo um rato ou... não, grande demais para isso. Talvez fosse um cachorro.

Mas, não. Um cachorro não faria aquele tipo de barulho. Um cachorro não era *furtivo.*

Havia alguém lá fora. Meus olhos concentraram-se na janela do quarto, e no início pensei que a lona estivesse se movimentando por causa da brisa, mas então vi dedos. Nós de dedos. Uma mão tateando cautelosamente para entrar.

Agora eu via o rosto e o tronco de um homem se metendo pela abertura e entrando. Seus olhos tinham um brilho cruel e, entre os dentes, estava uma faca curva.

Saí da cama aos tropeços enquanto ele se erguia, e, embora meu instinto fosse fugir e meu cérebro estivesse gritando para minhas pernas se locomoverem, não consegui me mexer, não consegui fazer nada — sair, gritar, berrar, *nada.* O que me impedia de fazer qualquer coisa era o medo.

O invasor tinha um olho torto, vestia uma túnica escura e suja e um manto listrado que quase se arrastava no chão e esvoaçava ligeiramente à brisa da janela. Quando tirou a faca de entre os dentes, ele sorria, mas em vez de exibir os dentes pretos e afiados que eu esperava, os dele eram normais — quebrados e sujos, mas nada parecido com as armas letais das quais eu e meus amigos falávamos nas ruas de Siuá.

Ele pôs o dedo nos lábios num pedido de silêncio, e ainda assim eu quis fugir, mas meus pés não se mexiam, por isso fiquei paralisado ali no momento em que ele deu um passo na minha direção, a luz dançando na lâmina que ele segurava, a faca voltada para mim, hipnotizando-me como se eu fosse uma naja.

Abri a boca. Ou, para ser mais exato, senti minha boca se abrir e soube que eu dera um primeiro passo importante, minha mente dizendo que, se eu conseguia abrir a boca, então certamente poderia forçar um grito.

Se ao menos conseguisse vencer o medo.

Ele deu mais um passo. O dedo ainda nos lábios. Lá fora, eu ouvia os sussurros e passos abafados da chegada de outros homens e pensava na minha mãe e no meu pai dormindo nos outros cômodos, ciente do perigo que eles corriam.

E agora, finalmente, eu sentia o grito borbulhante subindo e alcançando a boca, prestes a escapar de meus lábios.

Nesse momento, de trás de mim, veio o grito de meu pai ao entrar em meu quarto.

— Vejam só! — berrou ele. — Então seu senhor quis me silenciar.

O efeito foi imediato. O invasor recuou, o sorriso desaparecendo de seu rosto quando ele gritou "Atacar!" e avançou ao mesmo tempo.

Virei-me e vi um segundo homem à soleira, atrás de meu pai.

— Papai! — gritei, e meu pai girou o corpo, recebendo o novo invasor com sua espada, tirando sangue e fazendo uma torção de pulso que se mostrou fatal para seu agressor.

Meu pai caiu sobre um joelho e se virou de novo, a lâmina descrevendo um arco a fim de aparar um ataque do primeiro invasor. Ainda grudado onde estava, senti gotas quentes de sangue salpicarem em meu rosto.

Ele se mostrou veloz demais para o invasor de olho torto, que recuou dois passos lépidos, o elemento surpresa perdido, sua faca parecendo ridícula contra a espada de meu pai. Ao mesmo tempo, papai estendeu a mão para mim, pegando-me pelo braço e puxando-me para a porta, onde tropecei e caí no corpo do segundo atacante.

De trás de mim, fora do quarto, minha mãe gritou "Sabu!", e meu pai se virou, colocou-me de pé e me puxou para outro cômodo com ele.

Ali, entre as almofadas e banquetas, estava mamãe, segurando uma faca de pão que pingava sangue, com uma expressão sombria e perigosa nos olhos e um corpo a seus pés.

Na sala, havia outro homem. Um quarto explodia porta adentro, armado, os dentes arreganhados para atacar. Minha mãe chamou por mim, e corri até ela ao mesmo tempo que papai avançou para receber os dois invasores.

— Ahmose, leve Bayek para a segurança! — gritou ele com a espada oscilando, furtiva.

No segundo seguinte, um homem da dupla gritou e caiu, as entranhas já se espalhando da barriga aberta; o outro gritou um xingamento e ouvi o tinido de aço do encontro de suas espadas. Enquanto mamãe me arrastava para o quarto, vi meu pai abaixar-se e girar, a espada firme nas mãos para receber mais dois novos invasores. A lâmina cortou, gotas de sangue voando em seu encalço. Papai ostentava uma expressão de concentração quase serena, e, por um momento, embora estivéssemos sitiados por algozes, jamais me senti mais seguro ou mais protegido.

A sensação se dissipou. Assim que mamãe e eu corremos para o quarto, encontramos outro invasor erguendo-se depois de se meter pela janela.

— Presa fácil — disse ele, sorrindo e exibindo a lâmina, mas foram suas últimas palavras, porque minha mãe deu dois passos decisivos e enterrou a faca de pão em seu esterno antes mesmo que ele tivesse chance de atacar.

— Verdade. — Ela observou o homem cair e apontou para a esteira de dormir. — Fique ali — ordenou, então levantou a faca e colou as costas na parede ao lado da janela, virando o pescoço para espiar o exterior. Satisfeita por não haver ninguém ali, foi rapidamente à porta, a faca suja de sangue em contraste com a saia elegante que roçava o chão.

Houve um movimento, uma sombra se deslocando por perto, e ela levantou a faca, preparada para se defender novamente, mas relaxou ao ver que era meu pai. Ele ofegava e estava ensanguentado e cansado com a batalha, porém vivo. Lá fora, à luz fraca de nossa sala de visitas, eu via formas irregulares no chão: os corpos dos homens derrubados pela espada dele.

— Você está bem? — perguntou minha mãe, indo até o marido, apalpando a túnica à procura de ferimentos sob o tecido manchado de sangue.

— Estou ótimo — disse ele. — E você? Bayek? — Ele olhou sugestivamente para além do ombro de mamãe e flagrou o cadáver esparramado no quarto.

— Estamos bem — respondeu ela.

Ele assentiu.

— Então, sinto muito, mas preciso sair — disse. — Eles vão atacar o templo na esperança de pegar relíquias, ouro, oferendas... qualquer coisa nas quais puderem pôr as patas. Eles não temem os deuses; não se importam com uma ofensa ao oráculo. Cabe a mim impedi-los.

— Serão muitos? — perguntou ela.

— Principalmente trabalhadores, a mão de obra que ele usa. Os soldados foram enviados para cá para cuidar de mim. A essa altura, esperam que eu esteja morto.

Com um aviso para ficarmos em alerta, ele partiu. Na quietude súbita de nossa casa — uma casa agora aparentemente repleta de cadáveres —, minha mãe se recostou na parede e baixou a cabeça. Esfregou as mãos como se as estivesse lavando e percebi que ela tremia devido ao combate, mas tinha consciência de que outros homens podiam aparecer; de que talvez fosse necessário lutar novamente.

Pensei nela avançando até o invasor e o apunhalando — sem hesitar, sem se abalar. Pela primeira vez naquela noite, vi meus pais derramarem sangue. Mas ao mesmo tempo que havia uma sensação de que eu tinha visto meu pai fazendo seu trabalho e se saindo bem — e que aquela sensação aguda de estar sendo protegido permaneceria comigo —, minha mãe parecia transformada pela coisa toda, como se plenamente consciente de até onde chegaria para proteger a si e à sua família. Com o passar dos anos, em várias ocasiões a flagrei examinando as próprias mãos, pensativa, mas estranhamente serena, e me perguntei se ela estaria pensando naquela noite.

Naquele dia, no entanto, fui me sentar ao lado dela. E durante os momentos que antecederam sua saída para contar aos outros o que estava acontecendo, ficamos no chão, reconfortando um ao outro.

Terminei minha história, entorpecido pela lembrança.

— Seu pai frustrou o assassinato e salvou o templo — disse Rabiah. Ela estivera descascando e descaroçando uma tâmara, que agora colocava na boca. — É claro que eu não estava lá, mas, pelo que ele me contou, a quadrilha de fato conseguira dar início ao assalto, e muitos dos que trabalhavam no templo já estavam mortos. Se não fosse pela intervenção de seu pai, eles teriam despido aquele lugar sagrado de seus bens valiosos, talvez chegando até mesmo a matar o oráculo.

— Menna estava lá?

— Seu pai nunca lhe contou?

— Não, nunca.

— Sim, Menna estava lá, mas conseguiu fugir. — Agora Rabiah estava pensativa, como se refletisse antes de voltar a falar. — Aquela noite mudou tudo para seu pai — disse, enfim. — Ele viu aquela noite de violência pelos olhos de seus entes queridos e começou a questionar não só o próprio caminho, mas aquele que você mesmo está destinado a seguir. Ele temeu por você e perdeu a disposição de treiná-lo para seu papel como protetor; começou a falar que queria muito protegê-lo da violência. Dizia que você não estava preparado, este era o pretexto... qualquer pretexto serviria para não treinar você, foi o que lhe dissemos, Ahmose e eu... mas era isso que ele falava.

— Eu sempre estive preparado. Tudo o que eu queria era seguir os passos dele.

Rabiah ergueu uma sobrancelha, séria. Examinou-me por um momento, avaliando, com mais um daqueles olhares penetrantes e sabichões que ela dominava tão bem.

— É mesmo? E como você demonstrou esse desejo? Que medidas pretendia tomar para conciliar suas duas vidas: sua "amizade" com Aya e seu futuro como protetor de Siuá? E o desejo dela de voltar a Alexandria? Que medidas você tomou para garantir a seu pai que você era a pessoa certa para sucedê-lo na proteção? Que você ficaria em Siuá, independentemente de qualquer coisa?

— Era minha esperança...

— Esperança! — Ela soltou uma gargalhada potente. — Não basta. O que mais?

Desloquei o peso do corpo entre os pés, reconhecendo uma batalha que não envolvia punhos ou armas.

— Eu fui um filho devotado.

Ela revirou os olhos e fungou para mim. Minha resposta não a satisfazia.

— Não basta. O que mais?

Balancei a cabeça.

— Posso perguntar também o que *ele* fez para garantir que eu fosse certo para Siuá?

— Ele está cheio de dúvidas, Bayek — disse ela, severa e distante. — Dúvidas a respeito de você, a respeito de si mesmo, sobre o caminho da lâmina e a vida supostamente traçada para você. Ele precisa ser convencido. Afinal, você *tem certeza* de que quer seguir os passos dele?

Revirei os olhos.

— Que foi? — falou ela incisivamente.

— Aya me disse a mesma coisa mais cedo.

A expressão de Rabiah oscilou brevemente, mas vi aprovação ali. Perguntei-me o que ela pensava do sonho de Aya, e do meu, e de como um dia eles poderiam colidir.

— E qual foi a sua resposta?

— Eu disse que sim.

— Ah, mas isso foi antes, quando seu pai ainda estava em Siuá. E agora?

E se Aya partir para Alexandria? No entanto, esta pergunta permaneceu implícita.

— Estou tão convicto agora como antes.

Minha voz saiu segura, as costas retas e o olhar firme. Não era mais somente um sonho infantil. Eu não conseguia pensar em outro rumo para a minha vida.

— Ele precisava enxergar isto. Talvez dessa forma pudesse ter mudado de ideia. — Ela balançou a cabeça, exasperada, e disse algo que já ouvi de minha mãe: — Talvez vocês dois precisem que alguém pegue suas cabeças e bata uma contra a outra.

Pousei um punho no peito.

— Então ele não conseguiu enxergar o que estava aqui.

— Talvez ele tenha enxergado demais — retrucou Rabiah simplesmente.

Não era a resposta que eu esperava, o que me desconcertou. Se fosse um combate, naquele momento a vitória teria sido de Rabiah. Mas eu estava acostumado a discutir com Aya, debater história e filosofia quando ela partilhava seus estudos comigo.

— O que quer dizer com isso?

— *Dúvidas, dúvidas* — repetiu ela, esquivando-se. — Talvez o que seu pai tenha visto fosse importante demais para ele. Talvez por isso ele não tenha conseguido enxergar o coração valente aí dentro.

Olhei-a com afinco.

— Mas você consegue?

Ela assentiu.

— Sim. Em você, vejo os primórdios de um protetor.

— Então por que ele não conseguiu ver?

— Talvez ele tivesse visto apenas um filho. E por isso não conseguisse ver mais nada.

— Por que ele partiu? — perguntei, mudando de assunto. Talvez agora uma emboscada funcione. — Teve alguma relação com Menna?

Ela refletiu, a boca se mexendo ligeiramente, como se tentasse deslocar pedaços de tâmara dos dentes.

— A verdade é que não sei.

— Mas eu o vi conversando com você. Vocês ficaram aos cochichos. Ele revelou o conteúdo da mensagem, não foi?

Ela negou com a cabeça, deixando transparecer a frustração .

— Não revelou. Apenas disse que era perigoso demais para que eu soubesse.

Pus as mãos na cabeça.

— Então o que estou fazendo parado aqui? Devo ir atrás do mensageiro imediatamente.

— O mensageiro?

— Ele é o único que pode nos dizer o conteúdo da mensagem.

Ela levantou a mão e abriu um sorriso largo e repentino, muito embora houvesse preocupação à espreita em seus olhos.

— Espere aí. Não vai ser tão simples assim. Você acha mesmo que vou ficar aqui para enfrentar sua mãe?

Em geral, Rabiah e minha mãe sempre foram aliadas, mas quando discordavam... as pessoas costumavam cochichar por aí sobre os épicos embates verbais.

— Além disso — continuou ela —, há mais que você deve saber. Naquela noite...

— Não, já chega. Preciso ir. Você pode facilitar as coisas com minha mãe, não pode?

Rabiah me olhou de sobrancelha erguida e expressão irônica.

— Espero que sim.

7

— Não, ele não vai partir.

As mãos de minha mãe estão nos quadris, o rosto se avermelhando ao olhar de mim para Rabiah e então para mim de novo. Ela e Rabiah sempre foram amigas, mas naquele momento este fato tinha muito pouca importância.

— Sabu o treinou; ele aprendeu sobrevivência com os núbios — insistiu Rabiah. Suas mãos estavam entrelaçadas às costas, tentando manter uma postura tranquilizadora.

— Mas o treinamento dele não foi concluído. Não foi o que Sabu disse?

— Essa pode acabar sendo a formação dele, Ahmose.

Minha mãe investiu sobre ela.

— Você está aprontando alguma coisa?

— Não — insistiu Rabiah, embora eu a tivesse notado pestanejar. — Quero o melhor para sua família e para Siuá.

Minha mãe franziu a testa.

— Hum, mas talvez não nesta ordem. — Não era tanto uma censura, mas um simples reconhecimento; reconhecimento e aceitação. — O que você contou a ele? Vamos, diga-me exatamente o que falou a Bayek sobre a noite passada.

— Eu falei a ele o mesmo que Sabu alegou a você. Que era perigoso demais que soubéssemos por que ele foi chamado a partir.

— Havia mais coisa. Ele deve ter dito mais a você.

Rabiah endireitou os ombros. Vi suas mãos se cerrarem às costas.

— Não estou mentindo para você, Ahmose — disse ela rigidamente.

Dava para notar que minha mãe percebera ter sido ríspida demais. Intercedi, querendo dar às duas um motivo para recuar.

— Está tudo bem. Mãe, Rabiah. Não importa por que ele partiu. Já tomei minha decisão.

Elas voltaram o olhar para mim: Rabiah imperturbável, minha mãe balançando a cabeça com tristeza — ambas sabiam o que viria a seguir.

— Eu vou — informei a elas.

— Espere um minuto — falou mamãe depressa. — Espere. Não creio que seja isso que seu pai gostaria.

— Talvez Sabu não seja o melhor juiz neste caso — disse Rabiah com uma expressão irônica.

Minha mãe conteve o que estava prestes a falar, depois assentiu lentamente para si mesma. Seja lá o que Rabiah quisera dizer com aquilo, mas minha mãe entendeu, embora eu não.

— Rabiah, talvez seja melhor você ir para casa e me deixar conversar sobre isso com Bayek — disse ela calmamente.

Rabiah não protestou, sabendo que mamãe chegara a uma decisão. Elas trocaram olhares, ambas transmitindo várias emoções concorrentes, então Rabiah fixou em mim um olhar repleto de significado e saiu.

— Você não está pronto — resmungou minha mãe sem muita convicção.

Era estranho ouvir isso dela quando, em geral, era o tipo de afirmativa que sempre vinha do meu pai. Ela e Rabiah sempre deram apoio ao meu desejo de treinar como *mekety*, apesar da ira de papai.

— Nesse ritmo, nunca estarei pronto — queixei-me a ela, frustrado. — Quero ir.

— Não era exatamente o que eu tinha em mente quando o ajudei em seu treinamento. — Ela suspirou, balançando a cabeça.

— Não acho que alguém tivesse.

Eu estava irritado, mas não com minha mãe nem com Rabiah. Com meu pai, certamente, por partir de um jeito tão arbitrário. Com o destino, por trazer isto para nossa vida.

Ela deu um sorriso torto.

— Veja bem, pense um pouco no assunto, é só o que peço. Tire a noite para pensar, e, se pela manhã ainda quiser partir, não irei impedi-lo.

Mais tarde naquela mesma noite, eu estava deitado em minha esteira, tentando em vão pegar no sono, ouvindo os ruídos da noite, quando mamãe apareceu à minha porta.

— Dá para ouvir seus suspiros de lá do templo — disse ela em voz baixa. — Você não mudou de ideia. — Uma declaração, não uma pergunta.

Assenti.

— Então é melhor você partir agora — respondeu, com um suspiro —, enquanto está frio e Siuá dorme... e antes que quem mude de ideia seja eu.

Ela me entregou uma bolsa de couro para viagem, cujo conteúdo eu podia adivinhar: um odre de água e comida, o suficiente para me dar uma boa dianteira em minhas viagens antes de eu precisar começar a caçar para sobreviver.

— Mesmo que você mudasse de ideia, não adiantaria de nada. Já me decidi.

— Eu sei, eu sei. Você é tão cabeça-dura quanto ele.

Ela revirou os olhos, e contive o impulso terno de lembrar-lhe que de maneira alguma herdei a teimosia só de meu pai.

— Devo contar a Aya? — perguntou mamãe.

— Acha que ela vai compreender?

— Sei que vai. — Ela deu um sorriso amarelo, e, embora estivesse claramente preocupada com minha partida, vi a aprovação por Aya ali também.

— E você vai achar difícil se despedir?

— Impossível.

— A decisão é sua — disse ela, saindo então do quarto e me deixando para arrumar minhas coisas, afivelar as alças em meu tronco e pendurar uma algibeira na cintura, guardando nela uma bolsa de moedas, minhas economias amealhadas de uma vida inteira como menino de recados e ajudante corriqueiro na aldeia, cada moedinha que já havia ganho; o suficiente, eu esperava, para me sustentar em minhas viagens.

Despedi-me. Minha mãe me abraçou com força, depois soltou, enxotando-me pela porta e virando a cara, as lágrimas aparentes, e então me vi na rua deserta e silenciosa, iluminada por uma lua acima do oásis a me observar, impassível, enquanto eu colocava minha bolsa no ombro e ia ao estábulo ao lado de nossa casa, onde meu cavalo esperava.

Saí a cavalo da cidade, e minha rota me levou a passar na casa de Aya, onde ela morava com sua tia Herit. Muitas foram as noites em que fui à sua janela, sussurrei seu nome e me empolguei por vê-la saindo para conversarmos, de mãos dadas, trocando beijos sob as estrelas. Por um momento, perguntei-me se eu suportaria abandonar Aya, a quem eu amava desde o momento em que a vira pela primeira vez: eu, o garotinho de Siuá, filho do protetor da cidade e muito presunçoso, ela, a menina de Alexandria, pronta para me colocar em meu devido lugar.

Ela ia entender. Aya e eu éramos duas pessoas à espera: eu, pelo início de meu destino, e ela, por ser chamada de volta a Alexandria para estudar com os pais. Ela compreenderia que eu ia partir porque precisava seguir meu caminho. Mas ir embora sem lhe dizer nada? Isto eu estava fazendo por mim mesmo. Eu jamais conseguiria encarar a alternativa.

— Desculpe-me — sussurrei, e minhas palavras caíram como pedras na noite fria.

8

A viagem a Zawty me fez atravessar o deserto das Terras Vermelhas. À noite acampei, garanti que me manteria aquecido empilhando pedras para criar um quebra-vento, e ali descobri que não há lugar mais solitário do que as planícies à noite, tendo como companhia apenas o som dos abutres. Eu ansiava por Aya. Prometi a mim mesmo que me provaria a ela, assim como a meu pai, minha mãe e Rabiah; em retrospectiva, foi esta reflexão que me fez continuar.

Para obter água, fiz alambiques, cavando um buraco no chão e o cobrindo com um pano para que o sol criasse condensação na parte de baixo. Chupei a água dos caules de plantas que encontrava e tratei de conservar meus próprios fluidos mantendo o ritmo da viagem estável, respirando pelo nariz. Foi o que havia aprendido com Khensa e depois com meu pai. Quando éramos adolescentes, Aya e eu fazíamos pequenas incursões, construíamos abrigos, caçávamos e procurávamos alimentos, e a ela transmitira o conselho que um dia me fora dado: "Você precisa caçar contra o vento ou com ele de través. O horário ideal para isso é à primeira luz do dia, quando os animais estão fora da toca..."

Graças aos meus tutores, eu sabia quais rastros e sinais procurar. Sabia quais fezes indicavam o tipo de animal que passara no lugar, e como esfolar minha presa quando a carne ainda está quente, removendo as glândulas que causam cheiro e estragam a carne; sabia onde fazer os cortes, com o cuidado de não romper o estômago e os órgãos digestivos.

Cozinhei minha caça em fogueiras feitas com mato do deserto: coelhos, roedores, cabras e ovelhas selvagens, porcos selvagens. ("Você não pode esfolar um porco selvagem, Bayek. Primeiro estripe, depois queime o pelo.") Lembrei-me de ouvir que o fígado requer menos cozimento e que os rins são uma boa fonte nutritiva, mas que exigem fervura. Asse o coração. Ferva os intestinos. Retire a gelatina das patas, ferva a língua e os ossos, guarde o cérebro para curar peles. Usei entranhas como isca nas armadilhas. Bebi o sangue para me nutrir e chupei os globos oculares para obter fluidos.

Minha primeira arma foi um estilingue, mas a que mais me orgulhava era meu arco. Foi feito por mim quando eu estava na parte mais árdua da jornada e mais próximo do rio, onde a terra era mais fértil. Ali, encontrei um teixo e cortei dele uma vara flexível para o arco.

"Tome, segure a ponta do arco desse jeito. Este é seu alcance. Este é o comprimento que seu arco deve ter", dissera meu pai.

Ele me mostrou como retirar a casca, afiar o bastão, entalhar as pontas para a corda do arco e apará-la antes de passar gordura animal de minha caça. Usei couro cru para a corda, depois enrolei caule de urtiga nas pontas do bastão para fortalecer os nós e manter o arco retesado.

Preparei flechas, moldando-as de pedaços retos de bordo. Com as penas que recolhi sempre que as via pelo caminho, guardando-as em minha bolsa, criei estabilidade na arma.

Sozinho na planície, preparando meu arco, pensei em todos eles — em Khensa, meu pai, minha mãe e Rabiah, Hepzefa... Aya — e me perguntei quando os veria novamente. *Se* é que um dia eu voltaria a vê-los.

9

Por fim me vi percorrendo o esplendor verde das margens do Nilo. Onde antes só dava para se ver o deserto árido por todos os lados, agora havia fazendas, uma abundância de árvores, lavouras e vida selvagem. Eu não estava mais sozinho. Para onde quer que olhasse, havia viajantes, mercadores, trabalhadores braçais, agricultores, até uma procissão de sacerdotes, a certa altura.

E então havia o rio em si: o grandioso Nilo, cujas flutuações decidiam a sorte daqueles que viviam a suas margens. Quando as neves do planalto derretiam durante os meses intermediários do ano, uma lama grossa era enviada em torrente pelo rio, e isso era o *akhet* — a enchente —, quando as pessoas agradeciam ao deus Hapi por abençoar as terras com solo fértil para produzir alimentos para elas e suas famílias. O rio era a vida delas, sua fonte. Era dali que vinha a água, a comida e o transporte; as pessoas dependiam de suas cheias para manter as lavouras.

Lá estavam todas as coisas sobre as quais eu sempre tivera conhecimento, é claro (coisas, percebi com uma pontada, que me foram contadas por Aya). Havia incontáveis imagens do rio nos templos em minha cidade, o que significava que eu já havia formado uma imagem mental dele e sempre o imaginara grandioso. Mesmo assim, nada poderia ter me preparado para a visão da coisa real. Era vasto, um volume imenso de água que se torcia, virava e, mesmo movimentada com as embarcações, fluía de forma lenta e constante, como se sua única reação à umidade densa fosse a languidez.

Eu mal consegui desviar os olhos dele enquanto passava por campos verdejantes devido à enchente. Na água, vi ilhas de juncos e palmeiras, além de barcos para todos os lados: alguns grandes e suntuosos, com velas de seda enormes que se agitavam à brisa como a batida de um tambor; outros, embarcações minúsculas para um homem só, feitas não de madeira, mas tecidas de junco. Pescadores se impeliam usando varas compridas, lançavam redes na superfície do rio. Vi aves aquáticas e ouvi seu canto, e pela primeira vez vi o íbis, a ave grandiosa e pernalta, com seu bico curvado para baixo, pernas e pescoço compridos. Ficava nos baixios e parecia tolerar os seres humanos em seus barcos, as crianças andando pela praia, os bois nos campos.

Outra coisa que vi pela primeira vez: um hipopótamo, essa fera enorme que inspirava tanto temor e respeito, um lembrete da deusa Taweret. Vi seu focinho romper a superfície da água enquanto ele também observava o dia passar.

Em algum momento me deparei com os arredores de Zawty, onde me concentrei na tarefa em questão. Que diferença fazia estar entre pessoas de novo! Sozinho no deserto, senti-me pequeno e vulnerável, às vezes até temeroso. Mas agora a azáfama da cidade dava-me uma espécie de força, uma segurança diferente daquela que eu sentia em Siuá, onde todos me conheciam como o filho do protetor. Em Zawty, eu era anônimo. E isso me conferia ousadia.

Encontrei um lugar para guardar meu cavalo, dei uma moeda a um molecote e parti para ver a cidade. Tentei não ficar boquiaberto ao passear entre as barracas, costurando pelos moradores, parando de vez em quando para admirar as mercadorias.

As ruas eram mais estreitas do que eu estava acostumado em Siuá. Aqui, havia lojas com postigos e toldos coloridos. Para onde quer que eu olhasse, as ruas davam em outras ruas, bifurcavam-se para a esquerda e a direita, ramificando-se primeiro para um lado, depois para o outro... para retardar os invasores, dissera Aya para mim certa vez.

Ah!

Parei de súbito. Aquele era o jeito mais fácil de se perder, percebi. Guarde sua montaria, vá explorar. Quando cair em si, vai ter se esquecido de onde está seu cavalo.

Ao olhar à minha volta procurando uma referência útil, vislumbrei um movimento súbito atrás de mim. Eu não tinha certeza, mas parecia uma criança pequena — uma criança ansiosa para não ser vista.

Já com uma noção um pouco melhor dos arredores, continuei, parando para admirar as mercadorias numa barraca mais adiante na rua.

Essa em particular exibia uma seleção de facas, todas mais adequadas para o combate do que a que eu havia trazido de casa.

Uma, em particular, chamou minha atenção. Saquei minha bolsa para pagar por ela, mas, antes de meter minha nova compra no cinto, fingi examiná-la uma última vez, usando seu reflexo para enxergar atrás de mim, e de novo flagrei o movimento por entre as pernas dos companheiros fregueses. Um menino de rua de olho em minha bolsa, talvez?

Na barraca seguinte, havia uma seleção de joias. Escolhi um colar polido, virando-o mais uma vez para enxergar a rua atrás de mim. O que vi, naturalmente, foi meu próprio rosto, com a barba por fazer, grosso da sujeira e da poeira do deserto, e então...

Ali!

Eu o vi no reflexo. Um menino, mais novo do que eu. Vestia uma túnica não muito diferente da minha, mas sem as alças de couro que atravessavam meu peito.

A dúvida era: por que ele me seguia? O que queria?

Era hora de descobrir.

10

Continuei a caminhar, atraindo o menino comigo até encontrar uma praça. Bancos de pedra junto aos muros e amendoeiras proporcionavam sombra para os fregueses que caminhavam ao longo das barracas de comida e cântaros de alabastro. Comprei um bolo de mel coberto de sementes, depois me sentei a uma mesa de mosaico para esperar.

Muito bem, pensei, *apareça, seu ratinho.*

Logo ele chegava à praça. Embora estivesse muito menos movimentada do que as outras ruas da cidade, ele ainda conseguia cobertura em meio às pessoas muito mais altas. Fiquei observando-o com o máximo de discrição possível. Vi seus olhos pousarem no bolo de mel, e a fome revelada ali foi inconfundível.

Olhei e gesticulei para ele. Um olhar de indecisão cruzou imediatamente o rostinho quase tão sujo quanto o meu, e ele fez menção de ir embora.

— Ei — chamei. — Está com fome? Tenho um bolo de mel aqui que ficarei feliz em dividir.

Isso o fez parar de pronto. Ele retornou e se esgueirou pelo muro, até onde eu estava, aproximou-se e me avaliou com os olhos cínicos antes de falar:

— Você se acha o maioral, não é? — disse, estendendo a mão para o bolo de mel.

— Se vai ser grosseiro, então... — Recolhi o bolo e o afastei.

— Tudo bem, tudo bem, é só que não estou acostumado a ver alguém pouco mais velho do que eu falando comigo como se fosse um comandante militar.

Franzi a testa.

— Quantos anos você tem? Qual é o seu nome?

— O nome é Tuta. Tenho 10 anos. E qual é o *seu* nome? Quantos anos tem? E quando vai me dar esse bolo de mel? Ou pretende me fazer implorar? "Ah, por favor, senhor, por favor, senhor, posso ganhar um pedaço de seu bolo de mel? Quer que eu dance, que entoe uma cantiga para o senhor?"

É verdade, meu braço ainda estava erguido, com bolo de mel e tudo. Baixei-o, apontei que ele se sentasse.

— Sirva-se. Meu nome é Bayek. Tenho 15 verões e quero saber por que você resolveu bancar minha sombra.

Ele fungou.

— Estou com fome e moro nas ruas. Sempre procuro algo para comer.

— Posso acreditar nisso... exceto pelo fato de que eu não tinha comida quando você começou a me acompanhar. Por que tenho a sensação de que não é no bolo que você está tão interessado, mas nisto? — E então joguei minha bolsinha de moedas sobre a mesa de mosaicos.

Com os lábios pontilhados de sementes, as bochechas cheias de bolo de mel, ele revirou os olhos.

— Tudo bem, tudo bem — disse, cuspindo farelos. — Tenho um amigo no estábulo. Ele me faz a gentileza de informar sobre qualquer um que seja novo na cidade e que possa ter uma dracma sobrando...

— Para roubar?

Ele negou intensamente com a cabeça.

— Não, para ser generoso e ajudar a um menino.

Houve uma pausa.

— Então... acha que pode fazer isso? — propôs ele, cheio de esperança. — Quero dizer, me ajudar? Um pequeno empréstimo. Quem sabe um presente se eu lhe mostrar a cidade?

— Ora, é uma possibilidade. Posso muito bem fazer isso...

— *Jura?*

— Sim, juro. Mas primeiro, gostaria de saber mais sobre quem estou ajudando. Qual é a sua história, Tuta? — gesticulei para ele pegar mais bolo.

O menino falou de boca cheia.

— Vim de Tebas, quando eu era muito pequeno. Minha mãe e meu pai me trouxeram com minha irmã menor, e por algum tempo as coisas foram boas, até onde consigo me lembrar. Mas aí houve um incêndio...

um incêndio terrível, senhor, que levou a vida de minha mãe e minha irmã.

— Eu sinto muito — falei.

— Obrigado, senhor. Agora já faz alguns anos e meus problemas já são muitos.

— E o seu pai?

— Bem, essa é uma história quase tão trágica. Perder minha mãe e minha irmã no incêndio significou que também perdi meu pai, que se entregou à bebida e a essa altura pode ter se matado de tanto beber, que eu saiba.

— Sinto muito — repeti. — Onde você mora?

— Bem, morei nesta mesma praça várias vezes. — Ele sorriu. — Na realidade, não deve haver uma rua em toda esta cidade que não tenha sido minha casa vez ou outra. Fica meio frio à noite, mas não é tão ruim, e não é como se eu fosse o único por aqui.

— Onde arranjou isto? — Apontei um hematoma em seu pescoço.

— Eu disse que nem tudo é ruim. — Sua expressão ficou sombria. — Mas também não estou dizendo que tudo é bom.

— Muito bem. Talvez possamos ajudar um ao outro, *se*... e é um grande "se"... você puder me ajudar também. Como visitante, não conheço o lugar tão bem quanto você, mas vim à procura de um mensageiro que recentemente fez uma visita a Siuá. Esse homem tem olhos azuis marcantes e trazia uma sacola de couro marrom com alça atravessada no corpo, parecida com esta — Gesticulei para a alça que cruzava meu próprio ombro —, mas com a bolsa bem aqui...

— Isso não reduz muito as possibilidades — disse Tuta, em dúvida.

Esforcei-me para pensar.

— Muito bem, da última vez que vi esse cavalheiro, ele levava uma bolsa que parecia estar cheia de moedas naquela sacola. Pergunto-me se ele pode ter gastado seus ganhos, talvez atraindo atenção para si.

— Creio então, senhor — disse Tuta —, que talvez haja algo que eu possa fazer. Na verdade, sei a quem perguntar. Um mercador conhecido meu; um homem que lida com todo tipo de mercadorias. Posso começar por lá, se quiser.

— Acredita que pode encontrar o homem que procuro?

Tuta piscou, já parecendo menos faminto graças ao bolo.

— Para ser sincero, não há ninguém nesta cidade em quem eu não tenha posto os olhos. Por acaso o senhor acabou de contratar o homem certo para o serviço. Espere aqui.

Fiz como me fora pedido, graciosamente inconsciente do erro terrível que eu estava cometendo.

11

Sabu havia cavalgado por mais de vinte dias quando finalmente chegou a seu destino. Foi necessário mais tempo do que o previsto, pois agiu de maneira muito cautelosa. Precisava ter certeza de que não estava sendo levado a uma armadilha. O lugar seguro — "Mãe" — fora usado na mensagem, de modo que ele tinha como garantir que a origem da missiva era autêntica, mas mesmo assim... todo cuidado era pouco, sempre.

Ele chegou ao local da Mãe, um pequeno oásis no Deserto Oriental, onde esperou por mais ou menos um dia até que, ao longe, viu a silhueta familiar de uma carroça avançando lentamente. No assento estava o guarda do Ancião, um menino de uns 15 anos, os olhos reluzindo brancos da cegueira.

Sabestet, pois era este seu nome, era por muitos considerado dotado de capacidades sobrenaturais. Mas a verdade era que sua audição era sua arma secreta, embora a visão não fosse tão ruim como ele permitia que as pessoas acreditassem. Fora um conselho do Ancião: "Descubra sua vantagem e use-a. Mantenha seus amigos em dúvida, assim como seus inimigos; você nunca terá como saber quando a lealdade deles poderá mudar de lado."

O Ancião, Hemon, em geral podia ser encontrado sentado ao lado de Sabestet na carroça. Mas hoje não, ao que parecia.

Os dois se cumprimentaram, e Sabu colocou-se de lado, sabendo que não fazia sentido oferecer ajuda para o rapaz descer da carroça. Em pouco tempo, os dois estavam sentados e encostados num tronco de árvore, dividindo o que restava do odre de Sabu.

— Hemon agradece por você ter respondido à nossa mensagem e comparecido tão depressa. Tínhamos confiança de que você viria — disse Sabestet, ao lavar a poeira da boca.

Sabu enxotou uma mosca.

— Como ele está?

— Nosso mestre goza de boa saúde e está mentalmente forte, como sempre, mas agora depende de um cajado para caminhar. Ele teria vindo comigo, mas tem viajado muito ultimamente. Sendo assim, sentimos que era melhor que ele permanecesse em Djerty. Nosso mestre espera que você não fique ofendido com sua ausência e agradece por sua vinda.

— E essas viagens que ele esteve fazendo?

— Sim. As viagens que ele esteve fazendo. Por isso convocou você. Ele agradece por sua vinda.

Sabu suspirou, pensando em Ahmose e Bayek em casa, na cidade que ele abandonara.

— Ele agradece por minha vinda, Sabestet, isto eu entendo. E quanto ao motivo? A viagem? Por que toda essa preocupação?

— Nosso mestre mandou um recado a Emsaf. Solicitou que eles se encontrassem para tratar uma questão importante. Emsaf não chegou ao local da reunião. Em vez disso, enviou um comunicado de Ipou, solicitando que fôssemos a um local alternativo. Por que Emsaf faria algo assim? O que acha?

Sabu se levantou, pôs as mãos na lombar e alongou os ombros, tentando se colocar no lugar de Emsaf. Pensou nos dias e noites que o outro passara atravessando o deserto.

— Então ele chegou a Ipou — disse Sabu, olhando Sabestet de cima. — Fez toda a viagem de sua casa a Hebenou. Deve ter pensado que estava sendo seguido.

Sabestet assentiu. Tinha o hábito de fechar os olhos para que, quando concordasse com a cabeça, passasse a impressão de estar imerso em pensamentos.

— Foi essa a conclusão a que chegou nosso mestre. Ele pede que você investigue, para que o destino de nosso amigo e camarada Emsaf seja registrado com certeza. Ele terá o prazer em recebê-lo em Djerty para saber de suas descobertas.

Eis algo pelo qual se ansiar, pensou Sabu com amargura.

— Nosso mestre acredita que o velho inimigo está por trás disso, suponho — disse ele.

Sabestet assentiu novamente.

— É o que nosso mestre teme e no que acredita.

12

Quando Tuta retornou, já anoitecia, e os mercadores do pátio tinham guardado suas coisas e ido para casa. Ele voltou à praça, sentou-se à mesa e me fitou por baixo do cabelo escuro e desgrenhado.

— Acredito que possa ter encontrado seu homem, senhor — disse ele, mostrando a palma da mão aberta e vazia.

Fitei a mão suja, sorrindo de sua insolência e gostando dele, mesmo contra a minha vontade.

— Ah, não, nenhuma moeda ainda. Só quando eu tiver certeza da mercadoria. Onde encontro meu mensageiro?

— É difícil negociar com o senhor — disse Tuta, mas recuou a mão, sem protestar. — O senhor precisa garantir que tenha seu homem e eu, justamente eu, entendo isso. Venha comigo.

Ele me levou por ruas estreitas e sinuosas, e fiquei animado ao me lembrar das referências daquele mesmo dia, pensando que provavelmente não teria dificuldade para encontrar o caminho de volta até meu cavalo quando chegasse a hora. Mais especificamente, senti os primeiros rumores de uma empolgação, uma confiança crescente. *Eu dou conta disso.*

No fim de uma rua, Tuta me puxou de lado.

— Cuidado — sibilou —, aquele que o senhor procura está por aqui.

Mais abaixo, pude ver homens sentados sob toldos, comendo ou bebendo entre amigos. Ainda havia gente por ali, mas, por entre os pedestres, consegui distinguir o homem que Tuta apontava, exatamente conforme descrito. Seus olhos eram de um azul intenso, e, à primeira vista, ele podia ser o cavaleiro que vi em minha cidade. Ainda assim...

— Não sei... — Falei a Tuta, depois de uns bons minutos examinando o sujeito. — Não há nenhuma sacola?

— Está com o sujeito, sem dúvida, senhor — disse Tuta —, talvez embaixo da mesa, aos pés dele. Além disso, este é o homem que meu contato diz ter andado gastando muito ultimamente. De acordo com meu amigo, que é um cavalheiro muito bem relacionado, seu homem com o suprimento repentino de moedas voltou à cidade só recentemente. Passou cerca de um mês fora.

Pensei no assunto.

— Isto torna um pouco mais provável, posso lhe garantir. Talvez, se eu o ouvisse falar...

— Bem, então vamos descer a rua, senhor? — disse Tuta. — Antes que o senhor perca a coragem de averiguar e eu perca toda a minha recompensa.

Segurei seu ombro quando ele estava prestes a partir.

— Não, ele pode me reconhecer.

Tuta me fitou de cima a baixo com astúcia.

— Esta era a sua aparência da última vez em que ele o viu?

— Não. Talvez você tenha razão.

— Vamos, venha comigo; mesmo que ele note o senhor passando, simplesmente o tomará por meu irmão mais velho. Venha, não tenho a noite toda.

Meu coração estava martelando no peito quando nós dois nos esgueiramos por onde Olhos Azuis estava sentado junto a vários outros. Ele, no entanto, parecia se limitar a ouvir a conversa dos demais, e, embora de perto eu tivesse certeza de ser a pessoa certa, ainda queria ouvir a voz dele.

Tuta reagiu a um olhar de alerta que lancei a ele, aproximando-se do grupo sentado.

— Pode dar-me uma dracma, senhor? — perguntou ele ao homem.

— Saia daqui, rato de rua — respondeu ele, e nesse instante tive total certeza de que era o mensageiro que eu procurava.

— E então? — perguntou Tuta quando nosso passeio se deu por encerrado.

— Era ele.

— Sendo assim, negócio fechado, não é verdade, senhor? Vou pegar minha moeda e seguir meu caminho, caso o senhor esteja satisfeito. — Tuta segurou a moeda que dei a ele. — E agora, o que pretende fazer? Qual é seu plano?

Era uma boa pergunta. Ocorreu-me então que, durante toda minha viagem e todo meu período em Zawty até aquele momento, nunca cheguei a planejar o que diria ao mensageiro caso o visse outra vez.

— Me parece que o senhor pode usar um intermediário — disse Tuta, como se estivesse lendo meus pensamentos. — Posso providenciar um encontro.

Isso fazia sentido. Se o mensageiro me reconhecesse e fugisse por aquele labirinto de vielas, eu talvez jamais eu voltasse a encontrá-lo. Já se fosse abordado por um menino, ele ficaria menos cauteloso e era menos provável que escapulisse por aí.

— Continue.

— Direi a ele que tenho um amigo que necessita de seus serviços. Espere no teatro. Eu o levarei ao senhor, deixando todo o restante por sua conta, pode ser?

Parecia-me bom, pensei, e assim Tuta desapareceu mais uma vez e me vi sozinho no teatro da cidade de Zawty mais tarde naquela noite, além de mais uma moeda mais pobre e me perguntando se meu novo amigo um dia voltaria.

O lugar parecia quase anormalmente tranquilo, e, quando tossi, o som ecoou pelas fileiras de assentos recentemente desocupadas pela plateia de uma produção de *Os Mirmidões*. Antes, eles teriam espalhado seus himátions nos assentos de pedra, conversado, comido nozes, tâmaras e bolos até que os atores entrassem em cena para entretê-los com sua poesia. Aya teria adorado. Ela costumava me contar sobre os efeitos com fogo que usavam em *As Fúrias*, sobre as lutas de espada, sobre como a companhia teatral conseguia imitar o efeito da chuva, até mesmo o modo como usavam uma espécie de grua para criar o efeito dos deuses.

Naquele momento, é claro, o anfiteatro devia ter ficado alvoroçado com risadas, tagarelice e os atores recitando suas falas. Agora não. Não havia nenhum archote ou braseiro aceso, e já estava escurecendo. Ouvi aves se deslocando entre os assentos, um farfalhar que podia ser de roedores, e engoli uma pontada aguda e súbita de medo, a sensação de estar fora do meu ambiente, da minha zona de conforto.

Não, Bayek, você não está. Precisa fazer isso. Sentindo-me exposto naquele lugar pouco abaixo do palco, sentei-me para esperar e, disfarçadamente, pus a mão no cabo de minha faca nova. Não tive a oportunidade de amolá-la (fazendo movimentos da esquerda para a direita com quartzo de arenito, conforme meu pai havia me ensinado), portanto ainda havia algumas rebarbas na lâmina, mas ela serviria a seu propósito, caso necessário.

Que propósito?

Afugentei tal pensamento. Não havia motivo para desconfiar de que havia algo sinistro em curso.

Havia?

Da entrada do túnel próximo de onde eu estava sentado, veio um barulho, e as aves também escutaram, porque foi acompanhado de uma agitação súbita nas vigas. Surgindo das sombras, lá estava o mensageiro. Olhou ao redor com curiosidade, depois me viu, e, quando me levantei para recebê-lo, ele semicerrou os olhos.

— É você o homem que eu deveria encontrar? — Felizmente não havia o mais leve sinal de reconhecimento em seu rosto. É evidente que minhas viagens tinham modificado minha aparência.

— Já nos encontramos, você e eu — falei.

— Ah, sim?

— Ah, sim. — Eu estava prestes a continuar, quando fui impedido por um barulho dos assentos acima. Ergui os olhos, perguntando-me se era apenas um truque da iluminação, que parecia fazer as sombras se mexerem. — Em Siuá.

Enfim o reconhecimento, e seu rosto se alterou.

— Sim, sim, lembro-me de você. O insolente. É claro. Muito bem, que tal me dizer qual é o seu jogo, arrastando-me para cá? Uma oferta de trabalho, assim me disseram, um pequeno extra para minha bolsa. Mas duvido muito que alguém como você tenha algo que eu possa querer.

— Ah, mas eu tenho — respondi. — Tenho muito dinheiro, e o que exijo em troca é muito menos extenuante do que aquilo com o qual você está acostumado. Quero saber sobre a mensagem que entregou ao protetor de Siuá. Quem a enviou e o que ela dizia?

Ele enrugou a testa.

— Não teria sido mais simples perguntar ao seu pai?

— É complicado.

— Ele partiu imediatamente, não foi?

— Isto o surpreende?

O mensageiro balançou a cabeça.

— De forma alguma. Ele disse o mesmo quando transmiti o que me foi ordenado.

— E o que foi?

— Não se precipite, filho do protetor. Mostre-me seu dinheiro, então falarei mais... talvez.

Quando comecei a procurar as moedas em minha túnica, houve um movimento, um ruído, o arrastar de sandália em pedra, e ao virar-me flagrei uma figura saindo do túnel. Ali em frente ao palco apareceu um homem com uma cara desgastada e furtiva, roupas em farrapos e uma espada curta e enferrujada que ele segurava junto da coxa. Algo no sujeito me era familiar — algo que eu não conseguia situar muito bem. Mas, se no início pensei ser um amigo do mensageiro, logo abandonei tal ideia. O semblante do mensageiro intensificou a carranca e olhou rapidamente do recém-chegado para mim, voltando ao homem em seguida.

— O que é isso? — gritou ele. Suas mãos foram diretamente à sacola, segurando a bolsa. — O que está havendo aqui? — Ele me olhou feio. — Isto é uma armação?

— Não, não — respondi depressa, com medo de que a oportunidade escapulisse por entre meus dedos, sentindo-me de súbito muito sozinho.

— Ah, eu não diria isso. — O recém-chegado sorriu com malícia. — Na verdade, eu diria que é uma armação perfeita.

13

O homem com a espada curta levantou a cabeça para gritar na direção dos assentos do alto, e o que ele disse me atingiu feito um tabefe.

— Tuta — gritou —, que tal mostrar a cara, menino?

Senti um aperto no coração quando o menino saiu de seu esconderijo, materializando-se nas sombras acima e descendo lentamente por entre os assentos. Com a cara envergonhada, os ombros arriados e incapaz de me fitar nos olhos, ele se postou ao lado do homem que certamente era seu pai e tinha um hematoma recente abaixo do olho. Senti-me vazio por dentro — como que castigado por minha arrogância e estupidez, mas também como se estivesse recebendo apenas o merecido. *É bem-feito para você.*

— Agiu muito bem, filho — disse o pai de Tuta. — Colocou os dois juntos, como disse que faria. Agora, se não se importam, almas gentis, levaremos seu dinheiro.

A espada estava erguida, em ameaça.

— Tuta, por quê? — exclamei. — Por que está fazendo isso? Eu teria pago... você sabe que sim. Pensei que fôssemos...

— *Amigos.* — O pai de Tuta sorriu com ironia. Ele exalava um fedor de cerveja. — Não, meu velho camarada, vocês não são amigos. Ele faz *o que eu* mando, *quando* mando e é amigo de *quem eu* mando ser. E não é de nenhum de vocês dois. — Ele gesticulou com a lâmina, a ponta oscilando entre mim e o mensageiro. — Agora, entreguem as bolsas, os dois.

— Você conhece essa gente — cuspiu o mensageiro para mim. — Você armou para nós.

— Não armei — respondi depressa. — Juro que não tenho nada a ver com isso. Eu só queria informações. — Virei-me para Tuta. — Acha que era isso que sua mãe ia querer? Reduzido a roubar estranhos.

— O que quer dizer com *ia* querer? — O pai era irônico. — O que ele andou lhe dizendo?

Parti para cima de Tuta.

— Isso era mentira também? Tudo para me fazer de tolo.

Tuta engoliu em seco, virou a cara, o lábio inferior tremia.

— Ande logo, desembuche — insistiu o pai de Tuta —, estou morrendo de vontade de saber o que ele lhe contou.

— Que sua mulher e sua filha morreram num incêndio. Que você mergulhou na bebida.

O pai de Tuta jogou a cabeça para trás e deu uma gargalhada.

— E você caiu nessa, não foi? Que tolice a sua, meu amigo.

Mais uma baforada de fedor de cerveja veio na minha direção.

— Pelo menos parte era verdade — falei. — E, a julgar pelos hematomas, entendo o que Tuta deixou de fora.

— Ora essa, então você não é o herói? — zombou o pai. — Tuta disse que era. Um barbo que tenta nadar com os peixes grandes. Ele disse que você seria uma isca fácil.

Lancei um olhar a Tuta, cujos olhos estavam baixos de vergonha. Ao mesmo tempo, o pai se aproximou ainda mais e levantou a espada até que sua ponta estivesse sob meu queixo. Seus olhos baços se fixaram nos meus, os lábios entreabertos exibindo dentes quebrados e o fedor dele trazendo uma lembrança repentina e dominadora do homem que aparecera à minha janela na noite do ataque de Menna.

Mas agora não estou sufocado pelo medo. Não sou mais nenhuma criança.

Com a outra mão, o pai de Tuta tirou minha faca do cinto e a jogou no chão com um baque surdo. De soslaio, vi o olhar do mensageiro pousar sobre ela e me descobri desejando que ele não tomasse essa atitude. *Não corra esse risco*, eu queria gritar. *Não quando eu vim de tão longe*. Mas a lâmina em meu queixo era insistente e afiada — esta não tinha rebarbas —, e senti algo quente escorrendo por meu pescoço enquanto a outra mão de meu assaltante ia à minha bolsa. Percebi que era sangue.

Ele não tinha como fazer isso. Não tinha como abrir a bolsa com uma só mão.

— Tuta, pegue o dinheiro dele — ordenou o homem, irritado.

Sem olhar para mim, Tuta se aproximou e abriu a fivela da sacola, retirando a bolsa de moedas e entregando-a ao pai. Uma pena flutuou para o chão.

O mensageiro havia se aproximado alguns passos de minha faca.

Não faça isso.

— Tuta — supliquei, o movimento da minha boca aumentando a pressão da lâmina na minha carne, de modo que um novo filete de sangue desceu pelo pescoço —, pelo menos diga ao mensageiro que não tive nada a ver com isso. Diga a ele.

— Ele não teve nada a ver com isso, senhor — disse Tuta com firmeza, de repente encarando em cheio os olhos do mensageiro. — Isto tudo é coisa minha e de meu pai e de nossa vida de maldades. Este homem aqui só queria encontrar seu parente; só precisa de respostas. É um bom homem, posso afiançar, até onde vale dizer, e se o senhor tiver compaixão, dirá o que ele quer saber para que ele possa se tranquilizar.

— Trate de calar a boca — vociferou o pai —, já estou farto disso.

Esmurrou o menino, que caiu esparramado no chão.

O mensageiro viu aí sua chance. Aproveitando-se da distração, deu um passo, abaixou-se, pegou minha faca e partiu para o bandido, a lâmina erguida.

Ele encontrou o alvo, e o pai de Tuta gritou de dor quando minha faca provou o sangue nas mãos de outro.

Mas o golpe do mensageiro foi apressado e desvairado, um primeiro golpe visando ganhar vantagem, e infelizmente fracassou, ao mesmo tempo tornando impossível para mim ajudá-lo na investida. Ele havia aberto um corte na coxa do ladrão, rasgando a túnica, o sangue já esguichando da perna, mas o pai de Tuta, mesmo ferido e bêbado como certamente estava, ainda era um lutador mais experiente e mais habilidoso com facas; sufocou a dor e partiu para o mensageiro, a própria lâmina faiscando em seu ataque.

O mensageiro não teve a chance de atacar outra vez. Num piscar de olhos, a espada curta estava em sua barriga, o pai de Tuta grunhindo devido ao esforço ao enterrar a lâmina com a mesma força com que as lavadeiras no Nilo batiam seus lençóis; então, veio mais um golpe e mais outro, quando o mensageiro finalmente se recurvou, segurando o tronco e tossindo, com espasmos de dor, certamente um homem morto — por simples maldade.

Agora o pai de Tuta virava-se para mim. Sua perna estava banhada no próprio sangue, e a lâmina escura, no sangue do mensageiro.

— Seu cretino idiota — gritou ele, e fiquei sem saber se ele se dirigia a mim ou ao filho, ou talvez a ambos.

Tudo que eu sabia era que eu estava cambaleando para trás, meus calcanhares batendo onde Tuta jazia esparramado, e assim também fui jogado na pedra.

Meus olhos estavam na espada curta enquanto o pai de Tuta avançava, arrastando a perna ferida.

Acabou. É assim o momento anterior à morte. Meus pensamentos se voltaram para Aya, minha mãe e Siuá, que eu nunca mais voltaria a ver.

— Não, pai, por favor — gritou Tuta num tom agudo, jogando-se na minha frente justamente quando a lâmina desceu num arco.

Graças aos deuses — o pai dele se retraiu a tempo, soltou um palavrão que prometia um castigo pior mais tarde e estendeu o braço para levantar Tuta, colocando-o no chão mais uma vez antes de voltar a avançar até mim para dar o golpe fatal. Mas Tuta me garantira segundos preciosos, e, com isso, consegui me colocar de pé e estava pensando em meios de me defender.

— Ei, o que está acontecendo aqui? — veio um grito do túnel, e, quando o pai de Tuta se virou às pressas para localizar o autor da pergunta, atirei-me para minha faca. Era um dos funcionários do teatro, alertado pelo tumulto. Com um grito de frustração, o pai de Tuta abandonou suas ideias assassinas e se virou para o mensageiro abatido, procurando por sua bolsa. Pegou o dinheiro, estendeu o braço, agarrou Tuta e puxou o pobre menino ferido para colocá-lo de pé, arrastando-o para a saída justamente quando o funcionário do teatro entrou no campo de visão.

O sujeito começou a protestar:

— O que... — Mas sua expressão esmoreceu à visão da lâmina, e ele grudou na parede da área de assentos, deixando que o ladrão e seu pequeno cúmplice passassem de roldão por ele.

Na frente do palco, fui de encontro ao mensageiro. Ali, me ajoelhei ao seu lado e pus a mão em sua têmpora, meus olhos examinando sua túnica, toda vermelha, rasgada e embolada. Três estocadas. *Fura, fura, fura.*

Tudo minha culpa. Eu agira como um tolo.

Ele tossiu sangue, os olhos já vidrados. Quando coloquei a mão em seu coração, ainda batia, porém muito fraco. Palpitava como uma ave ferida.

Ele ia morrer ali — morreria ali, e era tudo minha culpa, mas mesmo assim eu precisava saber e, embora me detestasse por isso, por colocar minhas necessidades acima de seus últimos momentos, curvei-me para ele e falei:

— Por favor, conte-me, o que dizia a mensagem?

Ele desfalecia, mas, antes de perder a consciência, sussurrou-me o conteúdo da mensagem.

E o que disse não significou nada para mim.

14

Sentei-me sobre os calcanhares, sentindo uma infusão potente de raiva, frustração e ódio. Do outro lado do teatro, o funcionário gritou: "Agora você fique aqui enquanto vou buscar os soldados", mas eu não pretendia obedecer. Coloquei-me de pé e, ignorando os gritos do sujeito, corri para a área de assentos e disparei escadaria acima para alcançar as vigas.

Cheguei a um ressalto. Com um salto, impeli o corpo para o telhado, agachei-me e corri os olhos pelas ruas de Zawty de meu poleiro, com uma visão de águia.

As ruas estavam menos movimentadas agora que boa parte da cidade se via coberta pela escuridão, os acendedores de tochas ainda no começo de seu trabalho noturno. Mesmo assim, pensei ter visto minha presa a duas ruas: um velho e um menino correndo juntos, o homem mancando.

Eu me ergui, avaliei a distância entre o ressalto do teatro e o teto plano vizinho do que ou era uma loja ou uma casa. A distância era longa, sem nenhum toldo ou algo macio para amortecer minha queda caso eu errasse ou desse impulso de menos ao saltar.

Respirei fundo várias vezes, agachei-me, senti os músculos das pernas se avolumarem — e dei o salto.

Fui bem-sucedido, meus pés encontrando apoio, e o movimento me impeliu a atravessar primeiro um telhado e depois — *salto* — outro. No terraço, havia roupa de cama, mas felizmente ninguém se recolhendo ali para passar a noite. Continuei a correr, mantendo Tuta e seu pai à vista, pulando de um telhado ao seguinte.

Meu coração estava aos saltos. Já o que eu pretendia fazer assim que os apanhasse, não sabia. O que me impelia era o senso de injustiça, a sensação de que estragara tudo, a necessidade de consertar as coisas.

Prosseguí. Agora estávamos saindo do centro da cidade, onde havia mais habitações. Por fim, cheguei a um espaço entre telhados, largo demais para permitir um salto, e esta foi minha deixa para baixar à rua, escondendo-me atrás de uma carroça enquanto avaliava a situação.

Praguejei. Não havia sinal deles, mas...

Ao sair do esconderijo, corri os olhos pelo chão. Sim, lá estava, um rastro de sangue. Eu o segui pela extensão de uma rua, onde a mancha terminou.

Era ali que eles haviam se entocado.

E agora eu estava na frente de uma casa, muito parecida com qualquer outra naquela rua tranquila. As manchas de sangue levavam diretamente à porta. Aproximando-me da casa o máximo que me atrevia, esforcei-me para ouvir pela janela.

De dentro, veio uma discussão áspera: o pai de Tuta xingava. Ouvi um tapa e Tuta gritando de dor, o que me fez cerrar a mandíbula de raiva.

E agora, o que fazer? Certamente o pai de Tuta teria de ir para a cama e cuidar do ferimento. Afinal, se descontássemos o ferimento, o roubo tinha sido um sucesso. Para ele, não havia ninguém à sua procura, e eles tinham seu dinheiro.

Se eu ao menos pudesse pegar aquele dinheiro de volta.

Fui furtivamente à parte escurecida dos fundos da casa, grato por não haver vizinhos que soassem o alarme. De um cômodo dos fundos, ouvi o que parecia Tuta ajudando o pai a ir para a cama, o velho se queixando, exigindo cerveja para aplacar a dor e mel para o ferimento.

Ótimo. Beba — embriague-se até dormir.

Passei à parte mais escura do pátio dos fundos, ziguezagueando por alguns tijolos espalhados e sentando-me num degrau, decidido a esperar até julgar que fosse seguro.

Por quanto tempo fiquei ali? Não tentei decifrar as estrelas para saber, como me fora ensinado. Mas tudo dentro da casa estava silencioso quando passei furtivamente à frente. Ali, tirei a faca do cinto, encontrando um conforto diminuto na arma que eu nunca usara sob efeito da raiva, mas sabendo que era melhor do que nada. Com as mãos trêmulas, puxei a lona de lado e entrei.

15

Não havia quase nada na sala. Não havia banquetas, almofadas ou tapetes, coisas que eu estava acostumado a ver nos lares de Siuá. Nenhum conforto doméstico que se pudesse esperar. Na única mesa presente, havia um frasco de argila caído, a espada curta enferrujada, uma única vela bruxuleando — e as duas bolsas de dinheiro.

Tuta também estava no cômodo, sentando-se encostado na parede do outro lado, no escuro. Ele se colocou de pé assim que entrei, soltando um grito curto de surpresa, "Ei!", antes de me reconhecer.

Estremeci com o barulho. Por um segundo pensei que ele fosse gritar de novo, dar o alarme e atrair seu pai sem demora. Afinal, eu não tinha como saber exatamente a quem ele pretendia ser leal. Mas ele não fez tal coisa. Em vez disso, ficamos imóveis, encarando um ao outro, atentos e esperando para saber se o grito estrangulado de Tuta tinha acordado seu pai. O rosto do menino tinha muitos hematomas, e ele estivera chorando. O camarada presunçoso que conhecera naquela tarde agora estava ausente. Em seu lugar, este menino pequeno, assustado e espancado.

Não veio nenhum ruído do cômodo dos fundos. Aproximei-me da mesa, peguei as duas bolsas e larguei em minha sacola. Talvez eu ainda pudesse descobrir se o mensageiro possuía família e lhes entregar o dinheiro. Pensei em voltar à rua onde o vi pela primeira vez, talvez perguntar a alguns amigos dele na região.

Mas primeiro eu precisava sair desta casa.

Tuta só ficou me olhando, sem soltar um único grunhido, enquanto eu pegava o dinheiro. Seu rosto era franco, o lábio inferior tremia, e eu sabia o que ele estava pensando. Ele se perguntava como o pai reagiria quando acordasse. Ele se perguntava o quanto apanharia.

— Venha — sussurrei —, você vem comigo.

Ele fez que não com a cabeça, recuou para a segurança junto à parede.

— Quer ficar aqui e levar uma surra? Muito provavelmente ele vai matá-lo quando descobrir que entrei e peguei o dinheiro.

— Então não pegue, senhor — implorou.

Balancei a cabeça.

— Sinto muito, Tuta, quer você venha comigo ou não, metade deste dinheiro pertence a mim, a outra metade ao mensageiro... pelo menos à família dele. Venha comigo. Antes você me disse que morava nas ruas. Qualquer vida é melhor do que uma vida com ele.

— Ele vai me encontrar.

— Então saia da cidade comigo.

Eu não tinha muita certeza de para onde iríamos, mas o que mais eu podia fazer?

Houve um silêncio. Tuta parecia refletir.

— Como posso saber se isso não é uma armadilha, senhor? — Ele me olhava de lado. — Uma forma de dar o troco pelo que fiz ao senhor?

— Você salvou a minha vida lá. É por isso que quero compensar *a você*.

Enfim ele pareceu repensar, assentiu e atravessou a sala na minha direção.

Neste momento, seu pai apareceu.

O cabelo estava desgrenhado, a perna com uma crosta de sangue seco. Ele rugiu de frustração, alavancando-se sobre a perna boa ao partir para cima de Tuta, aparentemente sem perceber a faca que eu portava.

— Tentando levar meu dinheiro, menino! — gritou ele, agarrando o filho pelo pescoço como a um cachorro desobediente, sacudindo-o. — Que audácia! Que audácia!

— Não, pai, não, pai — suplicou Tuta, mas seu pai o chutava com o pé saudável. No instante seguinte, o sujeito parou, quase como quem se lembra de minha presença e, mais importante, do dinheiro, e seus olhos se voltaram para a mesa, notando a ausência das bolsas, e aí faiscaram para mim. Antes que eu pudesse reagir, ele atravessou a sala para me pegar.

Minhas tentativas de combatê-lo com a faca foram inúteis, e ele era muito mais maior do que eu. Ele me atingiu, deixando-me se fôlego e me derrubando de forma que caí com força no piso, sentindo um tinido penetrante na cabeça ao colidir contra a pedra. Fortalecido pela raiva, ele me manteve no chão, os dedos de uma das mãos fechado em meu pescoço, travando-me com as pernas. A saliva pingou no meu rosto, senti o sangue atravessar minha túnica e percebi que era dele, e em alguma parte remota do meu cérebro me perguntei se ele poderia simplesmente sangrar até desmaiar antes de conseguir concluir seu trabalho.

Sua mão apertava. Tentei puxar fôlego e não consegui. Virando a cabeça, vi Tuta deitado e imóvel, de olhos fechados, tonto ou desmaiado. Pus-me a agarrar a mão imensa e calejada em meu pescoço, tentando arrancar os dedos dali. Agora ele estendia o outro braço para trás, os dedos apalpando a mesa, procurando pela espada curta.

E então, num movimento de sombra, vi uma figura atrás dele. Não era Tuta. Alguém novo. A mão tinha arrebanhado a faca que havia caído no chão. Em seguida vi um tijolo se elevar e descer, rachando a cabeça do pai de Tuta um segundo depois de ele perceber que sua arma fora surrupiada. Ele revirou os olhos, a mão relaxou, e ele arriou de lado.

E, sob a luz fraca da vela que ainda ardia, vi quem me resgatava.

Era Aya.

16

— Pelos deuses! — Aya se ajoelhou, tomando meu rosto nas mãos.

Ficamos nos olhando, e vi que ela também trazia os sinais de sua longa jornada pelo deserto, de Siuá a Zawty. O cabelo trançado estava embaraçado e sujo, e o rosto, encardido.

Nós nos beijamos, mas não havia tempo para reencontros nem para explicações. No chão, o pai de Tuta gemia, tentando se colocar de gatinhas. Aya me puxou, levantando-me, aí me arrastou para a porta, no entanto eu a impedi.

— Tuta — chamei —, venha agora. É nossa última chance.

E dessa vez ele não precisou de mais incentivo, uniu-se a nós porta afora e chegarmos à rua, os pés ecoando na pedra em nossa fuga.

— Como você chegou aqui? — perguntei a ela em plena correria.

— Do mesmo jeito que você. A cavalo. Na realidade, nossos cavalos estão no mesmo estábulo, recebendo os cuidados de um jovem que se lembrou de você e que conhecia o rapazinho aqui. — Ela apontou para Tuta. — Bastou molhar a mão do sujeito e ele me contou onde eu o encontraria.

— Mas que desgraçado! — exclamou Tuta, porém sua expressão era de quem se desculpava quando Aya e eu lhe lançamos olhares furiosos.

— Não posso dizer que esperava encontrar os dois ao mesmo tempo — disse-me ela. — Mas quem está reclamando?

— Eu não estou — disse Tuta —, mas vamos ter de voltar ao estábulo, encontrar suas montarias e sair daqui esta noite. Meu pai sabe onde seu cavalo está guardado, senhor. Ele vai garantir que o senhor fique.

Assim que pegamos nossos cavalos, o cavalariço e Tuta se encararam com cautela, o menino nitidamente ávido por dar uma bronca no outro, mas optando por não fazê-lo.

De qualquer modo, não nos demoramos ali. Pegamos os cavalos e, pouco tempo depois, sem nenhum sinal do pai de Tuta em nosso encalço, saímos da cidade cavalgando, enfim deixando Zawty a nossas costas.

Viajamos por talvez duas horas, Tuta dividindo a montaria de Aya e se agarrando a ela desesperadamente, e quase amanhecia quando enfim paramos para fazer uma fogueira e preparar o peixe que Aya comprara ou conseguira adulando um pescador às margens do Nilo.

Enquanto Tuta armava a fogueira, ela e eu nos afastamos um pouco para conversar. Caminhávamos como soldados que haviam retornado exaustos da batalha, escorando-se um no outro, depois nos jogamos na areia, muito agradecidos por finalmente estarmos nos sentando. A cabeça dela encontrou seu ponto costumeiro e ali descansamos, com o sol nascendo as nossas costas, observando enquanto Tuta catava arbustos secos para acender. Durante alguns momentos, o único som ambiente foi o raspar de sua pederneira. Tirando isso, o deserto estava anormalmente silencioso, como se fôssemos as únicas três pessoas no mundo.

— Por que você partiu? — perguntou ela.

— Precisava encontrar meu pai. Precisava mostrar a ele que...

— Não, eu quis dizer assim. Do jeito como você fez.

Calei-me, toda aquela culpa que eu já sentia subindo à superfície.

— Se tivesse feito de outro modo, eu não sabia se teria forças para deixar você — disse-lhe enfim. — Não sabia se conseguiria de fato ir embora.

— Muito bem, não faça de novo. Nunca mais. Sair de mansinho, sem se despedir.

— Desculpe-me.

— Então fale — disse ela. — Conte tudo o que aconteceu.

E então eu contei. Contei a Aya toda a história, a começar por minha visita à casa de Rabiah, concluindo o relato à própria entrada dela em cena.

Tudo. Não deixei nadinha de fora.

— E a mensagem, era essa? — perguntou ela quando terminei. — "Venha imediatamente ao local Mãe. Tememos que A Ordem esteja se reunindo."

— Isso.

— Local Mãe — disse ela. — Um ponto de encontro secreto. Significa alguma coisa para você?

— Não.

— E "A Ordem"?

Neguei com a cabeça.

— Você nunca ouviu nada quando era criança?

— Não.

E por um momento fiquei sem fala. Eu sabia muito bem como eram poucos os frutos de tanto esforço, quase morrendo duas vezes, e deixando o mensageiro, um inocente irrepreensível, morto graças à minha imperícia e inexperiência.

— E agora eu simplesmente não sei o que fazer — falei. — Não sei por onde começar, aonde ir.

Braços tranquilizadores me envolveram.

— Ora, você *saberia* — disse Aya —, se tivesse ficado para ouvir o que Rabiah tinha a dizer. Ela contou a você sobre Khensa, mas também lhe contou o que aconteceu depois do ataque de Menna ao templo?

— Continue.

— Havia um sacerdote, o qual morreu no ataque, não? Lembra-se disso?

— Sim. Vagamente.

— Ora, ele não morreu no ataque. — Ela se calou brevemente. — Digo, ele morreu, mas não durante o ataque. Os núbios o mataram no dia seguinte. Seu pai solicitou sua execução porque foi este sacerdote que estivera conjurando com Menna, passando informações a ele.

Pensei na visita ao acampamento dos núbios — ou, eu deveria dizer, ao local onde os núbios costumavam ficar —, e encontrando-o abandonado.

— Nunca mais voltei a ver Khensa. Foi por isso que ela foi embora de Siuá?

— Os núbios foram despachados numa missão... mais uma vez, ordens de seu pai. Receberam a tarefa de localizar Menna e seus homens e de pará-los de uma vez por todas. De acordo com Rabiah, Khensa cresceu e se tornou a líder desta missão, e embora ela tenha feito um massacre ao grupo de saqueadores, sua tarefa não foi concluída. Menna e alguns comparsas dele continuam à solta.

— E é isso que Rabiah acha, que a mensagem se tratava disso? — perguntei.

Eu não conseguia enxergar o rosto de Aya, mas senti quando ela fez uma careta.

— Bom, foi o que ela disse.

— Você não tem tanta certeza assim?

— Não, sinceramente não. Talvez Rabiah tenha nos colocado justamente onde ela quer.

— Ela nos quer perdidos e sentados no deserto, sem a menor ideia do que fazer?

— Mas isto não é estritamente a verdade, é? Nós *sabemos* o que fazer, porque há outra informação que você perdeu quando partiu em sua fuga noturna. Rabiah sugere irmos a Tebas, encontrar Khensa e arregimentar sua ajuda.

— Vai me desculpar se eu não achar muito atraente a perspectiva de fazer a vontade de Rabiah. Mas é que não tem funcionado muito bem para mim até agora.

— Você realmente acha isso? — disse ela.

Refleti por um momento.

— Não — admiti —, talvez não. Acho que foi ideia dela você vir atrás de mim, afinal de contas.

— Então vamos comer, dormir, e amanhã partiremos para Tebas — propôs ela.

— Pelo menos é um plano de ação, mas nosso problema é que não conhecemos nada de Tebas. Veja só o que aconteceu quando fui a Zawty exatamente com esta filosofia.

— É aí que posso ajudar, senhor — disse Tuta. Não percebemos sua aproximação, mas agora ele estava bem diante de nós. Atrás dele, o fogo ardia, chamas alaranjadas dançantes espelhando o sol nascente acobreado.

— Você conhece Tebas? — perguntou Aya. Eu sabia que neste momento ela o estava reavaliando depois de tudo que eu contara.

— É onde moram minha mãe e minha irmã — disse ele, e teve a decência de, ao mesmo tempo, olhar timidamente para mim.

— Então sua mãe e sua irmã de fato existem? — perguntei.

— O que lhe contei em parte era verdade — disse Tuta. — Nós morávamos em Tebas. Foi onde passei os primeiros dez verões de minha vida, e eu adorava a cidade, mas meu pai fez alguns inimigos poderosos e tivemos de partir para Zawty. Ele costumava espancar minha mãe com a mesma regularidade e crueldade com que espancava minha irmã e a mim. Aposto que pode imaginar também, senhor, que ele bebia muito.

— Não posso dizer que estou surpreso com isso — comentei.

— Nossa casa de fato se incendiou, senhor. Meu pai derrubou uma lanterna, bêbado, e foi a gota d'água para minha mãe, que levou minha irmã de volta para Tebas.

— E você?

A resposta de Tuta foi um sorriso tristonho.

— Lealdade, eu suponho, senhor.

— Pode vir conosco para Tebas, Tuta — disse Aya. — Ficaremos felizes em tê-lo como companheiro de viagem. Você pode provar seu valor quando chegarmos lá.

— Eu provarei, minha senhora.

Cozinhamos o peixe, depois dormimos, Aya e eu enroscados na areia, Tuta não muito longe dali, até que o calor do sol nos acordou e, mesmo ainda cansados, partimos para Tebas. Em minha mente, as últimas palavras do mensageiro.

O que ele queria dizer? O que era A Ordem?

17

— A Ordem deve nos considerar ultrapassados e obsoletos, nada ameaçadores. — Sabu estava enfurecido. — o que aconteceu, Hemon?

O velho franziu os lábios, furioso. Houve uma época em que ele teria gritado de volta com Sabu, mas embora Hemon ainda fosse imponente, seus músculos tinham se transformado em meros pontos de apoio, a idade o enfraquecera, e a perspectiva de uma sessão de gritos não tinha mais apelo para ele.

— Possivelmente é o que precisamos descobrir — falou o velho em vez disso.

— Nosso mestre agradece a você os esforços que fez em nosso nome — disse Sabestet, colocando uma xícara de alfarroba quente na frente de Sabu, que teve de conter com muito esforço uma onda de irritação.

Ele fizera o que fora solicitado por Hemon e Sabestet, suportara a jornada a Hebenou, onde encontrara a fazenda de Emsaf com um novo proprietário. Os atuais ocupantes foram cautelosos com ele por bons motivos: não só ele estava muito sujo devido à jornada, com olhos desvairados e exausto, como também fora informado de que a fazenda de Emsaf ficara vaga quando sua mulher e filho tinham sido descobertos mortos, assassinados.

Sabu não conhecera Emsaf muito bem, mas Emsaf era um homem como ele, e embora eles não tivessem contato no presente, o passado dos dois era interligado, seus futuros inextricavelmente entrelaçados. Sabu sempre acreditara que um dia eles lutariam lado a lado para restaurar o Egito aos costumes do passado, tal como devia ser.

É curioso como uma certeza inquebrantável pode ser tão facilmente destruída.

— Como eles foram mortos? — perguntara ele.

— Apunhalados, assim disseram. — Não que os novos proprietários tivessem visto os corpos, é claro. — Não tivemos nada a ver com essas mortes, entenda.

— Eu entendo.

O homem e sua esposa claramente estavam nervosos. Sabu tinha passado a vida em Siuá, protegendo pessoas assim, e não lhe agradava ser o motivo da inquietação deles. Odiava a si mesmo por ser seu emissário. Mas seu sorriso pouco fizera para colocá-los à vontade. Sua única alternativa era obter as informações necessárias precisava e deixá-los em paz o mais rápido possível.

— Não foi encontrado o corpo de nenhum homem? — perguntou ele, pensando em Emsaf.

Não, garantiram a ele.

— E quanto aos pertences da família?

A maior parte fora enterrada com eles, conforme rezava a tradição. Eles guardaram o restante, disseram, nada de muita utilidade, mas, ainda assim... para o caso de um amigo ou parente aparecer. Acrescentaram que pegariam com prazer o pacote com suas posses para que ele pudesse examinar.

Ele examinou.

Não havia nenhum medalhão. Um interrogatório criativo também confirmou que nada do tipo fora enterrado com a mãe e a criança.

E assim ele partiu, tomando o caminho de volta à casa de Hemon em Djerty, praticamente sem parar, até avistar a cidade ao longe. Elevando-se de seu centro estava o pilar de granito do faraó Userkaf. Não muito distante, ficava o templo do deus-falcão Montu, o deus da guerra que, quando enfurecido, aparecia como um touro branco de cara preta.

Muito adequado.

Ali, ele encontrou Hemon.

— E você acha que eles estão nos perseguindo? — dizia ele agora.

O ancião assentiu.

— É a única explicação.

— Então vamos lutar.

— Vamos lutar...? — retrucou Hemon, voltando o olhar para Sabestet.

Este, por sua vez, fixou um olhar leitoso e cego em Sabu.

— Nosso mestre tem perguntas. Deseja saber os nomes dos guerreiros que comporão nosso exército nesta batalha em especial.

Sabu revirou os olhos. Sabia que isso viria.

— Comecei a treinar Bayek, mas ele não está preparado.

— É seu dever deixá-lo preparado — disse Hemon.

— Vai acontecer. Mas não se esqueça de que Emsaf estava treinando seu menino também, e isto de nada lhes adiantou. Nosso suprimento se esgotou. Isto nos deixa vulneráveis.

— De fato — zombou Hemon —, e é exatamente por isso que precisamos aumentar nosso efetivo, e um bom jeito de aumentar nosso efetivo é...

— Sim, sim, eu sei. O treinamento de Bayek será concluído.

— Quando?

— Quando eu disser.

— Tarde demais, talvez? — zombou Hemon. — Quando você concluir que ele está preparado, A Ordem terá nos aniquilado.

— Deixe Bayek por minha conta. Agora nossa questão mais premente é descobrir quem deseja nos ver mortos e matá-los antes que realizem o serviço. Nós os atacaremos antes que eles possam concluir o que começaram, não concorda?

Hemon assentiu.

— E como você propõe fazer isso?

— Tenho algumas ideias a esse respeito. Nesse meio-tempo... por que agora? Por que de repente A Ordem passou a ter interesse em nossas atividades a ponto de querer erradicá-las?

Hemon assentiu.

— Boa pergunta. Parece que houve mudanças em Alexandria.

Parte Dois

18

Vários meses antes

Um dia, de manhã cedo, um ex-soldado chamado Raia chegou à Biblioteca de Alexandria. Era tão cedo que um dos guardiões ainda dormia, arriado na pedra da entrada, a cabeça tombada no peito e um filete prateado de saliva brilhando levemente à luz crescente. Raia resistiu ao impulso de acordá-lo com um pontapé ao passar, invisível e incontestado, rumo ao grandioso saguão de entrada da biblioteca.

No interior, a história era outra. Ninguém roncava ali. Outro homem poderia se sentir diminuído pelas colunas elevadas e esculpidas que se estendiam diante dele, desaparecendo à luz matinal vaporosa até onde os mestres vagavam com seus discípulos no jardim e estudantes se enfileiravam nos bancos de pedra dos anfiteatros a fim de sorver as sábias palavras de matemáticos e astrônomos.

Outro homem poderia ter assoviado de admiração ao ver os milhares e milhares de pergaminhos guardados em centenas e mais centenas de prateleiras, à esquerda, à direita e bem à frente, como uma enorme colmeia; a escultura e o baixo-relevo, o senso de atividade que permeava o prédio, bolorento e úmido, porém culto e sábio; a consciência de que ali, ao alcance, perto de onde ele se encontrava, estava o repositório de todo o conhecimento humano, do passado, presente e provavelmente do futuro.

Outro homem, talvez.

Raia parou para se posicionar, observando jovens eruditos, homens e mulheres andarem de um lado para o outro, as sandálias raspando na pedra. Não era que aquilo tudo passasse despercebido a ele. Mas também não o impressionava. A questão era que, antigamente, ele fora um soldado, um guerreiro afamado pelos nervos de aço, pela vontade férrea e pela coragem diante das fileiras maciças do inimigo. Para ele, a biblioteca era pouco mais do que uma afetação.

E, por falar nisso...

Ele pretendia pedir informações a um dos funcionários mais velhos que andavam entre as prateleiras carregadas de pergaminhos — mas acabou não sendo preciso. A tosse seca de Theotimos, que lhe dava nos nervos, exatamente como o rilhar de dentes ou o som de ossos se quebrando fazia com outras pessoas, pareceu flutuar pela biblioteca até alcançá-lo.

Ele mudou de rumo e seguiu em direção ao barulho, então espiou à esquerda e notou olhos a observá-lo através dos pergaminhos tubulares. Um espião? Um erudito curioso? Chegando ao final da estante, constatou que se tratava da segunda opção e deu ao jovem um olhar severo de alerta. O rapaz arriou os ombros, ficou de queixo caído e ele virou a cara para o outro lado.

Aquela tosse de novo. Raia continuou a seguir em direção a ela, enfim encontrando Theotimos num canto da biblioteca onde aparentemente ele tinha montado acampamento a uma mesa. Já havia montes de documentos espalhados, e ele estava voltando à sua cadeira com outros mais.

Não eram nada mais que pergaminhos, mas Theotimos parecia recurvado sob seu peso. Seu progresso era lento, um pé parecia se arrastar milimetricamente na pedra. Quando ergueu a cabeça e viu Raia, seus olhos anuviaram, primeiro de medo e depois de surpresa, como quem é apanhado em flagrante cometendo um crime, depois com confusão, à medida que ele, evidentemente, precisou de cerca de um instante para reconhecer Raia.

Parado ali e olhando de cima aquele homem diminuto que era seu superior, pelo menos nominalmente, Raia amaldiçoou sua sorte por ter sido escolhido para a função de coadjuvante. Teve dúvidas desde o início: Theotimos evidentemente estava enfermo, mais necessitado de um cuidador do que um assistente. Após ter trabalhado com ele por mais de um ano, Raia estava ainda mais convencido de que a posição de Theotimos na Ordem dos Anciãos era resultado de pouco mais do que sentimentos e lealdade equivocados.

Com séculos de idade, A Ordem fora criada para ajudar o Egito a se adaptar às novas formas de governo instigadas por Alexandre em Mênfis. Cada geração sucessiva de líderes da Ordem havia adotado e em alguns casos adaptado a ideologia principal da Ordem, que era, numa só palavra, iluminação: afastar-se do sistema de controle pelo medo antes exercido pelos deuses, sacerdotes e faraós e caminhar para modos modernos de autogestão. Uma nova ordem para substituir a antiga.

Antigamente, Theotimos fora fundamental para o funcionamento da Ordem e estivera entre aqueles que mais trabalharam para manter o propósito da organização. Na época, é claro, ele fora cheio de força e energia. Havia ali, naquela mesma biblioteca, transcrições da grande oratória de Theotimos — debates lendários dos quais ele participara. Fora verdadeiramente um grande homem. Um terror para seus inimigos.

Raia desejava ter conhecido Theotimos naquela época, quando este tinha assento entre os pensadores e legisladores mais eminentes da Ordem. Não gostava de como se sentia a respeito do sujeito agora; fazia-o lembrar-se demais do que o aguardava caso ele vivesse o suficiente. Também não gostava da onda de desdém que sentia sempre que punha os olhos no homem, um desprezo crescente toda vez que Theotimos lhe fazia sua saudação costumeira, como agora, os olhos baços enfim se definindo em reconhecimento enquanto reassumia seu lugar à mesa.

— Olá, meu amigo.

Seu cabelo grisalho era comprido, e a barba, irregular e desgrenhada. Revelava dentes tortos e quebrados quando sorria, como sempre esperançoso de que o calor de sua saudação pudesse ser correspondido.

Não foi. Raia conseguiu disfarçar uma careta ante a deplorável falta de cuidados pessoais do erudito, registrando aquilo como outra justificativa para seu desprezo.

— Theotimos — disse Raia —, o que me traz à biblioteca em hora tão inoportuna?

— Recebi uma tarefa a cumprir.

Os olhos do velho tinham se voltado aos pergaminhos diante de si. Os dedos dançavam sobre o papel. Não era surpresa alguma para Raia que o outro tivesse "recebido uma tarefa". Um integrante da Ordem superior a ambos tinha o hábito de dar a Theotimos tarefas um tanto cansativas e inconsequentes. Tais trabalhos eram projetados para utilizar a capacidade erudita de Theotimos enquanto as habilidades de Raia como tático acumulavam poeira devido à negligência.

— E que tarefa seria essa, Theotimos? — perguntou Raia, suspirando por dentro.

— Uma espécie de avaliação; suponho que se possa chamar assim — respondeu Theotimos. Ele se curvou e forçou a vista para o pergaminho que lia, usando a mão como régua. — Arrá! — exclamou.

— Que foi?

Theotimos acenou para que o outro se aproximasse.

— Vê isto?

Raia se aproximou lentamente. Alguns pergaminhos estavam em grego, uma escrita que ele conhecia, e falavam principalmente de Tebas, pelo que podia ver. Outros estavam numa escrita para ele desconhecida.

Quando Raia comentou isso, Theotimos soltou o que pretendia ser um muxoxo jocoso.

— Isto é *sekh shat* — disse ele, apontando para o pergaminho —, uma antiga escrita demótica que eu jamais esperaria que um filhotinho como você conhecesse.

— O que pretende dizer, exatamente? Seria demais pedir que diga logo o que quer?

Theotimos riu.

Pelo menos sou motivo de diversão para ele em seus últimos anos, pensou Raia. *Minha única utilidade aqui.*

— Esta palavra aqui — disse Theotimos. — Sabe o que significa?

— Temo que não. Talvez você possa cogitar me explicar antes que eu perca a vontade de viver.

Theotimos ergueu a cabeça, os olhos estreitos brilhando com antigos segredos e uma lucidez súbita e perturbadora. Abriu lentamente um sorriso, e Raia se conteve para não recuar um passo.

— Diz Medjay.

19

Algumas semanas depois da revelação de Theotimos, Raia acordou num bordel de Alexandria com ideias fermentando em sua mente anuviada. Pagou a conta, saiu e voltou para casa a fim de fazer planos — planos complexos e pertinentes que, mais importante, garantiriam sua ascensão na Ordem com a maior tranquilidade e eficiência possível.

Sua primeira tarefa era encontrar um tradutor.

Não, não a primeira. Antes, havia outra coisa a se fazer, gesto que lhe garantiria muita satisfação.

De modo que, quando as fundações de seu plano estavam estabelecidas, ele preparou a bolsa, despediu-se da esposa e das duas filhas e deixou Alexandria, pagando a um barqueiro para que o levasse à outra margem do rio ondulante e azul, na direção de Faium.

Quando estava perto de seu destino, desembarcou, comprou um cavalo e tomou o rumo da casa daquele a quem chamavam Bion, matador de homens.

Ele se perguntou se seu velho camarada ainda usava kajal em volta dos olhos.

E se aqueles olhos ainda eram tão mortos como foram outrora.

A casa de Bion nos arredores do Deserto Negro, perto de Faium, era uma das poucas construções que compunham o povoado minúsculo. A leve depressão do lugar conferia às casas a impressão de estar afundando pouco a pouco no chão, e o vento tinha o hábito de apanhar grandes porções de areia e jogá-las nas paredes. Era um ambiente hostil, e os pastores de ovelhas que haviam escolhido aquele lar tinham o bom senso de passar a maior parte do tempo fora, fato que agradava a Bion imensamente.

Foi, portanto, deveras surpreendente retornar de uma viagem para buscar água e ver um cavalo amarrado na frente de sua casa. Cobrindo os quartos traseiros do animal estava o estandarte da Guarda Real, os Machairoforoi.

Bion parou.

Então, pensou, *ele está aqui. Raia veio receber.* Ninguém mais saberia como encontrá-lo ali.

Ele sacou a faca, só por precaução, enrolando a alça de couro no pulso, e entrou.

Raia estava à espera. Quando o matador abriu a porta trançada, abaixou a cabeça e entrou. Raia estava de pé, e ambos ficaram se olhando em silêncio por uns bons segundos: Raia de braços cruzados, sorridente, o matador com a faca na mão.

Foi o visitante que rompeu o silêncio.

— Olá, Bion, meu velho amigo.

— Comandante — respondeu Bion, sem sorrir.

Ele também não precisava se aventurar em amabilidades sociais com Raia. Na verdade, preferia não fazê-lo. Era sempre desejável manter Raia confuso. Ele passou da soleira e mergulhou nas sombras. Escondeu um sorriso ao ver como Raia deslocava o peso do corpo, como quem se prepara para um ataque, mas sem querer ofender.

— O que você quer?

Raia sorriu, experiente e educado, e apontou para a faca de Bion, outra relíquia dos velhos tempos.

— Posso supor que você não sente mais a necessidade de proteção e talvez considere colocá-la no cinto? Sou apenas humano, como sabe, e a visão de uma lâmina afiada na mão do grande Bion, matador de homens, pode inspirar medo até no mais corajoso entre nós.

— Fico lisonjeado, comandante — disse Bion, mais por hábito do que por respeito, e atendeu ao pedido de Raia.

— Vejo que ainda usa o kajal.

— Para me proteger da claridade do sol.

Ele sentiu os olhos de Raia em suas cicatrizes. Não se mexeu, sabendo que as sombras só faziam destacar ainda mais as marcas.

— O que aconteceu aí? — perguntou seu antigo comandante.

— Uma desavença — disse Bion num tom que não convidava a outras perguntas.

— Desavença estranha... — Raia desenhou um padrão cruzado no rosto, como se para retratar o tipo de luta de espada que poderia ter infligido tal ferimento.

Bion deu de ombros de novo, desejando deixar o assunto de lado. Tinha cometido um erro de cálculo em um trabalho. Escapara, depois concluíra a tarefa. Não voltaria a cometer erros semelhantes.

— Entendo. — Raia respirou fundo, encerrando o assunto. — O que mais tem mantido você ocupado desde que nos vimos pela última vez? Já deve fazer uns dez verões...

Bion gesticulou para sua casa. Teto baixo. Paredes que pareciam se fechar ao redor deles. As posses mínimas contavam uma história de solidão e subsistência.

— E você? — perguntou ele, por sua vez.

Em resposta, Raia pareceu exultar, como se estivesse ansiando pela pergunta. E podia muito bem ser o caso. Bion via que sua túnica era do melhor linho; o cinto estava gasto, porém era moldado de um couro caro. Tudo nele, tirando a faca no cinto, falava de uma vida confortável. E aquela faca, assim como a usada por Bion, era um suvenir da época da Guarda Real e conferia status a ele por si só.

— A vida em Alexandria tem sido boa para mim — confirmou Raia. — Na verdade, tão boa que me vi na vanguarda da criação de um *novo* Egito. Conhece a Ordem? As notícias de nossas obras chegaram a você? — Bion negou com a cabeça, e Raia continuou. — Somos uma sociedade que cresce em força e estatura. Nosso objetivo é conduzir a uma sociedade nova e mais moderna. Que se afaste do antigo estilo estabelecido.

Bion esperou que ele continuasse. Não se deu ao trabalho de esconder o tédio. Mesmo sendo alguém que no passado frequentara os mesmos círculos — na verdade, *especialmente* porque tinha conhecimento desse mundo —, ele fazia o máximo para evitar qualquer conversa sobre assuntos de política e ideologia. Sabia que seu trabalho não era se sentar com aqueles que decidiam a política, mas protegê-los e matar por eles, caso necessário. Para tais tarefas — em particular a última —, ele era bem habilidoso; tinha orgulho de seu trabalho. Era uma coisa em que superava todos os outros. E, sem dúvida, era este o motivo para Raia ter viajado de tão longe para vê-lo. Certamente não era para... *conversar* com ele.

— A Ordem é muito poderosa em Alexandria, Bion, e seu poder só aumentará. Enquanto você esteve morando aqui, ocupei-me trabalhando com eles. Não porque eu seja ambicioso, entenda...

Bion fez questão de manter o rosto impassível. Raia vinha mexendo com política havia muito tempo. Ele se esquecera de quem e o que era Bion.

— ...mas porque quero trabalhar por um Egito melhor. Um Egito mais próspero, autônomo. E tenho o prazer de dizer que os Anciãos da Ordem reconheceram minha dedicação e integridade. Não creio que seja arrogância ou presunção demasiada de minha parte dizer que sou ouvido em certos círculos, talvez até mencionado como alguém que um dia pode ocupar uma alta posição na Ordem.

Raia alisou a túnica, claramente satisfeito consigo. Era evidente que esperava uma resposta do dono da casa, esperava com uma confiança presunçosa.

Bion resistiu ao impulso de sacar a faca e afiá-la — uma atitude juvenil, não valia a reação. Deslocou o peso entre os pés, com os olhos fixos no outro, respirando tranquilamente. Com indolência, perguntou-se quando Raia teria se tornado tão falador — ele costumava ser um homem de ação.

Como Bion não disse nada, Raia titubeou, depois se recuperou e continuou sem hesitar:

— Agora, é claro, não cabe a mim decidir, isso eu entendo. E uma coisa que está tão fora do meu alcance não vale meus pensamentos. Minhas preocupações imediatas são progredir para nossos objetivos e melhorar nossas boas obras. Estou dolorosamente ciente de que a Ordem, com os olhos de Roma no Egito, precisa ser astuta caso queira sobreviver e continuar no poder... precisamos agir. Talvez até recorrer ao que você chamaria de ação preventiva. Está entendendo até agora, Bion? Estou sendo claro?

Bion assentiu. Ele compreendia bem. Entendia que Raia era o mesmo de sempre: um homem que, apesar de suas boas qualidades, era alheio às próprias deficiências. Um homem que ficara complacente e excessivamente confiante em suas maquinações.

— Ótimo, ótimo — disse Raia —, eu sabia que entenderia. É importante que entenda porque, como estou certo de que percebeu desde o momento em que viu meu estandarte, não estou aqui apenas para colocar a conversa em dia com um velho camarada. Tenho um pedido a lhe fazer.

Um pedido, pensou Bion. Era um jeito de colocar a questão.

Raia prosseguiu.

— Em Alexandria, fui nomeado assistente de um Ancião da Ordem, um erudito de nome Theotimos. Não muito tempo atrás, Theotimos encontrou pergaminhos relacionados aos Medjay. Pergaminhos que ele diz apontarem para uma ressurgência dos Medjay. — Ele fez uma pausa breve. — Os Medjay. Você sabe quem são, não sabe, Bion?

Bion assentiu com a cabeça. Sim, ele sabia quem eram os Medjay, pois certa vez os pesquisara por curiosidade, perguntando-se como se associar a eles. E pensava neles agora. Eram protetores do velho reino, guardiões de tudo o que era antigo, os homens que antigamente guardavam os túmulos e templos e cumpriam os deveres de guarda-costas e pacificadores. Nos tempos antigos, os Medjay foram guerreiros temidos, considerados ao mesmo tempo sábios e habilidosos nas artes do combate. Mas isso fora centenas de verões antes, uma época diferente, tal como as preocupações dos egípcios que viviam naquele período. Com uma nova era, vieram novos guardiões e protetores, e por ali nem os representantes do mundo moderno, nem seus executores estavam preparados para tolerar aqueles que representavam o antigo; neste aspecto, os Medjay eram um dos exemplos mais visíveis de um estilo de vida cada vez mais rejeitado ou odiado de formas variadas. Com o passar do tempo, esse status dos Medjay mudou. Deixaram de ser protetores e passaram a entidades quase apócrifas. Já eram principalmente boatos. Em algumas partes do país, eram considerados pitorescos, porém irrelevantes, enquanto em outras regiões do Egito, onde tinham sido perseguidos com avidez, eram firmemente considerados extintos.

Talvez eles simplesmente tivessem continuado a ser uma força antiga e ultrapassada para ser esquecida aos poucos, se não fosse pelo fato de que, à medida que minguavam em números e presença visível, sua reputação e influência de algum modo aumentava nos círculos eruditos.

Embora não protegessem mais nada fisicamente, o nome dos Medjay passou a representar uma forma de preservação, um ideal nobre. Uma salvaguarda do estilo "antigo" que era, por implicação, um estilo de vida melhor, menos corrupto e mais simples.

Como Machairoforoi, ele e Raia supostamente tinham estado entre aqueles que se afastaram do governo faraônico antigo — e, assim, dos hábitos dos Medjay. Ele nunca conhecera nenhum, mas tudo o que ouvira deles o deixara intrigado na época. E, ao pensar nisso agora, fazia completo sentido para Bion que Raia tivesse ingressado na Ordem. Ele sempre fora ávido por adotar a modernidade, implacável em sua crítica ao "antigo". Era inevitável que considerasse os Medjay seu inimigo natural.

Quanto a Bion, não tinha nenhuma ideia a esse respeito, nada além de uma leve curiosidade. Ele era pago para proteger, às vezes matar. Não para pensar.

— Uma ressurgência dos Medjay? — dizia ele agora, ainda se perguntando qual seria seu papel naquilo tudo. — É o que seu chefe Theotimos pensa que seja?

— Ele não é bem meu chefe — censurou Raia —, mas, sim, para resumir, é exatamente no que ele acredita.

— E o que você acha?

Quem sabe desta vez Raia iria direto ao que interessava.

— Não sei ler pergaminhos escritos em línguas antigas e extravagantes — disse Raia com altivez —, sou um soldado, não um erudito. É para isso que temos historiadores como Theotimos: para que eles nos informem o que dizem os pergaminhos.

— E o que Theotimos informa que os pergaminhos dizem a ele?

Em muitas situações, Bion era paciente. Agora, descobria que esta não era uma delas.

Raia fez uma careta ofendida e deslocou o peso do corpo entre os pés. Tinha notado a irritação de Bion.

— Infelizmente Theotimos não tinha chegado tão longe em suas traduções dos pergaminhos quando a doença o deixou indisposto.

— Entendo.

Bion não fez comentários relacionados a soldados e venenos. Afinal, não tinha certeza, e Raia não lhe contaria nada de jeito nenhum.

— Espero que ele se recupere em breve e possa voltar a seus estudos — continuou, rápido, poupando Bion do incômodo de incitá-lo a continuar. — Porém, o que ele me disse de seu leito de enfermo é que os Medjay não foram derrotados. Talvez seja mais preciso dizer que eles se recusam a admitir a derrota e planejam manobras para se posicionar onde mais uma vez possam buscar poder no Egito, o que, como você pode imaginar, os colocará em conflito direto com a Ordem. — Ele se calou por um instante. — E, como pode também imaginar, Bion, queremos evitar tal concorrência. — Ele ergueu a mão como se Bion estivesse prestes a interrompê-lo, embora o outro não fosse fazer nada parecido. — Você deve estar se perguntando quando os Medjay pretendem agir. Não sabemos. Apenas que é um plano de longo prazo, algo que envolve gerações futuras de guerreiros Medjay. Como eu disse, nós gostaríamos de arrancar esse mal pela raiz.

— Nós?

— A Ordem.

— Você e Theotimos?

O leve lampejo de irritação no rosto de Raia se foi com a mesma rapidez com que apareceu.

— Isso importa? De qualquer forma, é para o benefício da Ordem que os Medjay sejam detidos antes que tal plano possa ganhar ímpeto. Eu gostaria muito de cuidar disso.

Para melhorar sua própria posição, pensou Bion, mas em vez disso falou:

— Assim, não há mais ninguém em sua organização que saiba?

— É uma questão estratégica, soldado. Quanto menos pessoas souberem o que pretendemos, menos provável será que os Medjay tomem alguma medida contra nós. Precisamos atingi-los logo e com força. Nossos atos devem ser discretos.

— Este é o único motivo?

Raia franziu as sobrancelhas.

— Que outro motivo poderia haver? Essas pessoas são perigosas. Precisamos dar a eles a atenção que merecem.

E é por isso que você está aqui.

— E é por isso que estou aqui. Vim ao lugar certo?

— Você precisa que eu mate os Medjay para você.

Raia riu.

— Dito de forma grosseira, sim, é *exatamente* o que preciso que faça, Bion. Qualquer Medjay sobrevivente deve ser eliminado. Não só eles, mas sua linhagem toda: homem, mulher ou criança...

E nesse ponto ele parou, como se esperasse ver Bion se retrair, coisa que ele não fez; já havia matado homem, mulher e, sim, até crianças, sem fazer distinção de idade ou gênero.

Bion não se importava com detalhes. Matar era matar.

— Eu os quero mortos, Bion, e quero que você recolha o medalhão de um Medjay para provar, e leve a mim, em Alexandria, para que eu tenha provas da realização da tarefa.

— E em troca?

Raia inflou de orgulho.

— Como disse, creio que estou sendo preparado para um papel de liderança na Ordem. Naturalmente, eu ficaria extraordinariamente agradecido a quem me ajudasse em minha ascensão, podendo conferir à pessoa um status maior dentro da própria Ordem.

— Refere-se a mim, comandante?

O visitante revirou os olhos.

— Quero dizer qualquer um que me ajudar, Bion, como falei.

— E se não for meu desejo ir à cidade, adotar seu estilo ou revisitar minha antiga vida?

Raia cruzou os braços e fitou atentamente o velho camarada. Estava claro que não acreditava que Bion ainda desejasse permanecer ali.

— É de fato este o seu desejo? — perguntou com astúcia e, como Bion não respondeu, acrescentou: — Preciso lembrar a você...

20

Eles tinham estado em Naukratis, naquela época. Bion se lembrava muito bem. Como Alexandria, Naukratis era uma das cidades modernas, daquelas construídas pelos gregos. No entanto, ainda era acometida por parte dos velhos problemas e um deles era — como Raia e Bion viriam a descobrir naquele dia — o conflito constante entre os proprietários de terras e os camponeses, os *sekhety*, que trabalhavam em seus campos.

Bion e Raia haviam sido incumbidos de proteger o filho de uma autoridade civil de baixo escalão do governo faraônico, um principezinho chamado Qenna.

Eles estavam ali como um presente à mãe, por convenção, a criança era considerada de baixo risco. Porém, ambos eram profissionais e não pretendiam baixar a guarda.

Naquele dia, eles foram com o menino a uma praça cercada de todos os lados por colunas de pedra rachada. Por serem de Alexandria, nem Raia nem Bion perceberam que o lugar estava duas vezes mais movimentado que o de costume, que a atmosfera estava mais febril. O que eles viam era uma praça agitada, com uma plataforma de pedra elevada no centro e degraus tomados por homens fazendo discursos apaixonados a uma multidão animada.

Um orador, em particular, parecia ter conquistado uma plateia maior.

— Por que devemos suportar isto? — gritava ele, curvado para a frente, a mão estendida como se implorasse pela atenção da multidão. Seu manto sujo só fazia destacar o significado da mensagem. — Por que devemos esperar e nos permitir ser tratados dessa maneira?

Eles observaram o orador discorrer contra o que descrevia como métodos imorais de um proprietário de terras chamado Wakare. Foi só um pouco depois que Bion fez as próprias investigações sobre as práticas de trabalho desse tal Wakare e descobriu que de fato eram antiéticas e exploradoras, e que a raiva e o ódio que ele vira naquele dia na praça eram inteiramente justificados.

Mas, por ora...

— Devemos nos erguer — berrava o orador.

Bion viu o menino encarar o sujeito, assustado, perplexo com a força e a paixão na mensagem do homem. Talvez devessem partir, pensou ele. Afinal, a multidão estava agitada, e situações do tipo costumavam se descontrolar rapidamente.

Por outro lado, talvez ver aquilo fizesse algum bem ao menino, pensou. Seria bom deixá-lo ver a vida tal como ela era.

— Devemos tomar de volta as terras nas quais trabalhamos, nas quais nos sacrificamos. Por que nosso trabalho árduo deve forrar os bolsos daqueles que nada fizeram por merecer? Como nosso trabalho é recompensado?

O orador colocou a mão na túnica; devia haver algum saquinho pendurado ali dentro, porque ele expôs um punhado de terra que deixou escorrer entre os dedos, a multidão reagindo com um rugido de aprovação.

Então, aconteceu.

Talvez Wakare tivesse acabado de tomar consciência daquela incitação do orador; era mais provável que tivesse sido informado antecipadamente, dispondo, portanto, de tempo para reunir uma turba sua. De um modo ou de outro, enquanto o orador levava a multidão a um tom febril, aquela agitação ameaçando despontar em algo mais, três homens apareceram do lado esquerdo da praça e caminharam até ele, abrindo caminho pela multidão.

Ao chegar a ele, um dos homens sacou uma espada e a brandiu para afastar a plateia enquanto os dois companheiros partiram de encontro ao orador, um borrão de punhos se debatendo, levando-o violentamente ao chão. A multidão reagiu com gritos de ultraje e avançou, porém, foi logo dissuadida pelas espadas dos homens que promoviam um espancamento impiedoso e silenciavam o discurso com o sangue do orador.

A primeira coisa que passou pela cabeça de Bion foi seu único pensamento: *A missão*, e então *Proteger o menino*. Foi o mesmo para Raia.

— Fique conosco — disse Raia, a voz mais autoritária e severa do que Qenna estava acostumado a ouvir de um homem que pertencia a uma camada social inferior, seu criado. Mas o menino, embora imperioso, não era tolo; além disso, fora instruído pelo pai, que sempre instilara nele a necessidade de obedecer às ordens do guarda-costas, e assim ele fez, colocando-se detrás de Bion, esperando ali enquanto seus protetores avaliavam a situação.

Então, veio um grito renovado da turba, e uma onda de expectativa assustadora quando um segundo grupo apareceu do lado contrário da praça, cerca de sete ou oito homens portando lâminas compridas, espadas e forcados — todo tipo de arma. Pareciam eriçados, uma silhueta de ferramentas mortais pontudas e escuras, brandidas no alto à medida que o grupo se aproximava.

Raia jogou o manto para trás a fim de pegar a espada pendurada no cinto. Bion, antecipando a situação e vendo que a confusão poderia se inflamar, estendeu o braço para impedi-lo, mas era tarde demais; os recém-chegados tinham os olhos arregalados e estavam furiosos, embriagados de cerveja ou sede de sangue, ou simplesmente fervilhando por injustiça; viram os guardas reais e partiram para eles. Ou não sabiam que os dois homens eram protetores e espadachins habilidosos, impiedosos e precisos no combate e, o que era mais pertinente, preparados para dar a vida pelos membros da família real caso necessário, ou talvez simplesmente não se importassem. O que viram foram três membros da elite — pessoas que, de certo modo, eram arquitetas de sua dor. E, embora Bion e Raia não trajassem uniformes, apenas roupas apropriadas para sua função real, aquilo fora o bastante para identificá-los como ricos e abastados. Aquilo os denunciava como membros do lado errado. Bion sacou a espada. Sabia o que estava por vir.

— Guardas Reais! — gritou Bion. — Somos Guardas Reais! — Essa gente era tola, pensou com indolência. Será que não percebiam a facilidade com que podiam ser mortas?

— Não é nosso desejo lutar contra vocês — gritou Raia.

Bion permaneceu firme, torcendo para que a contenda acabasse logo, embora, para ser sincero, se não fosse pelos riscos à missão, ele não se importaria de fato com a morte de nenhum daqueles maltrapilhos. Assim, quando o primeiro da turba chegou a ele, Bion simplesmente transpassou com sua lâmina o manifestante, que desabou, o sangue encharcando a túnica, morto antes mesmo de bater nas lajes de pedra. A cena enfureceu ainda mais o grupo, e a batalha se intensificou enquanto os espectadores se dispersavam, os dois guardas combatendo de costas para a plataforma e protegendo o menino.

Com a mão livre, Raia gesticulou para Bion, tentando realizar uma manobra de retirada. Os espectadores que eram suficientemente curiosos para permanecer ali formaram um círculo para assistir à luta, e era para suas fileiras que Raia tinha esperança de escapar. Agora, ao ver uma abertura, Raia fazia um gesto de rodopio com um dedo e apontava. Bion pegou o menino e eles abriram caminho para a multidão, usando o punho das espadas para se forçar entre os espectadores.

Agora Raia passava depressa pela margem do protesto, acenando para que Bion e o menino o seguissem. Mas a multidão que eles esperavam deixar para trás era vingativa e hostil, de modo que muitas pernas se estenderam, fazendo-os tropeçar.

Bion caiu no chão, cobrindo o menino, e com um choque abrupto percebeu que acontecera o impensável: sua espada — que era tanto parte de seu braço como a própria mão — havia escorregado dos dedos. Ele estava desarmado.

Ele lutou para proteger o menino, usando o corpo como escudo enquanto os primeiros lavradores rompiam pela multidão, uma foice já em riste acima de sua cabeça. Bion viu dentes podres e tendões retesados no pescoço do homem. Viu o ódio e a necessidade de matar, e ergueu um braço inútil como defesa quando a ferramenta cortou o ar na direção dele.

Mas a lâmina jamais encontrou o alvo. Raia parou, virou-se e usou a espada como lança, e o agressor caiu com a lâmina cravada no peito. Mergulhando de volta a eles, Raia se abaixou, pegou a espada de Bion e derrubou um segundo homem, soltando a própria espada e jogando a lâmina de Bion de volta para ele enquanto seu camarada se levantava, arrastando o menino, os três ainda em sua fuga para a segurança. Por fim, eles conseguiram sair da praça, despistando os últimos perseguidores nas ruas de Naukratis.

Bion se lembrou dos olhos agradecidos do menino quando por fim eles chegaram à corte real. Ele próprio agradeceu a Raia por ter salvado a vida dos dois, ainda que o tivesse feito de má vontade. Por quê? Porque ele conhecia Raia muito bem: talvez um bom soldado, mas também preguiçoso. Ambicioso demais. Sempre tramando. Ávido por mais, por coisas além de sua posição. Por isso Bion sabia que um dia seria lembrado do fato de que Raia salvara sua vida e teria de pagar a dívida por uma questão de honra.

Quando Raia partiu para começar sua viagem de volta, os sentimentos de Bion pareciam um manto que precisava ser desenrolado. Ele sabia que Raia não havia lhe contado toda a verdade. Sabia que agora tinha um trabalho a fazer e, embora não desejasse estar vinculado àquele homem dessa maneira, não era do tipo que deixava alguma pendência em suas obrigações. Aquilo o irritava. Sua vida, embora frugal, era agradável; seu plano sempre fora permanecer naquela casinha durante meses, talvez até anos a fio. Não era seu desejo voltar a matar.

Entretanto...

Por que, perguntou-se ele, ele sentira um formigamento de expectativa? Por que se lembrava do cheiro do sangue tão facilmente, do modo como a carne se separava com tamanha prontidão diante de uma lâmina afiada?

E, enquanto fazia os preparativos que o levariam para longe, primeiro a Hebenou, depois no rastro de Emsaf, ele se perguntava: *Sinto falta de matar?*

21

Aya perambulava de um lado a outro, frustrada, diante da pedra que chamáramos de lar pelos últimos dois dias.

— Nem acredito que deixamos que ele nos enganasse — dizia ela. — Um mero pivete de rua, deixamos que levasse a melhor sobre a gente sem mais nem menos. Ele avistou você em Zawty, percebeu sua inexperiência e não parou desde então, estou dizendo...

— Você não entende — falei de onde estava, sentado de pernas cruzadas, semicerrando os olhos para ela. — Tuta e eu passamos por muita coisa juntos.

— Companheiros de luta, é? — disse ela, mas sem maldade. Ela sentou ao meu lado, recostando-se em meu ombro. — Acha que existe honra entre ladrões?

Eu estava preocupado?

Não tinha certeza.

Nossa jornada não fora fácil. Atravessáramos terrenos pedregosos, os cascos dos cavalos escorregaram em xisto, acampamos e caçamos para comer. Todas aquelas habilidades de sobrevivência que tinham sido ensinadas a mim por meu pai e Khensa, e transmitidas a Aya durante nossas expedições em Siuá, agora passávamos a Tuta. E, ao fazê-lo, nos surpreendemos. Tínhamos orgulho de nossa subsistência. Esta era uma terra implacável que entregava seus frutos de má vontade. Sobreviver não era fácil, e garantir o bem-estar de Tuta, assim como o nosso, vinha sendo um desafio a mais. Sentimo-nos amadurecer sob o sol inclemente. E o medo que nos acometia por estar tão longe de casa, afastados daquelas coisas que costumavam fornecer tanta segurança, transformara-se em determinação.

À noite, eu estivera deitado e insone, perguntando-me se nosso curso de ação — encontrar Khensa — seria o correto, porém satisfeito por estarmos agindo. E, mesmo que um dia eu fosse obrigado a voltar a Siuá carregando o fracasso de minha missão, pelo menos eu retornaria mais apto ao papel de protetor.

Eu saberia que havia tentado. Que não teria abandonado tarefa apenas porque ela parecera insuperável. Que me tornara o melhor por conta dela.

Então, no horizonte, vimos colunas como dentes quebrados e entendemos o que eram: os pilares de Tebas — o magnífico Grande Salão Hipostilo. Vimos o formato de um templo que parecia se criar do deserto diante de nossos olhos, ganhando massa à medida que nos aproximávamos. O rio era sinuoso ao longe, um fio azul brilhante pelas construções de arenito, enquanto mais além estava a necrópole de Tebas, estendendo-se das margens quase até onde a vista alcançava.

Estávamos exaustos, recurvados em nossos cavalos, mas a visão da cidade ao longe nos fez aprumar nossas costas. Aquela era Tebas. Para mim, em Siuá, tinha sido tão remota e lendária quanto Alexandria; no entanto, as duas cidades não poderiam ser mais diferentes: Tebas, a antiga capital altiva do Egito, sofrera durante uma série de revoltas das quais jamais se recuperara por completo. Espalhada como uma colcha de retalhos esfarrapada, à esquerda do templo, a coleção decrépita de casas e construções da cidade davam a impressão de terem sido jogadas como dados sobre a areia do deserto e largadas ali, ou talvez não, aos poucos se unificando ao seu ambiente.

Foi só quando chegamos bem perto que começamos a ver lampejos coloridos dos toldos e varais de roupas, mas, de longe, parecia só uma enorme estrutura cinzenta que desmoronava e simbolizava maus presságios. Os grandiosos pilares pareciam roçar as nuvens, entretanto davam a impressão de cansaço, como se corressem o risco de simplesmente desmoronar na areia: inspiravam assombro, mas estavam danificados e envelhecidos. Um símbolo de força que sucumbia à passagem do tempo e à negligência — assim como a cidade em si.

Nas margens de Tebas, tínhamos encontrado a sombra de uma árvore e uma pedra que serviria como proteção contra o vento. Decidimos acampar.

— Vocês esperem aqui — dissera-nos Tuta.

Ele queria se aventurar em sua antiga cidade sozinho, procurando encontrar a mãe e a irmã, Kiya, e assim levou os cavalos, planejando trocá-los por comida. Aya ficou desconfiada, mas Tuta e eu éramos maioria, e ele partiu.

No primeiro dia ali, à sombra de Tebas, Aya e eu falamos sobre nossa casa, assim como fizéramos com frequência durante nossa jornada, recontando nossas expedições de acampamento e revivendo-as; no segundo dia, a conversa se voltou para o paradeiro de Tuta, e Aya ficou mais desconfiada. O que sabíamos dele? Por um lado, ele não só residira em Tebas, como também estava acostumado a viver de sua perspicácia nas ruas. Quem melhor do que ele para encontrar a própria família, depois Khensa?

Esses eram os aspectos positivos.

Por outro lado, quando morara em Tebas, Tuta era criança. Muito novo. Era muito provável que sua família já tivesse se mudado, saído da cidade, talvez até morrido.

Khensa? Poderia estar em qualquer lugar. Eu nem mesmo estava convencido da sensatez de procurar por ela, para começo de conversa.

Porém, acima de tudo isso, Tuta tinha nossos cavalos. E era um ladrão.

Fato: eu tinha salvado a vida dele, e ele, salvado a minha. Mas Tuta continuava sendo um ladrão.

No terceiro dia — bem, no terceiro dia fiquei sentado vendo Aya se preocupar, parte de mim pensando que não havia motivo para tanto, outra parte partilhando da suspeita. E então, no quarto dia, Tuta retornou.

22

Tinha se passado muito tempo desde que a lâmina de Bion provara sangue. Ele viajara ao longo do rio até Alexandria, precisando falar com seu empregador, mas desejando não o fazer; preferiria estar em qualquer lugar a voltar ao ninho de serpentes que era Alexandria. Detestava política.

Porém, havia um ponto positivo em seu retorno a Alexandria: a expressão desconcertada de seu antigo comandante, que lhe dissera expressamente para entrar em contato com ele por mensageiro em vez de visitá-lo em casa.

— O que está fazendo aqui? — vociferou Raia.

Bion olhou para além do ombro do outro e flagrou um cômodo espaçoso, a hera na parede oposta, uma mesa posta com comida e fogo nos braseiros. Uma mulher, talvez esposa de Raia, estava de pé com uma bandeja de prata contendo pão e frutas, e havia duas garotinhas nas cadeiras, balançando as pernas, todas olhando para ele. Bion pensou em como devia parecer inquietante àquelas pessoas — as cicatrizes, os olhos borrados de kajal, a poeira da estrada — e não ficou surpreso quando se dispersaram ao menor estímulo de Raia. Ou talvez ele só tivesse encarado todo mundo um pouco além da conta.

Recuperando a compostura, Raia convidou Bion a entrar, conduziu-o a um lugar à mesa e lhe ofereceu pão. Em troca, Bion ofereceu algo a Raia. Pegou o medalhão que havia retirado de Emsaf e deixou cair no tampo. Os olhos de Raia cintilaram quando este se lançou, pegou o metal, virou-o na mão, examinando como quem espera ver manchas de sangue. Um segundo depois, seu semblante se anuviou.

— Só um? — Deixou o medalhão cair, com um olhar feio para Bion, indicando que não considerava aquilo um troféu digno da quebra no protocolo.

— Até agora.

— E mesmo assim você está aqui? — disse Raia. — O plano não era que você usasse a família de Emsaf para obter as informações de que precisávamos? Foi por isto que o enviei até lá, Bion. Era um trabalho fácil para você. Ou deveria ser.

— Ele foi avisado de minha chegada.

— Talvez você esteja sem prática.

Bion olhou para Raia com paciência.

— Aqueles homens são perigosos. São diferentes dos homens que combatemos no passado, comandante. Não são servos presos por contrato e que desejam uma barganha melhor, trabalhadores em campanha por um tratamento mais digno por parte de seus senhores de terras.

Embora para alguns pudesse parecer que a matança fora fácil, Bion tivera de se esforçar para rastrear Emsaf. Usar artifícios e artimanhas para se aproximar o bastante para agir. Só conseguira porque era muito bom no que fazia, não porque a presa fosse incompetente... longe disso.

Raia deu de ombros.

— São homens de convicção, nada que você já não tenha enfrentado.

— São homens de convicção e também altamente treinados e muito habilidosos. Eles têm tudo o que temos aqui — Bion deu um tapinha na têmpora — e provavelmente mais do que temos aqui. — Bateu no peito.

Raia riu.

— Você se subestima, meu amigo. — Estendeu a mão para dar um soquinho amistoso no ombro de Bion, sem perceber o retesar do corpo dele em reação. — Se há alguém que pode fazer isso, é você.

— Não seria mais prudente fazer desta uma missão de dois homens? Talvez três?

Raia balançou a cabeça com veemência, o sorriso desaparecendo do rosto.

— De jeito nenhum.

É claro que não. Raia sabia que Bion guardaria segredo. Ele não detinha a mesma convicção a respeito de nenhum outro. Bion guardou bem essa informação. Poderia ser útil mais tarde.

— Mas, se esses homens são perigosos para a Ordem, como você teme... — pressionou, curioso sobretudo para ver a reação de Raia.

— Podem ser perigosos para a Ordem — respondeu Raia —, mas, para homens como você e eu — ele agitou as mãos, trazendo-as para seu mundo teórico —, representam apenas os antigos hábitos em forma humana. Você tem razão, velho amigo: não devemos cometer o erro de subestimar nosso inimigo. Também, contudo, não devemos cair na armadilha de lhes oferecer respeito demais. Esse é um trabalho do qual você e eu damos conta, não tenho a menor dúvida. Seja como for, não esqueci que sua preferência natural é trabalhar sozinho, mesmo que você precise. Agora, vamos lá, como podemos desencavar o último desses vermes?

Bion o fitou. Não era óbvio?

— Alguém vazou a informação. Encontre essa pessoa e encontrará o último dos Medjay.

— Tem certeza de que foi isso? — perguntou Raia.

Os olhos dele endureceram; os dois homens sabiam muito bem que fora Raia quem insistira com Bion sobre a necessidade de manter a discrição. Ainda assim, se havia um vazamento, definitivamente era responsabilidade de Raia. Bion jamais falaria nada a alguém. Ambos sabiam disso.

— Você disse que Theotimos foi incapaz de dar continuidade à tradução. Quem a concluiu no lugar dele?

— Um tradutor. Usei um estudante da biblioteca.

Tolo. Bion descansou a mão ao lado do corpo, os dedos persistindo no cabo da faca.

— Então creio que é melhor eu ter uma palavrinha com esse tal tradutor.

23

Bion entrou na casa, subiu até o terraço e encontrou o historiador Rashidi adormecido com a esposa em colchões sob as estrelas.

Ficou observando-os por um momento e pensou em suas opções. O habitual serviria bem aqui. Eram apenas civis, amedrontavam-se facilmente com uma simples ordem. Ele jogou seu manto por cima do ombro e sacou uma adaga, a qual posicionou contra o pescoço de Rashidi, colocando a outra mão em sua boca e acordando-o com um tranco.

Instantes depois, eles estavam de volta ao interior da casa, onde Bion obrigou Rashidi a se sentar numa pilha de almofadas, sentando-se ele próprio em seguida. A iluminação irregular na sala só fazia deixar sua aparência mais sinistra, as feições à sombra fazendo o trabalho de mil ameaças.

Rashidi estava rígido de pavor, incapaz de raciocinar, a boca seca. Só conseguia se concentrar na faca na mão de Bion. Enfim encontrou a própria língua:

— O que você quer?

— Quero saber sobre os Medjay.

— Ora, não existe nenhum Medjay — soltou Rashidi. — Não existem mais. Eles não existem, e isso já faz centenas de anos. Agora os Fylakes ocupam o lugar que antes foi dos Medjay.

— Mas você sabe dos Medjay? — perguntou Bion calmamente. — Sua especialidade são os Medjay, aqueles... — Bion deu de ombros — ...protetores, exploradores e soldados do Antigo Reino. Sim ou não?

— Sim.

— Viu documentos recentemente?

Os olhos de Rashidi ficaram nervosos. Ele engoliu em seco. Houve silêncio no cômodo, interrompido apenas pelo som de uma vela pingando.

— Vejo documentos o tempo todo em minha linha de trabalho.

Bion se curvou.

— Creio que você sabe do que estou falando. Você viu documentos *recentemente*? Algo novo? Talvez algo interessante? Veja bem, falei com um tradutor ontem à noite. Ele me contou que teve dificuldades com determinado trabalho e buscou seus conselhos. É isso mesmo?

— Não — disse Rashidi.

Era mentira, claro. O tradutor tinha deixado muito claro o que se passara. Ainda assim, no momento Bion ia assumir outro ângulo de abordagem.

— Os Medjay deveriam ter morrido séculos atrás — disse ele. — Mas não morreram, não é verdade?

— Estes são aqueles que ainda proclamam lealdade aos Medjay.

Bion levantou a mão para interrompê-lo.

— Não estou falando deles, falo dos verdadeiros. Falo daqueles a quem você mandou uma mensagem há não muito tempo.

Rashidi se encolheu como se pudesse desaparecer rumo a algum lugar mais seguro, com uma pontada de pavor, sabendo qual era sua única resposta.

Quando Rashidi forneceu a informação de que ele necessitava, Bion o segurou contra a parede, virou a adaga na mão e a enterrou em seu olho esquerdo até o cérebro, deixando o corpo escorregar até o chão, limpando em seguida a lâmina no cabelo de Rashidi.

Verificou a fossa, pensando em usá-la para dispor dos corpos, mas era pequena demais para suas necessidades. Nos fundos da casa, encontrou um pátio murado usado para cozinhar, bem como azeite de oliva guardado em ânforas altas, e concluiu que serviria.

Em seguida subiu a escadaria até onde a mulher de Rashidi dormia no terraço, sob as estrelas. A promessa que fizera a Rashidi não fora sincera, naturalmente, mas o alívio que o homem encontrara ao pensar que sua esposa ficaria a salvo garantira a informação que, de outra forma, talvez Rashidi jamais tivesse revelado. As pessoas costumavam confiar de maneira estúpida, Bion sabia, quando pensavam que seus entes queridos podiam ser salvos.

Ele se curvou sobre ela e a mulher acordou de imediato, alertada ao sentir a mão dele cobrindo-lhe a boca, e arregalou os olhos quando a lâmina da adaga de Bion se enterrou fundo num deles. O olho intacto tremelicou enquanto ela morria.

Bion puxou o corpo para a lateral do terraço, erguendo-o na beirada e largando no pátio, depois desceu a escadaria. Em seguida, arrastou os cadáveres de marido e mulher até a área da cozinha, mergulhou os dois em azeite e ateou fogo neles e em tudo o que havia em volta. Esperou um instante para certificar-se de que tudo queimava bem, depois escapuliu para as sombras, em direção aos próprios aposentos.

De volta ao quarto, fez um inventário. Arrumou suas coisas, preparando-se para partir à primeira luz do dia seguinte.

Quando foi ao seu terraço e olhou a cidade, avistou a fumaça ao longe. Para além dos telhados, veio o alvoroço da comoção quando o alarme de incêndio foi disparado. Ele se acomodou para um sono inquieto. Agora sabia aonde iria.

24

Pensando bem agora, e me sinto culpado por admitir isto, quando Tuta voltou e disse "Eu a encontrei", a primeira coisa que pensei foi que ele tinha achado Khensa.

Não foi isso. Mas ele tinha encontrado um lugar para ficarmos, e era justamente com sua mãe e irmã. A família estava reunida de novo.

Fomos para a cidade e atravessamos os mercados, e me vi mais uma vez tomado de assalto pelas paisagens e barulhos da cidade. O sol no alto brilhava como sempre, sem se importar com a diferença entre a próspera Zawty e uma Tebas que parecia sempre fadada a carregar as cicatrizes da guerra, mas seria minha imaginação ou as pessoas eram um pouco mais carrancudas e menos alegres do que em Zawty? Uma coisa era certa: nós três nos destacávamos menos, esfarrapados e sujos da viagem.

Fomos aos cortiços, onde casas se amontoavam, e havia um fedor permanente, talvez do rio, mas também era provável que resultasse do esgoto que corria pelas ruas.

— Estas são as pessoas de quem lhe falei, *mouty* — disse Tuta à mãe quando chegamos à casa dele.

De fora, era parecida com qualquer outra casa nos cortiços, mas, por dentro, era imaculada, repleta de um amor tão tangível que nos atingiu no segundo em que passamos pela porta, como se o sol brilhasse ali dentro.

A mãe de Tuta era uma mulher corpulenta e temível, com um sorriso grande e olhos iluminados pelo mesmo brilho travesso que vi em Tuta. Estava com uma garotinha que eu supunha ter uns 5 verões de idade — velha demais para procurar refúgio nas saias da mãe, a não ser que se soubesse tudo o que ela presenciara quando o pai ainda estava presente. Ela nos olhou com uma curiosidade cautelosa, mas sem medo. Tuta foi se colocar ao lado delas. Vendo-os juntos, era difícil acreditar que um dia tiveram alguma relação com aquele brutamontes bêbado em Zawty; pareciam uma família bem normal, embora, depois de um momento de observação atenta, desse para notar os sinais de que eram pessoas que um dia haviam fugido das trevas, trocando um destino desafortunado por outro melhor.

— Meu nome é Bayek, filho de Sabu de Siuá — apresentei-me, reagindo ao silêncio sugestivo de Tuta.

— E meu nome é Aya, de Alexandria e Siuá.

A mãe de Tuta nos cumprimentou solenemente e se apresentou como Imi, e a menina, como sua filha, Kiya.

— Devo agradecer-lhe a vida de meu filho. Você o salvou daquele homem horrível — disse ela.

Sorri para Aya e esclareci sem demora que não o salvei sozinho. Quando cheguei à história de como Aya tinha nocauteado o pai de Tuta — seu nome era Paneb, descobrimos enfim —, os olhos de Imi se voltaram para ela, avaliando-a atentamente de um jeito que não consegui decifrar muito bem.

O momento passou, e eu falei:

— Wepwawet, o deus protetor de Zawty, nos uniu, e agora espero que os deuses de Tebas sejam igualmente generosos e nos ajudem em nossa missão.

— Vocês procuram por uma velha amiga de Siuá, pelo que eu soube. Uma tribal que mora nesta cidade com membros de seu povo, não é verdade?

— Sim — dissemos em uníssono, e ela assentiu, segura de si.

— Então serão nossos hóspedes aqui até a hora de encontrá-los. E se há alguém capaz de encontrá-los, é Tuta. Sem dúvida, sua habilidade de fazer contatos entre os indesejáveis da cidade será de muita utilidade.

Ela olhou com falsa repreensão para Tuta, que fez uma expressão situada em algum ponto entre um ruborizar e um sorriso.

— Porém — continuou Imi —, vocês também podem cogitar uma ida ao Templo de Karnak. Lá encontrarão a sacerdotisa. Tenho convicção de que ela poderá ajudá-los. Agora, se conseguirão falar com ela, é outra questão.

Ergui as sobrancelhas, e Imi respirou fundo, tinha uma expressão séria e levemente preocupada.

— Como podem ter percebido ao ver nossa cidade, Tebas está em certo estado de depressão. Os gregos foram severos conosco... ainda são... e há muito ressentimento e inveja entre os moradores. Tenham isso em mente quando percorrerem a cidade.

No dia seguinte, Tuta despediu-se de nós, evidentemente ansioso para voltar a se familiarizar com o submundo de Tebas, apontando o caminho para o templo antes de sairmos.

— A sacerdotisa é tão inteligente quanto é mística, pelo que me disseram. Estou certo de que, se alguém pode convencê-la a ajudar, são vocês. — Depois disso, ele nos abriu um sorriso e se foi, deixando-nos para explorar Tebas por conta própria.

Saímos sem pressa nenhuma, querendo sentir esta cidade estranha e dilapidada e as pessoas que moravam nela. Assim como acontecera ao nos aproximarmos, continuamos impressionados com sua aparência desbotada. Estava nítido que Tebas um dia exibira cores vibrantes. Vimos vestígios delas em colunas, pilares e paredes pintadas. Agora, porém, o tempo, o sol e a negligência geral cobravam seu preço. A tinta desbotada e descascando que adornava as figuras entalhadas e os pedestais das colunas era um triste lembrete de uma época mais próspera.

Só a natureza não se deixava intimidar. Em Tebas, a cor era proporcionada apenas pela folhagem e o vislumbre ocasional da água cintilante. Seus cidadãos, enquanto isso, pareciam tão desgastados quanto as construções.

— Percebeu uma coisa? — perguntou Aya enquanto andávamos pelas ruas.

— O quê?

— Imi tem razão. — Ela baixou a voz. — Existe uma certa tensão neste lugar.

— Está se referindo ao estado geral da cidade? — Apontei alguns escritos em latim e grego pelos quais passávamos. Declarações cruas de insatisfação que só faziam aumentar a aparência dilapidada de Tebas.

— Não só a aparência, mas... — Ela esfregou os dedos como se testasse a qualidade de ervas — ...certa sensação. Como se toda a cidade estivesse tensa.

Certamente, passamos por gregos com servos egípcios que os seguiam, depois, por um grego bem-nascido com um cortejo de guarda-costas egípcios, ou desligados do povo que os observava com tanto desprazer, ou indiferente a ele.

Enfim chegamos ao Beco das Esfinges, assados pelo sol enquanto caminhávamos entre os enormes felinos pretos que ladeavam o caminho para o Templo de Karnak. Antes de nos aproximarmos do vasto e extenso complexo do templo, paramos por um momento, arrebatados por ele. Como todo o restante naquela vastidão de construções, os arredores e pátios já tinham visto dias melhores, mas, mesmo assim, continuava um colírio para os olhos. As colunas tinham o dobro da altura e três vezes a largura de qualquer coisa que eu vira em Tebas até aquele momento, e os entalhes eram ainda mais complexos e ornamentados.

Subimos a escada e entramos, perguntando sobre o paradeiro da sacerdotisa aos trabalhadores do templo, que nos olharam com leve curiosidade e gesticularam para que fôssemos mais para dentro do complexo, ao santuário interno.

Passando por entre os pilares altos e o mármore desgastado, chegamos a um trabalhador com uma vestimenta mais refinada do que a dos outros.

— Gostaríamos de ver a sacerdotisa, se possível — pediu Aya com doçura. Eu me posicionei ao lado dela, sem precisar adotar uma expressão de devoção divina. O templo, de todo modo, já causava esse efeito em mim.

O sujeito nos olhou de cima a baixo, depois posicionando a cabeça de modo que ficou perfeitamente inclinada para nos olhar de cima. Já tínhamos nos lavado desde nossas viagens, mas mesmo assim ele nos julgava inadequados para ver a sacerdotisa e balançava a cabeça, prestes a nos enxotar, quando de repente veio outra voz.

— Espere — disse.

Levantamos a cabeça e vimos sua dona se materializando das sombras do outro lado do parlatório.

25

No início eu vi a seda, o ouro e a beleza. Fiquei quase sem fala, pensando que a sacerdotisa era verdadeiramente resplandecente, suntuosa de riquezas e de cor. Mas ela se aproximou e notei que seu traje de linho estava puído e que a folha de ouro no bastão e no adereço alto de cabeça descascava. À medida que ela se aproximava, eu ia percebendo que de muitas maneiras ela era a incorporação do templo decadente e de Tebas em si. Vi-me perguntando que efeito ela teria sobre a cidade. Pois, embora suas roupas estivessem gastas, a sacerdotisa possuía muita presença. Não havia nenhum abatimento no modo como se portava, nem qualquer sugestão de derrota na maneira lenta e estudada como ela voltava o olhar para nós. Sua ordem de esperar foi claramente dirigida não só a nós, mas também ao servo.

— Eu sou Nitokris, Esposa Divina de Amon, Sumo-sacerdotisa de Tebas e guardiã do Templo de Karnak. Digam-me, o que os trouxe aqui? — perguntou ela.

Fiz uma reverência.

— Eu sou Bayek de Siuá — falei —, e esta é minha companheira, Aya de Alexandria.

Aya e eu nos olhamos. Aya assentiu enquanto eu me remexia de leve, delegando a conversa a ela. Considerando que ela já havia estado em templos na Alexandria, evidentemente estava mais bem preparada para responder.

— Viajamos de Siuá a Tebas — explicou ela, parando ao ver o jeito capacitado com que a sacerdotisa assentiu, como se já estivesse de posse de tal informação. — Estamos aqui à procura do protetor de Siuá, um homem chamado Sabu. — Aya apontou para mim. — Este é Bayek, filho de Sabu. Meu nome é Aya. Talvez Sabu não esteja em Tebas, mas temos esperança de encontrar uma núbia chamada Khensa, que pode estar aqui com sua tribo. Talvez ela saiba onde ele se encontra.

— De fato — disse Nitokris.

Em seguida, nos guiou a um banco junto de uma parede, dispensando seu subalterno em seguida.

— E então, você é filho do protetor — murmurou ela; uma declaração, não uma pergunta.

Confirmei com um gesto de cabeça, de qualquer modo.

— E você espera um dia se tornar o protetor?

Ela sorriu antes mesmo que eu respondesse, imagino que só pela expressão que fiz.

— Sim — respondi. — Meu pai está me treinando para assumir esse papel.

— Foi o que ele lhe disse? Que um dia você será protetor de Siuá?

A pergunta foi neutra, sem críticas ou insinuações. Não consegui evitar perguntar imediatamente:

— Tem algo que eu deva saber?

Seu sorriso voltou, embora o olhar ainda permanecesse sério. Atento.

— Sim — disse ela —, há muito a se saber. — Embora essa pudesse ser a resposta de qualquer um, sobre a vida e tudo o mais, eu sabia que ela estava sendo específica. Não havia afetação ali, nenhum misticismo autoengrandecedor. — Sua amiga Khensa. Talvez ela vá lhe oferecer as respostas que procura. Se ela o fizer, volte a mim, pois gostaria de conversar mais.

Era este o fim de nosso encontro? Vi-me ansioso para passar mais tempo em sua companhia, admirando a sabedoria que uma mulher com tal presença podia compartilhar. E então, como se pressentisse tal necessidade em mim, ela me dirigiu seu olhar.

— Eu sou a Esposa Divina de Amon — disse, respondendo com certa ironia, que rapidamente desbotou para a seriedade, a uma pergunta que eu não tinha feito —, e um dia espero ver Tebas ascender novamente e mais uma vez ser a potência que foi.

— A senhora é dedicada aos antigos hábitos... os hábitos dos faraós? — perguntou Aya, nitidamente intrigada, sempre querendo saber mais a respeito de tudo.

— Aos hábitos dos deuses e do bem do povo — respondeu Nitokris simplesmente. — Para Amon, que governa dando ouvidos aos pobres, não os explorando. Amon, que existe a serviço do povo, em vez de insistir em ser seguido por ele.

— Mas agora existem novos hábitos — disse Aya. Dava para notar que ela estava interessada na sacerdotisa, muito embora fosse favorável à lógica de filósofos em detrimento da politicagem do clero. — Dizem em Alexandria que Ptolomeu Auletes está vendendo o Egito aos romanos para permanecer no poder.

Nitokris soltou uma risada baixa e confiante.

— Ah, mas o Egito já não foi invadido em sua história? Os persas, os núbios, os gregos. Ainda assim, é nosso país que muda as pessoas. Nosso povo suporta. Mudaremos os romanos assim como transformamos Alexandre. Cabe a nós cuidar para que o Egito sempre detenha tal poder.

— Nós? — perguntei.

— Ah, sim, filho do protetor. — Mais uma vez ela ficou séria, a mão pousando de leve em meu ombro, pelo mais breve instante. — Um dia talvez você encontre mais do que apenas templos em Siuá para proteger.

Ela se levantou do banco e, com isso, a reunião estava encerrada. Ao sairmos, vi-me ansiando pelo momento de nosso retorno — e que ela pudesse dar as respostas a perguntas que ainda não haviam sido formuladas. Ao meu lado, Aya também estava pensativa, ambos perdidos em nossos mundos particulares.

Enquanto isso, Tuta continuou à procura de Khensa. Semanas se passaram e, durante esse tempo, Aya e eu nos familiarizamos mais com Tebas, passando nossos dias com o menino para forjar contatos e fazer perguntas, ou indo aos arredores da cidade para treinarmos com espadas de madeira, talhadas a fim de trabalhar nossa perícia.

À noite, todos nos reuníamos na casa de Tuta e nos sentávamos em volta do fogo, ou talvez do lado de fora se a noite estivesse cálida, bebendo leite, cerveja ou vinho. A irmãzinha de Tuta, Kiya, desenvolvera uma afeição especial por Aya. A mãe não se importara, ficando mais do que feliz em deixar que a menina se sentasse com as visitas, as perninhas encolhidas, a cabeça descansando na túnica de Aya.

Tuta, Kiya e Imi eram uma família novamente, mas, embora Aya e eu fôssemos estrangeiros, fomos recebidos e tratados como realeza, e sei que Aya adorou aquilo tanto quanto eu.

Eu estava feliz. Queria encontrar Khensa e meu pai, queria saber o que mais a sacerdotisa tinha a dizer. Ainda assim, gostava da simplicidade e da alegria cotidiana dessa nova vida que vinha levando. Todos os dias, Tuta voltava de suas investigações e nos contava que não tinha encontrado Khensa, repetindo: "Ah, mas, senhor, encontrarei, não se preocupe com isso, eu encontrarei. Se ela estiver em Tebas, ou se já esteve em Tebas, vou encontrá-la."

Com frequência eu me perguntava o quanto Tuta tinha contado à mãe e a Kiya sobre as circunstâncias em que nos conhecêramos, até que uma noite, quando estávamos no pátio com jarros de vinho, os sons dos cortiços se avultando ao nosso redor, e conversávamos e bebíamos, quando enfim a conversa esmorecera, percebemos que a mãe de Tuta olhava para Aya de um jeito estranho — um olhar que reconheci do dia em que tínhamos chegado.

Kiya estava sentada com Aya em sua pose habitual, apoiando a cabeça, o polegar na boca. Ao ficar consciente do silêncio desconfortável, no entanto, ela se sentou reta, decerto imaginando qual era o problema.

E então a mãe de Tuta me saiu com essa, dirigindo-se a Aya:

— Então você deu um bom golpe na cabeça de meu marido, não foi?

Aya se remexeu, pouco à vontade sob o escrutínio da outra.

— Sim. Foi... quero dizer, houve uma luta...

— Foi como lhe contei, mãe — disse Tuta, calando-se quando ela levou um dedo aos lábios.

— Eu sei, sei que você contou, pequeno Tuta, só queria ouvir nas palavras de Aya, é só isso. Eu só queria ouvi-la dizer.

Aya não sabia como reagir e me lançou um olhar desajeitado.

— Você poderia tê-lo matado — continuou a mãe de Tuta.

E agora Aya engolia em seco, sem saber o que responder. Eu sabia que não havia remorsos nela, mas ela tampouco queria causar tristeza.

— Só estava tentando salvar Bayek — explicou —, e Bayek tentava salvar Tuta.

Imi deu uma gargalhada, as mãos nos joelhos e o corpo balançando

— Não. Eu quis dizer que você *devia* tê-lo matado.

— Ele deve ter acordado na manhã seguinte com uma dor de cabeça daquelas. — Aya sorriu, aliviada e também um pouco orgulhosa.

— É mesmo? Bem, já é uma sensação um tanto familiar para ele. Talvez uma dor de cabeça o faça tomar jeito, mas duvido muito.

Tuta balançou a cabeça com pesar.

— Ele não vai tomar jeito, mãe.

— Não, não creio que vá. Valentões como ele nunca se corrigem.

— Ele não é *só* um valentão, mãe — insistiu Tuta. — Agora é pior do que isso.

A mãe de Tuta lançou ao filho um olhar condescendente.

— Ora, ele não está aqui, está? Agora não há nada que ele possa fazer conosco.

Continuamos nosso treinamento, até que um dia Tuta veio a nós e, dessa vez, quando disse "Eu a encontrei", referia-se a Khensa.

26

Khensa foi encontrada, e de repente me vi obrigado a enfrentar o fato de que eu estava prestes a rever minha amiga de infância. Tive de me perguntar: como eu me sentia a esse respeito?

Eu não sabia bem. Da última vez em que a vi, ela estivera integrada ao seu povo em tendas feitas de suportes de madeira entalhada e toldos decorados. Era uma disposição ao mesmo tempo permanente e transitória, adequada à condição de nômades na região. Quando um dia cheguei ao acampamento e descobri que eles haviam guardado tudo e partido, fiquei chateado por ter perdido minha amiga, mas não foi uma grande surpresa. Aquele era um povo errante, que não se prendia a lugar algum.

É claro que senti saudade. Com Khensa, eu havia aprendido praticamente tudo o que sabia sobre sobrevivência. Nosso relacionamento era... bem, eu não diria que era esquisito, mas também não era particularmente normal. Uma nômade treinando um menino de cidade pequena em práticas de sobrevivência? Enquanto ficávamos amigos, ainda por cima? Mas, pensando nisso naquele momento, eu precisava admitir que Khensa me moldara de muitas maneiras, bem antes de meu pai enfim resolver me treinar ele mesmo.

— Como eu já disse, eu estava começando a achar que era um boato — disse Tuta enquanto nos levava para os arredores de Tebas, em direção ao rio. — Parece que muita gente ouviu mexericos sobre esse grupo de núbios em Tebas, mas poucos admitiram tê-los visto. Eu tinha certeza de que eles moraram aqui em uma época ou outra. Disto eu estava quase certo. Mas será que *ainda* moravam aqui? Ninguém sabia. Estou dizendo tudo isso para oferecer minhas desculpas por eu ter demorado tanto.

— Você se saiu bem, Tuta — disse Aya com ternura.

— Mas é um elogio e tanto. — Tuta ficou radiante, ciente de que Aya nunca elogiava sem mérito. Ele foi recompensado com um sorriso dela.

Enquanto viajávamos, Aya e eu estávamos tomados pela expectativa constante de deparar com os alojamentos dos núbios. Entretanto, Tuta nos levou para além das fronteiras de Tebas, atravessando juncos até a beira do rio, ao atracadouro de um balseiro. O homem era bem conhecido do menino, a julgar pelo modo como se cumprimentaram.

E logo o barqueiro estava empurrando nossa embarcação com um bastão e, de volta a terra firme, atravessamos a necrópole, a partir da qual as almas dos mortos viajavam para o *Duat*.

Tuta fez uma careta. Era território novo para ele também. Seguimos pela necrópole até depararmos com uma tumba que entrava pelo chão.

Era aquele o lugar, apontou Tuta, mordendo o lábio e se colocando de lado como se à espera que Aya e eu pulássemos e entrássemos.

Olhamos para ele, incrédulos.

— Aí dentro? — perguntei.

Ele assentiu.

— Mas é... não pode ser.

— Eles estão aí — insistiu Tuta.

— Como você sabe? — perguntou Aya.

Olhei à minha volta. Afinal, essa tumba em especial era parecida com qualquer outra na necrópole, como se tivesse sido escavada na paisagem em si, a entrada quadrada a única indicação verdadeira de atividade humana.

Não — na verdade havia algo mais —, algo que Tuta trouxe à nossa atenção. Quando ele nos puxou para um pouco adiante pelo terreno, notamos uma espécie de abertura que emitia fumaça.

— Eu ouvi por ali — sussurrou Tuta. — Sem dúvida estão aí dentro. Mais de um.

Eu ainda vacilava.

— Como podem? — Soltei. — Como podem fazer disto seu lar? É... não é correto.

— É uma coisa horrível, é isso que é — concordou Tuta com tristeza.

— Ah, não seja ridículo — disse Aya. — Tuta, de quem é este túmulo?

— Infelizmente não faço ideia — disse Tuta. Mas Aya havia perguntado e ele tentava responder alegremente, mesmo assim. — Pode ser de...

— De ninguém, não é verdade? Eles não montariam acampamento na tumba de alguém, ora essa, não é?

Olhei em volta, tentando freneticamente adivinhar se havia marcas nas paredes que nos cercavam, e até agora nada se destacava. Isso não ajudava a me fazer me sentir melhor.

— Mesmo assim — falei, atrapalhado —, fazer seu lar aqui é...

Aya me interrompeu, sorrindo de leve enquanto avaliava os arredores. Ela estava encarando tudo com muito mais compostura do que eu. É claro.

— O quê? Sacrilégio? Não, se quer minha opinião, faz todo sentido. Afinal, este é o único lugar onde *ninguém* viria procurar por você. Ninguém exceto Tuta, ao que parece.

Aya teve a última palavra sobre a questão. Quaisquer que fossem meus sentimentos, eu teria de entendê-los sozinho.

Tuta, enquanto isso, ficava feliz com qualquer resultado que envolvesse elogios de Aya, ainda sorrindo e ruborizado assim que voltamos para a entrada.

— O que faremos agora? — perguntei. Estariam eles ali dentro? Haveria ao menos uma possibilidade de meu pai estar ali?

— Não sei — admitiu Tuta.

— Talvez eles não nos deixem entrar — falei.

— Mesmo que deixem, como você sabe que não vão nos retalhar no minuto em que entrarmos? — disse Aya.

Tuta parecia preocupado. Claramente não esperava por algo assim.

— Esperem um minuto. Não me foi dito que os núbios e Bayek eram grandes amigos, e isso há não muito tempo?

Observamos que "não muito tempo" eram dez verões e que as pessoas mudam, fatores que tornam uma visita inesperada e a entrada em seu esconderijo subterrâneo — evidentemente um lugar que eles queriam que continuasse oculto — uma ideia muito infeliz.

Por outro lado, conforme Tuta prontamente observou, o que mais esperávamos? Que alternativa tínhamos?

E então, enquanto aguardávamos perto da entrada, tentando decidir o que fazer, a decisão foi tomada por nós, porque apareceu uma figura à soleira: uma mulher que portava uma lança e estreitou os olhos para nós daquele oco escuro ali dentro.

— Olá, Bayek — disse ela. Reconheci muito bem o brilho malicioso em seus olhos.

Corei, erguendo a mão lentamente num cumprimento tímido. Quantas vezes Khensa me falara sobre os sussurros e sobre a fluidez do som em lugares fechados?

27

Ela subiu para nos receber, e no início pensei que continuasse exatamente como eu me lembrava: os cabelos cheios de tranças coloridas, as penas, as cicatrizes tribais. Tinha a mesma postura, os mesmos olhos escuros e fumegantes, um olhar que não admitia discussões.

Mas estava mais velha. Não só na idade, mas também de outras maneiras. Quando a conheci, ela era menina e usava um colar decorado com ossos, além de outros troféus tecidos no cabelo, mas agora?

— Olá, Khensa — saudei, apontando para seu colar de dentes de leão, bem como o que devia ser uma presa de hipopótamo metida em suas tranças. — Você cresceu em estatura e valentia.

Ela reconheceu a declaração com um gesto de cabeça, e foi então que senti algo diferente nela, um ar distante e preocupado do qual eu não me lembrava naqueles anos em Siuá, como se ela agora carregasse as preocupações do mundo nos ombros.

Ainda assim, e apesar de o sorriso jamais chegar propriamente aos seus olhos, ela me cumprimentou efusivamente, exclamando, "Meu amigo, meu irmão", tecendo seus próprios elogios a mim. Eu tinha crescido, comentou. Tinha desenvolvido músculos, que ela cutucou, fazendo o mesmo com meus cinturões, com uma expressão impressionada. Da última vez em que me vira, eu era um menino. Agora estava crescido. Um guerreiro.

Apresentei Tuta e Aya. Ela e Khensa se olharam. As duas não tinham personalidades conflitantes — de diversas formas, eram até muito parecidas —, mas as perspectivas não poderiam ser mais diferentes.

— Você teve notícias dele? — perguntei depois de feitas as apresentações, ansioso por saber.

Ela me olhou.

— De...?

— De meu pai.

Ela ficou surpresa.

— Não. Por que eu...? Espere um momento, é por isso que está aqui?

Tentei controlar uma onda de decepção.

— Tem certeza? — perguntei a Khensa, por mais idiota que eu estivesse soando. — Você não teve notícias dele? Ele não está aqui?

Khensa negou com a cabeça, confusa.

— Eu saberia, Bayek, caso ele estivesse. Eu me lembraria de algo assim. Ele só teria vindo aqui se eu pedisse, e eu não pedi. Nem aprovei o envio de nenhuma mensagem. Talvez seja melhor você me contar o que está acontecendo. — Ela se colocou de lado, indicando a abertura que levava para a tumba. — Venha — disse. — Vamos beber.

— Você mora mesmo aí dentro? — perguntei.

Ela assentiu. E sorriu, mas não consegui evitar insistir, embora soubesse que ela já se divertia com minha reação.

— Mas é uma tumba. É sagrada.

Ela balançou a cabeça e começou a andar, a mão raspando a parede.

— Uma tumba vítima de um saque — explicou Khensa — não é mais sagrada. Ninguém respeita mais as tumbas. Venham.

Eu não sabia o que deveria esperar ao deixarmos o sol a nossas costas para descer pela tumba. Algo escuro, úmido e apertado, eu supunha, mas nada poderia estar mais longe da verdade. O teto era baixo, mas não a ponto de sermos obrigados a nos curvar, e era coberto de toldos que me levaram de volta a Siuá com uma onda de reconhecimento e nostalgia súbita de casa. Também era cálido, mas sem ser desagradável. Uma fogueira do outro lado conferia uma impressão — e é até estranho pensar nesta palavra — "acolhedora", mas tampouco não era a única fonte de luz no ambiente, porque havia lampiões pendurados nas paredes dos dois lados. Como era fácil esquecer que estávamos numa tumba.

De imediato vi que o número dos núbios estava muito reduzido. Um velho sentado e coberto por um manto, o rosto desgastado e muito marcado, tossindo, levantou a cabeça para nos fitar sem grande interesse. Um homem mais jovem, um pouco mais velho do que Khensa, sentava-se ao lado de uma mulher grávida de sua idade. Também havia uma mulher mais velha ocupada na outra extremidade da caverna.

Fora isso?

— É só isto — disse Khensa, vendo minha expressão desabar. O homem que tossia, explicou ela, era seu avô, o ancião da tribo. A outra mulher era a mãe dela. O jovem era Seti, um guerreiro, e a gestante era sua esposa. Havia uma sentinela também — chamava-se Neka —, mas só havia restado esses de sua tribo.

Eu estava tentando, provavelmente em vão, esconder meu choque. Eu jamais conhecera a tribo dos velhos tempos. Quando ia ver Khensa, meu método habitual era passear pelos limites do acampamento, na expectativa de que ela aparecesse. Ainda assim, eu sabia que na época havia mais de uma dezena deles; o acampamento era um lugar de luz, vida e cor. Parte disso ainda permanecia — os toldos no alto —, mas um estranho senso de diminuição parecia ter se acomodado naqueles reunidos ali.

— Onde estão todos? — perguntei, olhando à minha volta, incapaz de esconder o desalento na voz.

— Mortos ou partiram — explicou Khensa sem rodeios.

— Como?

A preocupação cruzou o rosto dela.

— A resposta simples é uma guerra... que não dá sinais de acabar. Vamos nos sentar, beber, colocar a conversa em dia. Quero saber o que você está fazendo aqui... e por que pergunta por Sabu.

Cerveja e um lugar em volta da fogueira foram o acompanhamento de nossa sessão de relatos. Eu comecei, uma história que teve seu início garantindo a Khensa que pouco havia mudado desde que ela e sua tribo partiram de Siuá.

— Seu pai começou seu treinamento? — perguntou Khensa.

— Começou — falei —, mas progrediu lentamente. Parecia que ele jamais queria que começasse. Sempre dizia que eu não estava pronto. De acordo com Rabiah, ele tinha dúvidas sobre meu treinamento desde a noite do ataque de Menna. Tinha medo de me levar pelo mesmo caminho seguido por ele.

Continuei, contando a Khensa sobre a partida de meu pai e como ele havia deixado a cidade confusa. Contei sobre Rabiah perplexa ante as motivações dele para partir, minha decisão de sair em seu encalço, meu desejo de insistir no caminho que levava à proteção de Siuá.

— Você ainda quer se tornar protetor de Siuá um dia? — perguntou Khensa, sem rodeios.

— Sim — respondi, e minha voz tremeu de convicção. Era a verdade que enfim eu podia abraçar, sem nenhuma dúvida estorvando minha certeza. — Creio que mudei. Talvez antes eu só estivesse brincando, mas agora sei. Quero ser o protetor de Siuá, seguir os passos de meu pai.

— Então acha que conhece seu destino? — perguntou Khensa. Não entendi se era uma afirmação ou uma pergunta, apenas me senti sendo analisado. No entanto, minha certeza não esmoreceu.

— Conheço meu caminho — retruquei a Khensa, encontrando a franqueza de seu olhar. — Treinar como aprendiz de meu pai e servir como protetor de Siuá. É tudo o que quero.

Isto, pensei, *e Aya*.

— O que você sabe dos Medjay? — disse Khensa.

Sua pergunta surgiu do nada e fiquei encarando-a, confuso. Aya respondeu por mim e fiquei grato por isso, embora um bocadinho surpreso.

— Por quê?

Khensa assentiu com um aceno devagar de cabeça, em resposta a Aya e sua intervenção oportuna, mas ainda concentrada em mim.

— O fato, Bayek, é que, se você nada sabe dos Medjay, então nada sabe de seu caminho. Tudo em que você acredita... bem, eu não iria tão longe a ponto de dizer que tem sido uma mentira, mas certamente não tem sido a verdade completa.

Reprimi a irritação, perto de ficar realmente zangado.

— Então por que você não me conta?

Então, ela contou.

E, então, eu entendi.

28

— Seu pai é um Medjay.

Engoli em seco. Eu nem mesmo sabia o que era um Medjay, mas mesmo assim me ouvi dizendo, a confusão evidente até mesmo aos meus ouvidos:

— Ele não pode ser.

— Ainda assim, Bayek, ele é — disse Khensa.

— Mas eles não existem mais — logo emendou Aya. — Os Medjay morreram há anos.

Pelo menos Aya sabia de alguma coisa. Era tranquilizador, de algum modo. Uma verdade que eu podia usar para me acalmar. Enquanto eu me recompunha, Khensa falou:

— Eles não morreram... não todos.

— Espere um minuto — falei. Eu precisava saber, antes que a conversa escapasse de mim. — *O que* exatamente é um Medjay? Algum tipo de soldado? Um protetor?

Khensa assentiu.

— Sim, um protetor. Eles são... ou foram... o motivo para que o povo respeitasse as tumbas, para começar. Eles eram protetores de coisas como essas. E, como protetor, seu pai jurou proteger os templos em Siuá, assim como toda a aldeia, de quaisquer forças dispostas a agir contra a cidade ou os objetivos dos Medjay.

"Mas o que você deve entender é que o papel dele como Medjay ia muito além disso. Fazia dele um *guardião*, não apenas um guarda. Fazia dele um protetor não só de Siuá, mas de todo um estilo de vida. Um protetor do Egito."

Aya pareceu em dúvida.

— Que estilo de vida?

— Aquele que nossos inimigos preferem considerar "o estilo antigo", como se fosse ruim, como se ser antigo o tornasse ultrapassado.

As sombras das chamas bruxuleavam na parede, como se fosse a pantomima de uma história que eu não conseguia entender. Olhei para Aya e fiquei em silêncio, deixando que ela fizesse suas perguntas. Ela estava muito mais inteirada da coisa toda do que eu.

— Bem, então, talvez eles tenham razão, talvez seja — respondeu Aya, elaborando. Não era bem um desafio, mas certamente foi uma opinião um tanto franca.

Khensa balançou a cabeça, serena.

— Nenhum sistema, novo ou antigo, é isento de falhas — disse ela. De todos os talentos de Khensa, conhecer e compreender as pessoas era um deles. Sua confiança claramente resplandeceu quando ela continuou. — Sem dúvida o estilo antigo precisava de modernização; é claro que alguns pensavam que precisava de reavaliação, mas... — e aqui ela levantou um dedo —, mas eles existiram por milhares de anos e existiram sob a crença de que estamos nesta terra para trabalhar juntos em nossa adoração aos deuses em vez de simplesmente aumentar nossa própria riqueza e prestígio. Sei o que você está pensando. — E aí voltou a atenção para Aya. — Você está pensando em si como alguém esclarecida. Talvez tenha desistido dos deuses.

— Não desisti dos deuses — respondeu Aya de prontidão, mas nós dois sabíamos que não era estritamente a verdade e que suas palavras tinham soado vazias. Até Tuta a olhou de soslaio, surpreso.

Mas Khensa sorriu.

— É bom ficar cheia de perguntas. Sei que você vê suas questões como um sinal de sua inteligência e esclarecimento; isto é algo que compreendo perfeitamente.

Ergui as sobrancelhas para ela, lembrando-me de ter sido repreendido com muita frequência por todas as minhas perguntas irritantes ao longo do treinamento de sobrevivência. Khensa revirou os olhos para mim e atirou uma pedra com destreza, fazendo-a bater nos meus pés e ricochetear no fogo.

— Cale a boca.

Tendo ouvido tais palavras carinhosas muitas vezes dela, eu sorri, irredutível, sentindo-me mais uma vez em território conhecido.

— Meu povo também questiona as coisas. Todo mundo faz isso. Mudança é crescimento. É o único jeito de sobreviver. Mas não significa que temos de jogar tudo de lado. — Ela fitou o fogo, os olhos distantes. — Existe honra a ser encontrada no ritual e na tradição. É isso que tem mantido meu povo vivo. Dependemos disso. O que não podemos suportar, porém, é permitir que a tradição se torne um jugo que nos atrase, que nos arraste para baixo. — Ela enganchou os dedos, imitando um condutor puxando uma parelha de bois. — Estar na cidade, jamais nos mudarmos... de certo modo, já é uma forma de estagnação. Tornam determinadas coisas ainda mais fáceis: o egoísmo, a venalidade, a corrupção. As cidades são bonitas. — Ela ofereceu um sorriso torto a Aya, com um brilho sincero de admiração nos olhos. — Por outro lado, também facilitam o fomento de coisas ruins. Podem rapidamente se tornar um mundo em que a riqueza e os artefatos poderosos da moda, em alguns casos cidades inteiras, louvem a si próprios, se tornem monumentos à própria vaidade.

— Não são os deuses que têm falhado conosco. — A voz de Aya saiu contida, e ela suspirou. Embora nunca tivesse partilhado tal pensamento comigo, não parecia novidade para ela. — É o povo.

Khensa a olhou com solidariedade e voltou sua atenção para mim.

— Bayek, é nisto que seu pai acredita como Medjay, e é no que nós, em nossa tribo, também acreditamos. Ainda há muitos que acreditam nos hábitos dos Medjay. Nossa sentinela, Neka, conta-me de um homem que alegava possuir uma aliança com o Medjay aprisionado em Elefantina. Existem bolsões de nós, Bayek, bolsões de resistência. Mas todos aqueles que sentem atração pelos hábitos dos Medjay precisam de orientação e, quer eles saibam ou não, precisam de orientação da linhagem sanguínea, dos verdadeiros Medjay. Eles precisam de orientação, Bayek. Um dia, este pode ser você.

Pensei no que a sacerdotisa dissera: *Um dia talvez você encontre mais do que apenas templos em Siuá para proteger*. Senti-me infundido por um súbito senso de propósito.

— Mas não estou pronto.

— Os melhores líderes nunca estão prontos. — Ela virou a cabeça de lado, examinando-me. — E devo concordar que você ainda tem muito a aprender antes de liderar da maneira adequada.

Khensa se recostou. A luz do fogo dançava, e o que vi foi uma expressão que me convenceu de que eu estava tomando a atitude certa ao designar meu caminho e segui-lo. Era uma expressão que falava de algo mais profundo do que as emoções com as quais lutamos todos os dias, nossas dores, sofrimentos e aflições habituais como seres humanos; falava de algo mais fundo, algo mais ancestral. O que vi em seu rosto foi conhecimento. Senti aquilo também, embora só um pouquinho. Embora a incerteza ainda importunasse em meu encalço, eu queria seguir aquele caminho. Queria saber mais sobre os Medjay. Queria ajudar as pessoas — todo o povo do Egito. Parecia bom. Um fervor e determinação. A convicção dominadora de que eu encontrara meu destino. Só precisava continuar aprendendo. Tornar-me mais.

— Você também é Medjay? — perguntei a ela.

Ela balançou a cabeça, bufando com ironia.

— É claro que não. Meu clã e eu somos nosso próprio povo. Mas, muitos anos atrás, descobrimos que nossos princípios estavam alinhados àqueles dos Medjay; nossa ideologia é a mesma.

— Meu pai?

— Um aliado, sim.

— Creio que agora entendo o que eu precisaria combater — disse Aya, de repente. — É isso, não é? Para Sabu, eu represento o novo caminho. O caminho que destruiu os Medjay. Foi por isso que ele não completou o treinamento de Bayek…

— Não — interrompeu Khensa —, mas levei muito tempo para entender por quê. — Ela voltou o olhar para mim rapidamente, inescrutável por um momento, depois deu de ombros. — Ser Medjay é algo mais do que você ou eu. Trata-se do bem maior, de olhar para além do dia de hoje, o amanhã, a semana que vem, até o mês que vem, e perguntar o que acontecerá daqui a dez, cinquenta anos. Ser Medjay é um estilo de vida. É um jeito de ser, de dizer que rejeito valores que me são forçados por uma sociedade que não apoio mais. É um jeito melhor de se reconciliar com o mundo e com as pessoas nele. Trata-se de doar tudo, sacrificar tudo, se necessário. — Ela se calou brevemente e deu de ombros. — Acho que, por isso, Sabu retardou o treinamento.

Aya ouvia atentamente, e captei a compreensão aparecendo em seus olhos. Embora Khensa sempre tivesse sido habilidosa na caça, e eu, sortudo por tê-la como tutora, o que sempre me deixava assombrado era sua habilidade em interpretar as pessoas. Mas não entendi o que Khensa tentava me dizer. Não pedi que elucidasse mais — isso só a deixaria irritada com minha lentidão.

— Então por que ele partiu? — ouvi-me dizer. — Por que meu pai foi embora de Siuá?

— Não tenho uma resposta para isso. Posso entender por que Rabiah mandou você a mim, mas, quanto ao motivo de seu pai ter deixado Siuá desprotegida, não sei. Encontre-o e vai descobrir. Além disso, quando o encontrar, talvez sua iniciação possa continuar.

— Acha que vou me tornar um Medjay?

Talvez eu estivesse meio sem fôlego quando perguntei, mas eu valorizava a opinião dela. E ela era também minha mentora, afinal. Minha primeira mestra dedicada.

Ela riu, e tive de admitir que eu provavelmente merecia isso.

— Sei que seu pai estava treinando você nos hábitos dos Medjay, mesmo preocupado. Mas, entenda, não é só uma questão de aprender combate, subterfúgio e vigilância. Não envolve apenas uma série de habilidades como aquelas que lhe ensinei em Siuá. Tornar-se um Medjay é adotar um estilo de vida. É mudar seu jeito de pensar. Ser Medjay não é algo que você escolhe, como se vai comer pão ou peixe. Ser Medjay é algo que você é. — Ela bateu no próprio peito, o som semelhante ao de um tambor ressoando na caverna. — É algo que só você pode definir. Quer você goste ou não, Bayek, você é o filho de Sabu. Nisto não há alternativa, juntamente a tudo que vem acompanhado. Mas ser Medjay? Bem, independentemente do que Sabu acredita, a decisão cabe inteiramente a você agora, não é verdade?

29

Como me senti por estabelecer um caminho que faria de mim um Medjay?

Para ser sincero, parecia apenas um passo adiante de ser protetor de Siuá. Por ironia, era exatamente esse o motivo pelo qual minha iniciação não fora concluída. As dúvidas e preocupações de meu pai provavelmente seguiam esse mesmo raciocínio: mesmo que ele me ensinasse a proteger Siuá, quanto mais seria preciso para eu aprender, e se necessário proteger, o estilo de vida e as crenças dos Medjay?

Por outro lado, se eu rejeitasse esse caminho, assim como o próprio Egito havia feito, o que isso representaria? Apesar de toda a conversa de Khensa sobre ser Medjay estar em meu sangue, eu não poderia incorporar seus ideais como que por mágica, da noite para o dia.

Crença não é algo que se carregue no sangue.

A convicção fazia parte do espírito e da ideologia de uma pessoa. Disso eu sabia, com certeza. Tinha confiança de que Aya concordaria comigo — afinal, fora ela quem me apresentara aos filósofos e poetas modernos. Nesse meio-tempo, havia muito a aprender.

— O que vai fazer agora? — perguntou Khensa.

Dei de ombros.

— O que estive fazendo. Continuar a aprender o que posso enquanto procuro por meu pai. Continuar a aprender.

Praticamente pude sentir o sorriso de aprovação de Aya — um olhar breve na direção dela confirmou que eu tinha razão.

— Esse Medjay em Elefantina — sugeriu Aya. — Será que ele pode nos ajudar?

Khensa pareceu incerta.

— É improvável que o homem que eles têm na prisão seja um Medjay legítimo. Não duvido que seja um impostor, alguém que adotou o manto e alega adesão aos seus hábitos sem compreender a história de fato. Há muitos desses por aí. Além disso, como vocês chegariam a ele?

— Com a sua ajuda.

Ela assentiu, pensativa e nem um pouco surpresa com minha presunção.

— Pensávamos que a partida de Sabu pudesse ter tido alguma relação com sua presença aqui — propôs Aya.

— Lamento decepcionar vocês.

— Mas você está aqui por causa de meu pai, não é? É verdade que seu povo decidiu ir atrás de Menna?

Khensa concordou com a cabeça.

— Então onde está Menna? Morto? Perto? Onde?

— Perto — concordou Khensa. — Menna passou quase seis anos no mesmo lugar, mas acreditamos que agora possa estar em movimento. Neka está procurando por ele agora.

— Você não pode deixá-lo escapar — falei rapidamente, talvez incisivo demais, estremecendo logo depois. Eu não tinha o direito de dar ordens a Khensa de um jeito tão autoritário.

Ela fez uma careta, nitidamente concordando com o que eu acabara de pensar.

— Eu devia estapear você só por sugerir tal coisa. Enquanto você esteve ao sol se perguntando por que seu pai não lhe ensinou a usar uma espada, eu estava aqui fora, vendo minha família morrer nas mãos dos homens de Menna. Nossa guerra tem sido longa e desgastante, Bayek. Não pretendo deixá-lo escapar, e, se você acha que vai chegar aqui e me dizer como agir...

— Desculpe — pedi. E fui sincero.

Apesar de tudo que lançara uma longa sombra em minha vida, assim como o homem do olho torto que entrara furtivamente por minha janela na noite do ataque... as consequências eram um pouco mais imediatas para Khensa.

— Ele existe, então? — falei por fim.

— Menna?

— Quero dizer, ele não é uma ideia ou um grupo de pessoas. Algum meio de assustar as crianças para fazê-las irem para a cama na hora certa à noite?

— Ah, não, ele não é nada disso — disse Khensa. Houve uma longa pausa enquanto ela parecia pensar, atiçando o fogo com uma vareta e piscando um pouco quando as chamas reagiram, avivando-se. — Você encontrou nosso esconderijo — disse ela por fim, dirigindo as palavras a Tuta —, acha que consegue encontrar um cavalo e uma carroça?

Tuta assentiu com entusiasmo.

Dois dias depois, tínhamos um cavalo e uma carroça.

30

Antes de partirmos, Aya e eu fomos ver Nitokris mais uma vez. Fizemos a jornada ao Templo de Karnak, passando pelos guardas e trabalhadores do templo até seu santuário interno, onde ela nos recebeu como se já soubesse que viríamos, levando-nos ao mesmo lugar para sentar.

— Então — começou, voltando um sorriso sereno para nós, olhando para mim e para Aya, então para mim novamente —, você voltou.

— Quando a senhora disse que havia muito mais coisas... — Calei-me sob o olhar astuto dela, depois abri um sorriso meio tristonho. — Agora eu compreendo. Sabemos dos Medjay e que meu caminho envolve ser muito mais do que o protetor de Siuá.

— E você abraça este caminho, não?

— Eu gostaria de ter sabido disso antes — falei.

A sombra do templo era tranquilizadora, o vento soprava delicadamente pelos corredores, refrescando nossa pele. Apesar de todo meu ressentimento por terem escondido tudo aquilo de mim, esse lugar me acalmava, mais e mais, a cada minuto que passava. Eu precisava de foco.

— Não é uma responsabilidade insignificante embarcar no caminho de um Medjay — disse ela. — O Medjay não é um mero guarda ou protetor. Você terá ouvido que os Medjay defendem uma antiga ideologia, tenho certeza, mas seus deveres vão bem além disso. Sua tarefa como Medjay não é apenas a de proteger as coisas antigas, mas proporcionar equilíbrio, justiça e harmonia. Como Medjay, você reverenciará Amon. Será a incorporação viva de Ma'at, as antigas crenças na verdade e na harmonia.

Eu estava prendendo a respiração, percebi, e me obriguei a soltar o ar, voltando a respirar de forma lenta e estável. Finalmente. Informações simples e diretas. Algo a que eu podia me agarrar.

— Antigamente, todo egípcio aplicava os princípios do Ma'at na própria vida e os obedecia, mas esse tipo de coisa, como muitas outras, se perdeu na precipitação para a modernidade. São essas coisas que nos tornam bons, Bayek, filho de Sabu, e, como Medjay, você não se encarrega apenas de preservar e promover tais princípios; você *é* estes princípios. Entendeu?

Assenti com a cabeça. Isso, sim, eu era capaz de compreender. Informações que podia absorver, usando-as para chegar a conclusões. Aquilo tudo era algo a se aspirar, usar como base para toda uma vida. Ser bom. Proteger os inocentes. Derrubar os corruptos. Concentrar-me no dia a dia, mas também vislumbrar o futuro.

— Sei que você entende — disse Nitokris.

Ela falava com completa certeza e, naquele instante, lembrou-me de Khensa e de sua capacidade misteriosa de sempre saber o que de fato motivava alguém. Nitokris inclinou a cabeça de lado ligeiramente, depois se levantou; a reunião chegava ao fim.

— Conhece o símbolo do Ma'at? — perguntou ela.

Neguei com a cabeça.

— É uma pluma de avestruz.

Assim que ela saiu, meti a mão no bolso e retirei os objetos que tinha coletado em minhas viagens.

Em minha mão, havia penas. Penas brancas.

Khensa nos levou numa jornada de muitos dias. Conosco estava Seti, pois Neka ainda não havia voltado. Nós cinco devíamos compor uma visão estranha, espremidos entre suprimentos na carroça enquanto seguíamos com dificuldade pelas terras para oeste, afastando-nos de Tebas.

Descrevemos uma rota tortuosa. De acordo com Khensa e Seti, uma abordagem pelo oeste era perigosa demais, de modo que, quando chegamos à colina que aparentemente era nosso destino, mantivemos distância e tomamos um caminho mais longo em torno da base, chegando a ela pelo leste.

Deixamos a carroça aos pés da colina e fizemos a subida a pé até chegarmos a um ponto de observação — um platô com vista para um mar cintilante a leste, bem como o que pareciam os primórdios de um grande buraco bem no centro do monte abaixo.

Estávamos reunidos, agachados, em círculo, esperando os conselhos de nossa guia. Khensa nos alertara sobre a necessidade de silêncio quando chegássemos ao topo e, assim que nos alojamos lá em cima, ela colocou um dedo nos lábios e nos deu um daqueles olhares temíveis nos quais ela era tão boa, reservando uma intensidade especial para Tuta, que se mostrara empolgado demais para o gosto dela durante toda a viagem.

Ela mandou que ficássemos de bruços e nos aproximássemos da beira do platô, voltados lá para baixo, onde havia em parte um buraco, em parte um vale — um talho quase circular na montanha, levando a uma bacia abaixo. Ali, no solo do vale, escondido por paredes montanhosas de todos os lados e com acesso através de uma única estrada que partia do leste, havia um conjunto de edificações. Os prédios eram mal construídos, mas eram edificações. Falavam de permanência.

Deitada ali, Khensa virou a cabeça para mim. Eu estava entre ela e Aya.

— É aqui — disse em voz baixa, evitando um sussurro que pudesse ser transportado para longe, denunciando nossa posição — que Menna vem se escondendo há... — Ela pensou. — Cinco verões. É muito tempo, mas ele não se descuidou. Por enquanto. Vejam...

Apontando, ela dirigiu nossa atenção a uma saliência rochosa bem abaixo de nós, onde uma sentinela com um arco atravessado nas costas montava guarda, andando de um lado para o outro do afloramento. Enquanto observávamos, ele parou, voltou-se para o povoado abaixo, depois colocou as mãos em concha na boca e soltou um grito, um som estranho, como o chamado de um falcão, mas também inconfundivelmente humano.

Em troca, veio uma resposta lá de baixo, outro som de falcão.

— É uma réplica da sentinela do outro lado do morro — explicou Khensa. — Fazem isso à noite para manter o outro acordado e durante o dia como verificação. — Ela apontou para as construções. — A menor é uma espécie de depósito — explicou numa voz ainda baixa. Aya e Tuta esforçavam-se para ouvir. Seti estava em outro lugar, procurando por outras rotas. — Ao lado dela, a construção maior, é onde os homens de Menna ficam entocados, seis deles, inclusive duas sentinelas, uma a leste, a outra bem abaixo de nós. A terceira construção é dos aposentos pessoais de Menna. Ele a divide com seu imediato, um homem que acreditamos se chamar Maxta. A maioria deles não reconheço, mas Maxta estava lá naquela noite. Você deve ter visto. Ele tem um olho torto.

Foi como se a mão gigantesca de alguém tivesse me agarrado, e por um momento não consegui me mexer, feito refém por uma lembrança poderosa e imperiosa. O mesmo homem que entrara furtivamente em meu quarto na noite do ataque? Tinha de ser.

Khensa nos conduziu para longe da beira, e formamos um círculo, todos falando em voz baixa.

— E Menna? — perguntei. — Ele é pavoroso como dizem? Você o viu de perto?

Agachada ali, nos calhaus da encosta da montanha, Khensa riu com secura.

— Não me diga que você um dia acreditou em todas aquelas coisas sobre dentes humanos afiados?

Neguei com a cabeça, mas meu rubor traiu a mentira. Não precisei olhar para saber que Aya agora sorria abertamente. Logo em seguida, senti seu dedo provocador me cutucando. Dei-lhe um olhar de censura e ela sorriu, e aquele átimo provocou um calor pelo meu corpo.

— Não, sinto muito — continuou Khensa —, por mais que me seja doloroso destruir qualquer mito da sua infância, Menna tem dentes normais. Ele ainda é poderoso, porém sua influência diminuiu. Dez verões atrás, tinha o triplo de homens à sua disposição, isso sem mencionar os adeptos por todo o país. Neste verão? Vamos matá-lo. Em breve.

Ela prendeu a respiração por um momento, até que, por fim, soltou o ar, ponderada e lentamente. A tensão da missão que impusera a si mesma claramente estava lhe cobrado um preço, mas ela ainda perseverava. Resoluta. Inabalável.

— Menna pode ter vivido nas lembranças daqueles em Siuá, mas aqui, no mundo real, é uma força extenuada, e isso graças ao meu povo. Esse foi um feito conquistado a um grande custo. E Menna vive porque, embora ambos estejamos com a força reduzida, ele está com a dele menos reduzida do que a nossa. Simples assim. Nós o estivemos vigiando, esperando pelo momento certo para atacar, e uma das coisas que Neka nos contou é que Menna e seu pessoal talvez estejam prestes a partir...

De repente Khensa se retesou, prestando atenção em alguma coisa. Lá de baixo um barulho indicou a chegada de uma carroça. Foi seguida pelo som de uma luta e um grito que pareceu esvoaçar para nós, como se procurasse nossos ouvidos. No instante seguinte, Khensa já estava à beira para olhar o acampamento, com o restante de nós não muito atrás.

Abaixo, vimos dois homens arrastando outro, um núbio, da carroça à menor das três construções. A cabeça pendia entre as omoplatas. Mesmo dali, notávamos que seu estado não era dos melhores.

— Neka — sibilou Khensa. — Pelos deuses, eles pegaram Neka. — Ela cerrou o punho junto à coxa e, segundos antes de se recompor, percebi seu tremor de raiva e frustração. — Eles o torturaram — disse ela, e ouvi a fúria em sua voz, sublinhada por frustração e impotência.

Neste momento, Seti voltou. Tinha tomado uma rota diferente junto à colina para verificar os sentinelas de Menna. Khensa correu até ele. O homem logo compreendeu que havia algum problema, virando um pouco a cabeça de lado para olhá-la com a expressão cautelosa.

— O que foi, Khensa? Qual é o problema?

Ela não desperdiçou palavras. Não se deu ao trabalho de tentar anunciar a notícia.

— Eles levaram Neka para uma das construções. Ele já foi torturado. Provavelmente o torturarão mais.

O efeito em Seti foi profundo: agitado num segundo, dando a impressão de que ia se jogar no acampamento, e, no momento seguinte, prestes a descer a encosta da montanha.

— Vamos — dizia ele. — Vamos resgatá-lo.

— Ainda não — disse Khensa com firmeza.

Ela era mais jovem do que ele, e me ocorreu que, de nosso grupo, só Tuta tinha menos idade do que ela, mas suas palavras tinham autoridade e foram o bastante para silenciar Seti... pelo menos, naquele momento.

Conseguindo fazer com que ele se aquietasse, Khensa nos reuniu.

— Muito bem, vamos descer a montanha, depois discutir o que fazer antes que chamemos a atenção para nós. E você — E apontou para Seti —, não faça nada precipitado ou morreremos todos.

Ele concordou com relutância. E então nós nos viramos e seguimos nosso caminho montanha abaixo.

31

Ao pé da montanha, Aya, Tuta e eu nos colocamos de lado enquanto os dois núbios se postaram cara a cara, nenhum dos dois disposto a recuar.

— Irei até lá — rugiu Seti. Todo esse ímpeto tinha ficado guardado enquanto descíamos, mas agora saía num jorro. — Neka é meu irmão. Não só meu irmão na tribo, mas irmão de sangue. Lembra-se de suas palavras junto da fogueira? Lembra-se de que você falou da importância do sangue, de como os laços não podem ser negados? Bem, não negue isto a mim agora.

Khensa pôs as mãos nos braços dele, que tremiam de fúria.

— Não sem um plano. Você será morto. Uma sentinela na entrada do acampamento. Outra acima de sua cabeça. Isso sem falar nos homens entocados por todo o perímetro. Ah, você é o melhor que já vi com um arco e, pelos deuses, daria cabo de alguns deles sem ajuda, mas ainda assim é um homem só. Você morreria, seu filho ficaria sem pai, e Neka morreria também. Qual seria o sentido disso? Menna voltaria a se erguer.

Ele se desvencilhou dela.

— Então o que você sugere? Deixar Neka ali? Ou quem sabe devemos voltar a Tebas e pedir ao seu avô doente e à minha esposa grávida para se juntarem a nós? Eu *não* estou sozinho, não se esqueça. E você? E seus amigos de Tebas?

Khensa plantou a haste de sua lança no chão e se virou para nos olhar como se estivesse nos vendo pela primeira vez, e eu abri a boca para falar, ávido para transmitir a ela que podíamos ser úteis. Mas foi Aya quem respondeu.

— Podemos dar conta. Permita que provemos isso a você.

Khensa balançou a cabeça, apontando um dedo.

— Já restam muito poucos Medjay; acha que quero ser responsável pela morte do que pode ser o último? Não, obrigada.

— Você será responsável por ajudar na transformação dele em um Medjay — insistiu Aya.

Suas palavras me surpreenderam, entretanto aqueceram meu coração. Eu não pensava que ela tivesse acreditado em tudo que os Medjay defendiam e representavam. Talvez o fato de eu querer isso para mim mesmo já bastasse para ela.

— É suicídio. De nós cinco, só dois têm...

— O quê? — sondou Aya.

Khensa respirou fundo, com o olhar fixo nela.

— Muito bem. Já matou alguém? Ele matou?

Aya negou com a cabeça e respirou fundo. Eu sabia disso. Sabia que ela se preparava para uma discussão da qual não iria desistir.

— Então é disso que se trata ser um Medjay? De matar gente? É desse tipo de qualificação que você precisa?

Suas palavras foram mordazes, mas não coléricas. Uma pergunta franca e sincera.

— Não — rebateu Khensa, embora desse para perceber que ela estava dando ouvidos a Aya. — Mas, quando é necessário matar, o Medjay deve ser capaz de fazê-lo sem hesitar, sem pensar duas vezes, e deve ter pleno conhecimento de que seu curso de ação é o único disponível. Você pode fazer isso, Bayek? — Ela se aproximou e pôs a mão em meu peito. — Você guarda aqui dentro a capacidade de fazê-lo?

Pensei no homem do olho torto — Maxta, agora eu sabia. Pensei em Menna, em meu pai, em ser um Medjay. Pensei no pai de Tuta e no modo como ele aterrorizara a própria família por tanto tempo. Uma família que, não muito tempo antes, eu vira feliz e segura.

Endireitei o corpo muito ligeiramente — eu sabia minha resposta. E Khensa, sendo Khensa, enxergou aquilo antes mesmo que eu pudesse falar qualquer coisa. Olhou-me com reconhecimento e certo alívio, depois Seti se intrometeu antes que ela pudesse voltar a discursar, trêmulo devido a uma emoção contida.

— Você sabe o que eles vão fazer, não sabe, Khensa? Sabe o que farão com ele?

— Sim — respondeu ela baixinho. — Mas nosso irmão não falará. Neka morrerá antes de dizer a eles onde estamos morando.

— *Morrerá?* — falou Seti com ardor. — Não permitirei que tal coisa aconteça, e você tampouco.

Khensa cruzou as mãos na haste da lança e apoiou a testa ali. Suas penas tribais pendiam como folhas de palmeiras, as tiras de couro penduradas de suas braçadeiras dançavam na brisa enquanto ela refletia. E então, de súbito, ela se ergueu, foi até nossa carroça e, para minha surpresa, retirou dali meu arco. Eu estava prestes a protestar quando ela o jogou para Seti.

— Veja isto — vociferou ela —, sinta a tensão.

Ruborizei enquanto o núbio examinava meu arco.

— Não é uma tentativa ruim — disse Seti, embora desse para notar que ele não estava exatamente impressionado. Ele o devolveu. — A tensão precisa melhorar, é só isso. Minha irmã, a questão aqui é... você confia nestas pessoas?

Ela assentiu.

— Então confie neles para fazer isto por nós.

Khensa estava a ponto de responder quando ouvimos um barulho vindo de dentro da montanha.

Algo que nos silenciou.

Algo que deu um fim súbito à discussão.

Um grito.

32

Esperamos o cair da noite. Era lua cheia. Khensa e Seti desapareceram brevemente e, quando voltaram, ambos tinham a cara branca, coberta de giz. Fiz uma expressão de interrogação.

— Em homenagem a nossos deuses — explicou ela, então acrescentando com um sorriso que exibia bem os dentes — e para inspirar medo em nossos inimigos.

Então nos dividimos: Seti partiu numa subida, para silenciar a sentinela na saliência rochosa, enquanto o restante de nós contornaria a base da montanha para leste e neutralizaria a sentinela daquele lado.

Depois disso, teríamos de ficar em silêncio e esperar que os homens de Menna tivessem comido bem e bebido ainda mais, para que ficassem alheios ao mundo quando agíssemos.

Contornamos furtivamente a montanha e chegamos a um ponto onde ela se abria para uma trilha que levava ao acampamento. À medida que nos aproximávamos de nosso destino, Khensa se precipitava à frente, sinalizando para ficarmos em fila única de modo a garantir que nos agarraríamos à pedra, tornando-nos parte da paisagem, arrastando-nos lenta e silenciosamente para mais perto da entrada. Ela piscou, e vi que ainda estava fazendo uma contagem mental.

Agora nos víamos o mais perto que nos atrevíamos. Estávamos a uns quinze metros atrás da sentinela curvada sobre uma formação rochosa com um arco nas costas. Tínhamos ouvido o chamado do falcão assim que nos aproximáramos da entrada, mas agora eu me perguntava se o homem havia adormecido, porque já fazia um tempinho desde o último grito.

Mas não.

Ele veio. Um som que parecia cair do firmamento, ecoando na vasta escuridão do deserto além — um som que era em si muito solitário, até que a sentinela não muito longe de nós se ergueu no afloramento rochoso e respondeu.

Olhei para Khensa. Seus olhos estavam semicerrados de concentração, ainda fazendo a contagem, mas aquele último alerta pareceu ser o único que ela vinha esperando, aí notei que ela engoliu em seco. *Preparar*. Ela nos olhou, assentiu afirmativamente. *Preparar. Fiquem aí*. Ordens silenciosas.

E então, em silêncio, ela levantou a lança e partiu numa correria, os pés sem fazer barulho no chão duro, movendo-se como um espectro pela noite, a mão da lança recuada, pronta para dar impulso durante a corrida.

Ele não pode tê-la ouvido. Era inconcebível. De qualquer modo, algo — talvez um sentido a mais — o fez se virar e, à luz da lua, ele viu Khensa se aproximando e abriu a boca, talvez para gritar um alerta à outra sentinela, talvez para desafiá-la. Quem sabe? Nenhum dos dois cursos de ação o teria ajudado.

No segundo a seguir, o único som na noite foi de seu gorgolejo, um chocalhar da morte exalado em torno do ponto onde a lança de Khensa se enterrara em seu pescoço. Ele caiu, esperneando, justamente quando Khensa o alcançou e se ajoelhou. Ela encobriu nossa visão, mas vi uma faca, e o gorgolejo parou.

Por um momento ficamos todos atentos escutando, perguntando-nos se Seti tinha feito seu trabalho e cuidado da outra sentinela. Todos nós temíamos o chamado do falcão, mas ele nunca veio. Satisfeita, Khensa passou o arco e as flechas da sentinela para Aya, e as duas trocaram um olhar de mútua compreensão.

Agora, conscientes de um luar que lançava nossas sombras pelo caminho, andamos com mais rapidez, porém em silêncio, até o complexo. Nesse trecho, a trilha se abria, e as construções que à tarde tínhamos visto de nosso ponto de observação no alto agora estavam bem próximas. Dentro delas, o inimigo dormia — com sorte, um sono profundo o suficiente para que não os acordássemos.

À nossa esquerda havia estábulos, carroças, cavalos. Quando Khensa soltou um assovio baixo, Tuta e Aya se moveram juntos e depois, mantendo-se encostados à parede da bacia, contornaram em direção ao estábulo.

Khensa tocou meu braço.

— É bom ter você aqui, Bayek.

Lembrei-me de suas reservas.

— Acha mesmo?

— Acho.

Olhamos para cima e vimos que Seti havia assumido posição na saliência oposta. Bastou vê-lo ali com seu arco numa das mãos e a flecha na outra para minha confiança se renovar. A de Khensa também, creio, porque de repente ela sinalizou para mim e partimos para o grupo de construções no meio da bacia.

Agora que estávamos em campo aberto, sentindo-nos expostos e vulneráveis enquanto atravessávamos até o depósito, olhei para minha esquerda e vi que Tuta e Aya tinham começado seu trabalho, atrelando um cavalo a uma das carroças. Íamos precisar dela: com Neka ferido, teríamos de usar um transporte. Além disso, o plano era deixar Menna e seus homens sem meios de voltar a Tebas.

Chegamos ao depósito e paramos, entreolhando-nos enquanto nos preparávamos, de certo modo esperando um grito. Não veio nada, de modo que, por ora, respiramos aliviados e examinamos a porta do depósito, mantida trancada por uma estaca inserida numa alça na madeira sólida. Sem dizer nada, começamos a soltá-la, deslocando-a de um lado a outro com o máximo cuidado, tentando afrouxar a tranca. Alguns minutos depois, a estaca estava livre, e a porta, destrancada. Ela guinchou, e fizemos careta ao ouvir o que para nós parecia o estrondo de um trovão no acampamento.

Então a porta foi aberta, e pela primeira vez fiquei feliz com a lua que penetrava seu interior assim que entramos e vimos Neka.

Ele seria parecido com seu irmão Seti se não fosse pelo olho fechado por um enorme hematoma bulboso e os cortes nas bochechas e na testa. No peito havia uma série de ferimentos a faca, como se ele tivesse levado um corte agonizante e doloroso atrás do outro.

Ainda assim, quando ele nos viu, seu olho são se arregalou e os lábios secos se repuxaram num sorriso, e tal visão provocou uma onda de alívio em todos nós. Embora ele tivesse as mãos e os pés amarrados, conseguiu se sentar.

— Seti? — sussurrou ele.

— Dando cobertura na saliência — respondeu Khensa, ajoelhando-se e sacando a faca, soltando as amarras de Neka num só movimento.

Ele massageou as mãos, tocou o olho ferido e estremeceu.

— Está muito ruim? — perguntou Khensa. Dedos hesitantes foram aos ferimentos no peito dele, mas Neka apanhou a mão dela e a deteve.

— Sim — disse ele, o olho são turvando —, eles me machucaram, mas foi só o começo. Amanhã, disseram, é que a verdadeira diversão teria início. — Ele apontou para mim. — Quem é este?

— Este é Bayek, filho de Sabu — disse Khensa sem demora, auxiliando-o a se levantar. — Ele e os amigos estão nos ajudando. Venha, é hora de tirar você daqui.

— Ah, eu vou sair, é verdade — grunhiu Neka com a expressão sombria —, mas partirei com a cabeça de Menna na ponta desta lança que você carrega.

Khensa balançou a cabeça, rápida e decidida.

— Não — disse ela com firmeza. — Estamos em menor número. Você está ferido. Esta missão é para tirar você daqui a salvo, e é exatamente o que pretendo fazer.

— O que acha que meu irmão diria?

Khensa contraiu os lábios. Acho que todos nós sabíamos exatamente o que o irmão dele diria se estivesse ali.

— Estivemos esperando por uma oportunidade de pegá-lo... — insistiu Neka.

— Precisamos de uma melhor... — Ela se calou de repente, e percebi que começava a pensar no assunto. Apesar de todo o risco aos poucos que restavam de seu povo, ela parecia cogitar seriamente a questão.

— Está aqui, Khensa, aqui, na palma de nossa mão, a chance de eliminar Menna para sempre. Você trouxe reforços. — Ele meneou a cabeça para mim, sentindo que podia convencê-la. — Já estamos dentro do complexo. As sentinelas estão mortas, não?

— Sim.

— Com isto serão sete homens. Cinco naquela construção, Menna e seu imediato na outra. A região está coberta lá no alto. Temos guerreiros aqui. Temos o elemento-surpresa. A hora é agora, Khensa. Vamos acabar com isso.

Ela empinou o queixo. Não precisava de mais persuasão.

— Quer matar Menna pelo que ele fez a você, não é? — disse ela, os dedos percorrendo os ferimentos no peito dele.

Ele se retraiu.

— Sim, minha irmã, sim. Eu quero.

Ela o encarou por um momento, um olhar penetrante e firme. E balançou a cabeça, muito ligeiramente.

— Isto eu rejeito. A morte de Menna é minha. Minhas condições são estas. Aceite ou não, é com você.

Percebi os vestígios de um sorriso. Ele assentiu, oscilando um pouco para trás — confiava no julgamento dela.

— Você é dura na negociação. Concordo com suas condições. Dê-me o arco e vamos.

Ela o fez. Depois que Neka deu alguns passos e sentiu firmeza em seus movimentos, nós saímos.

33

O sucesso fácil foi rapidamente tirado de nós. Tudo por causa de um homem que resolveu urinar. Qualquer plano formulado por Khensa e Neka teria dado certo se não fosse por aquela bexiga explodindo de cerveja.

Movemo-nos furtivamente pela frente do depósito, voltando à bacia, onde do outro lado do caminho Tuta e Aya estavam agachados no estábulo.

Eles estavam acenando para nós. Precisei de algum tempo para perceber o que faziam, meus olhos se adaptando à noite, talvez com dificuldade de acreditar no que viam. Mas não, sem dúvida eles acenavam. Forcei a vista, tentei distinguir o porquê.

Acenando e apontando para...

Meus olhos se voltaram para as outras construções do acampamento e ali, na maior das duas choças, vi um dos homens de Menna aliviando--se na lateral da parede. Seti permanecia na saliência, com o arco em riste e pronto para disparar, mas naquele momento o sujeito estava do lado errado da construção. O mictório escolhido por ele era uma das poucas áreas que Seti não conseguia cobrir, e agora, se ele olhasse para a direita, veria Tuta e Aya, mas se olhasse para a esquerda veria Khensa, Neka e eu.

Merda!

Khensa começou a sinalizar frenética e silenciosamente para voltarmos para dentro do depósito. O único som na bacia era o jato de urina na lateral de sua cabana.

Ele se meteria em problemas por isso, pensei loucamente. Provavelmente tinham regras sobre abandonar seus postos, mas ele estava cansado demais para se incomodar.

O vapor subiu. Ele parou.

Então recomeçou.

Depois parou, baixou a túnica e recuou, cambaleando, ou da bebida, ou de sono.

Com medo de um movimento que pudesse chamar sua atenção, mas igualmente apavorados por estar em campo aberto, ficamos petrificados — até Khensa, que desistiu de tentar nos conduzir de volta para dentro, simplesmente agachada e imóvel. Do mesmo modo, Tuta e Aya tinham se imobilizado do outro lado da bacia. Eu não me atrevia a virar a cabeça para ver Seti.

Ficamos todos ali, morrendo de medo de sermos vistos, rezando para que o homem simplesmente cambaleasse de volta a seus aposentos.

Mas ele não foi.

Ele parou, apurou o ouvido, depois colocou as mãos na boca para soltar o som do falcão, ou pelo menos uma versão aproximada e embriagada dele.

Prendemos a respiração, observando enquanto ele mais uma vez aprumava o ouvido, escutando, aguardando pela resposta e aparentemente irritado por ela não vir. Em seguida pareceu avaliar a situação e, com o queixo empinado e o peito estufado, deu uma olhada ao redor como um monarca embriagado avaliando seu reino. Seus olhos passaram pelo estábulo e não se demoraram ali, Tuta e Aya escondidos pelas sombras. Mas então seu olhar veio até onde nós três, que estávamos agachados, diante da porta do depósito, e de súbito senti-me terrivelmente exposto, pensando: *Acabou, Bayek.* A lua propícia nos iluminava, destacando-nos. *Aí estão eles.*

Certamente fôramos localizados.

Khensa pensou o mesmo. Gesticulou para Neka. Ambos se deslocaram lentamente, com as armas preparadas.

Mas aí aconteceu o impensável. Finalmente tomando uma decisão, o homem gritou uma vez — começando a soar o alarme. Khensa desapareceu nas sombras e Neka ficou ali, não mais escondido. O homem o viu e então disparou numa corrida, seu segundo grito com mais volume e urgência, chegando à porta de seus aposentos e esmurrando-a com as duas mãos.

Para ele, era tarde demais. Ao seguir para a porta do alojamento, ele entrou no campo de visão de Seti, que disparou. Uma flecha penetrou na face do homem, então sua saraivada de golpes parou e seus gritos foram interrompidos pela flechada no esôfago.

Mas o estrago já estava feito, e num instante a porta do alojamento foi aberta.

— Ei — veio um grito de dentro, uma voz sonolenta que se transformou num berro de pânico quando o homem viu o corpo do amigo esparramado no chão.

Ele saiu, então. Uma atitude tola. A lança de Khensa o apanhou assim que ele deixou as sombras, a morte rápida e limpa. Com a faca na mão, mantive a guarda, imóvel, alerta e atento. Senti um movimento ao meu lado, então me virei e vi Aya chegando, Tuta também, espreitando e sorrindo para mim enquanto se acomodavam ali perto.

Do outro lado do acampamento, Seti aproveitara o intervalo no combate para saltar da saliência. Os núbios estavam reunidos de novo, abraçados, mas aí quase imediatamente se viram tomados por um estranho sentimento de indecisão: *O que fazer agora?* Sabíamos que ainda havia quatro ou cinco homens dentro da construção principal. E, na outra edificação...

Menna.

Foi como se todos tivéssemos despertado ao mesmo tempo. Não era o fim ainda. Khensa gesticulava para Neka: *Vá para lá. Dê cobertura perto da porta.* Enquanto isso, Aya prendia uma flecha no arco que pertencera à sentinela.

— Seti — sussurrou Khensa asperamente —, verifique os fundos. Cuide para que não haja saída por trás.

Logo ficou claro que os núbios tinham padrões de ação conhecidos, mas o restante de nós estava perdido. Já despreparados, fomos apanhados de surpresa pelo homem da bexiga cheia; agora tentávamos desesperadamente acompanhar os caçadores experientes.

O primeiro sinal de que teríamos mais problemas foi dado assim que ouvimos barulhos do estábulo, onde Menna e seu imediato já subiam numa carroça.

Ouvi meu próprio grito, "*Não!*", no momento em que eles deixaram o estábulo num ribombar de rodas e cascos, e pela primeira vez dei uma boa olhada no imediato de Menna.

Era ele. Era o homem que tinha entrado pela janela do meu quarto anos antes, o sujeito que me deixara rígido de medo. Vi o olho torto.

Vi os lábios pavorosamente retorcidos, desfrutando a situação, mesmo agora, quando as chances estavam tão terrivelmente contra ele.

Ao seu lado, Menna parecia um nada em comparação. Um sujeito pequenino. Magro e desgastado, a pele da mesma cor dos cintos de couro que atravessavam seu o peito.

Neka nivelou o arco, preparou-se, depois correu para se posicionar melhor, soltando a flecha na corrida. Mas seu olho ferido o atrapalhou, e a flecha bateu na lateral da carroça, penetrando o cesto e se alojando ali, inofensiva, enquanto o veículo fazia a curva e trovejava rumo à estrada.

Fiquei tenso, esperando, torcendo, não, *rezando* pela reação de Seti, quando do outro lado da construção veio um grito de dor, deixando claro que ele estava ocupado. E agora era tarde demais.

Pelos deuses! Maldição!

Khensa tinha arrebanhado seu arco e aljava de Neka.

— Fique aqui — gritou ela para Aya —, contenha os homens.

Ao mesmo tempo, partiu em direção ao estábulo.

— Bayek, comigo! — comandou, e não precisei de uma segunda ordem; segui no encalço dela, correndo até a carroça. Quando olhei para trás, vi Aya, a flecha apontada para a cabana. Seti veio correndo junto à parede dos fundos, preparando uma flecha para mirar na carroça de Menna, que já sumia de vista, e ao mesmo tempo se posicionando para dar cobertura à entrada dos fundos. Apesar de muito ocupados, entre eles estava tudo bem: dois núbios experientes; Aya, uma novata na coisa toda, mas inteligente e confiante; Tuta, que sem dúvida tinha alguns truques na manga.

— Pode conduzir esta coisa? — gritou Khensa, pulando na carroça.

Segurei as rédeas, chicoteei e nos tirei do estábulo, as rodas cortando um sulco no terreno arenoso enquanto descrevíamos um arco pela entrada. Esta fora uma das poucas coisas nas quais meu pai se mostrara incansável em me ensinar, pelo menos. Estávamos atrás de Menna, era bem verdade. Mas tínhamos uma vantagem importante.

Tínhamos Khensa.

Nosso cavalo resfolegou, a crina tremulando. Segurei firme, dolorosamente consciente de que já fazia muito tempo que eu não conduzia uma carroça — em Siuá, é claro, e agora parecia fazer anos —, além do fato de estar escuro demais.

Eu poderia ter rido do modo como a lua vinha se alternando entre ser nossa inimiga e nossa aliada. Agora pelo menos ela iluminava Menna e Maxta à frente. Maxta conduzia, lançando olhares frequentes para trás, e Menna estava agachado no cesto a bordo, usando os braços para se escorar nas laterais.

Sacudi as rédeas, usei a vara. Estávamos vencendo? Ali fora, naquele momento, não importava. Meus dentes eram arreganhados, entorpecidos pelo mesmo vento que eu sentia nos cabelos. Porém, por mim corria uma sensação de completa euforia. E, se ainda não estávamos vencendo, então venceríamos. Eu tinha certeza, e, de qualquer forma...

Ao meu lado, Khensa havia se agachado como Menna, encontrando seu equilíbrio enquanto avançávamos, mas cada depressão e elevação do terreno acidentado ameaçava nos fazer tombar, destruir as rodas, rachar os raios de madeira. Aquelas velharias eram melhores para viagens tranquilas ao mercado, talvez até aguentasse um trajeto de ida e volta a Tebas, mas não uma corrida pela noite do deserto.

Adiante, o chicote estalou. Ouvi Maxta espicaçar o cavalo. Fiz o mesmo. Khensa vinha tentando manter o equilíbrio, mas agora ela se levantava, com os pés plantados e separados, uma perna atrás da minha de forma que nossas coxas se tocavam, escorando uma à outra. Vi os músculos de seus braços se retesarem, segurando o arco. Na mão direita estava uma flecha, que Khensa preparou, executando o movimento de recuo com o braço, montada na tábua da carroça, escorada em mim e no cesto, fazendo o possível para manter a estabilidade de seu corpo e da mira.

Mas não foi o suficiente.

Sua primeira flecha passou muito além da dupla em fuga. Entreolhamo-nos, e não ouvi gritos, nenhuma gritaria, nenhum palavrão, só uma garantia silenciosa e mútua de que, o que quer que acontecesse, íamos concluir o trabalho.

— Próxima — gritou ela acima do barulho das rodas da carroça. Prendeu uma segunda flecha, os músculos tensos ao recuar o braço.

Ela gritava ante o esforço, o braço tremendo de fadiga até enfim soltar sua segunda flecha. Esta encontrou seu alvo, fazendo Maxta girar em volta do cesto ao sentir a fincada bem fundo em seu ombro esquerdo.

Ele caiu, puxando as rédeas, levando o cavalo a parar e empinar. No mesmo instante, a carroça capotou, as rodas giraram no ar, e o veículo inteiro se retorceu e bateu no chão ainda com seus ocupantes no interior.

Encostamos ao lado deles. Khensa já havia preparado outra flecha no arco e eu tinha a adaga na mão. Saímos de nosso cesto para investigar.

A carroça deles estava de cabeça para baixo, com uma roda destruída e a outra girando indolentemente até parar, os dois homens aprisionados ali. Tentando se levantar, o cavalo relinchava com aflição e Khensa mantinha o arco apontado para a carroça virada. Avancei, cortei as rédeas de couro que prendiam o animal e o soltei. Depois fui à parte de trás, agachando-me para olhar por baixo, e estremeci ao ver o que me recebia. Havia muito sangue.

No início, pensei que os dois homens estivessem vivos. Seus olhos estavam abertos, aparentemente me fitando, vidrados. Minha atenção foi atraída para Menna. Havia algo estranho no modo como ele me encarava. Então percebi que ele não piscava e que sua cabeça estava num ângulo estranho e forçado em relação ao restante do corpo, como que metida na lateral do cesto.

Neste momento, seu queixo se abriu, e vi algo dentro da boca ensanguentada, percebendo que ele de fato estava preso — durante o capotar da carroça, ele caíra na ponta da flecha de Neka, agora incrustada em seu rosto. Será que aquela fora a causa de sua morte? Ou fora o pescoço quebrado? De qualquer modo, ele estava morto.

Quanto a Maxta, ainda vivia. E, ao contrário de Menna, olhava para mim e me enxergava de fato.

— Quem é você? — perguntou ele, e, embora sua voz vertesse malícia, era forçada e fraca. Um filete de sangue escorreu de sua boca para a barba.

— Isso não importa — falei, ainda agachado. — Você enfim foi derrotado. E por um filho de Medjay.

Ele arregalou os olhos num reconhecimento apavorado e tossiu pela última vez, fazendo brotar uma bolha de sangue nos lábios, a qual estourou no instante em que ele morreu.

34

Bion se encontrara com Raia em uma última ocasião antes de partir de Alexandria, dessa vez num local onde Raia ficava mais à vontade: um bosque de figueiras, deserto além das nuvens de insetos, a folhagem caída e um banco de pedra no qual eles se sentaram, capazes de conversar em paz, sem medo de serem entreouvidos. Sem Raia se preocupando com todas as coisas que a presença de Bion poderia trazer à sua vida.

Bion inspirara profundamente o perfume adocicado dos figos, admirando os insetos entre as árvores enquanto colocava Raia a par de seu encontro com o erudito Rashidi, contando-lhe o que soubera a respeito de Hemon e Sabestet, aquele rapaz cego e seu mestre que moravam em Djerty.

— Um ancião, hein? — bufou Raia com desdém, e Bion ficou feliz por eles estarem sentados lado a lado, certo de que seu desagrado por Raia estava estampado no rosto.

Era estranho, pensou ele. O comandante que ele havia conhecido era ambicioso e propenso a surtos de autoconfiança equivocada, porém não era idiota, nem aceitava as coisas sem pensar e sem questionar; já o homem que ele via agora, em particular nos arredores de sua Alexandria natal, sentado ao seu lado, que de vez em quando fechava os olhos e voltava o rosto para os raios derradeiros do sol vespertino, era uma criatura de fato muito diferente.

— Então você partirá para Djerty em breve — disse Raia —, para dar continuidade à nossa missão?

Bion se perguntava que parte da missão era *nossa*.

— À primeira luz do dia — respondeu, com a mente na tarefa que pretendia realizar antes.

— Muito bom, muito bom. Aguardarei ansioso a notícia de que o ancião e seu ajudante cego foram mortos por suas mãos.

— Sim — respondeu Bion simplesmente, pensativo.

Sim, eles morreriam em breve, e tal fato era tão inevitável quanto o nascer do sol. Eles morreriam em breve, e depois, Bion já sabia, Raia lhe apresentaria uma nova missão. Bion desconfiava de que Raia sempre teria uma nova missão para ele.

No entanto, Bion descobriu que a ideia não lhe desagradava.

Isso, seu legado. Seu presente para o mundo: morte. Parecia que, afinal, havia, sim, renascimento depois de guerras. E daí que ele às vezes apressava um pouco o momento? Mais cedo ou mais tarde, a morte visitava a todos. Era na morte que a paz aguardava as vítimas de Bion. Seria um destino tão terrível encontrar alívio da vida, avançar para a seguinte?

— É um golpe de sorte, não acha? — disse Raia, e Bion deixou de lado suas divagações para se concentrar no homem que estava ali armando suas tramas. — Encontrar o líder tão cedo em nossa missão? Não lhe parece que assim cortaremos as raízes antes de derrubarmos a árvore?

Raia se recostou e ergueu o rosto para o sol, satisfeito com seu jogo de palavras.

As cicatrizes de Bion coçaram. Ele queria estar em outro lugar.

— Sim — respondeu sem interesse.

Houve uma pausa, o tipo de silêncio que permitia a intromissão de certo constrangimento entre eles, fazendo sua presença conhecida.

— Será que eu detecto dentro de você uma perda da coragem, Bion, matador de homens? Você sabe como esta missão é importante para mim. Sabe como ficarei grato quando ela for concluída.

— Você tem um medalhão. — Bion se perguntava como era possível que Raia não entendesse que ele pouco se importava com recompensas, que a morte por si só já lhe bastava. — Logo terá vários outros.

— Não me decepcione, Bion. — Os olhos de Raia tinham assumido uma textura de aço. Bion achou graça, embora suas feições não tivessem se alterado.

— Não decepcionarei, comandante.

Raia exibiu os dentes quando um sorriso voltou a enfeitar aquele rosto, que dizia: *A vida está me tratando bem e pretendo que continue assim.*

— Ótimo, ótimo.

Durante algum tempo, eles permaneceram sentados lado a lado, até que por fim Raia falou:

— Lembra-se de Naukratis, Bion?

Você me lembrou sobre isso em Faium, pensou Bion, mas, em vez de falar, apenas fez que sim com a cabeça.

— O proprietário de terras, Wakare, lembra-se dele?

— Sim.

— Foi assassinado logo depois daquilo. Assassinado na própria casa. Sabia disso?

Bion ficou em silêncio. Não estava com paciência hoje.

Raia se levantou para ir embora, olhando Bion de cima, este ainda sentado no banco de pedra.

— Será — disse Raia — que, se eu investigasse mais, descobriria que Wakare foi morto por uma faca atravessada na cavidade ocular até o cérebro?

Será?, pensou Bion, mas não disse uma palavra, observando Raia partir até sumir de vista, escutando até que os passos diminuíssem e emudecessem por completo.

Naquela noite, antes de voltar aos seus aposentos, Bion passeou pela cidade, maravilhado com seu caráter novo, seu estilo grego. Sim, Alexandria o fazia se lembrar da época que passara em Naukratis; tinha o mesmo ar altivo da própria importância, só que ainda mais, se é que tal coisa era possível. Aqui era preciso procurar muito para ver os camponeses, os *sekhety*, os pobres, os *shouaou*. Era uma raridade ver uma cara suja em Alexandria; aqueles que caminhavam pelas ruas e vielas estreitas eram abastados e seguros da própria importância, felizes e protegidos na segurança de um consenso. Esses eram os ricos, o oposto dos *sekhety*, as pessoas que contavam com as boas graças da fortuna. Em outros tempos, ele matara a mando de homens como aqueles. E apesar de acreditar ter abandonado tal vida, ei-lo aqui, fazendo tudo de novo.

Sua caminhada, decidida, o levou à porta de uma casa bem equipada, aninhada entre aquelas ocupadas pelos muito ricos que ele vinha admirando até então. Quando bateu, a porta foi atendida por um criado.

Perguntou então pelo dono da casa, ou talvez a dona, caso seu senhor não estivesse disponível, como de fato não estava.

O servo se pôs de lado, apreensivo, quando uma mulher idosa, porém bem-vestida, apareceu e fitou Bion com desconfiança.

— Sim?

— Gostaria de saber se posso falar com seu marido, Theotimos — disse Bion.

Aquela era uma mulher de certa postura, e, se ficara intimidada com a presença de Bion, jamais deixara transparecer, olhando-o de cima antes de responder:

— Meu marido já é falecido — disse ela simplesmente com um leve vestígio de emoção.

— Entendo — disse Bion e, quando percebeu que ela esperava por suas condolências, acrescentou: — Lamento muito saber disso.

Fez menção de ir embora, mas parou, arriando os ombros ao se virar para olhar a viúva à soleira da porta.

— Como ele morreu? — perguntou.

— Foi atacado por uma quadrilha de ladrões — disse ela.

— E o que eles levaram, os ladrões?

— Nada. — Ela balançou a cabeça com tristeza. — Apenas alguns pergaminhos.

35

Antes de morrer, o erudito Rashidi contou a Bion que Hemon e Sabestet seriam encontrados em Djerty, então foi para lá que ele seguiu.

Em Djerty, ele pagou por informações e, pelo que conseguiu descobrir, Hemon e seu servo moravam nos arredores da comunidade. Também ficou sabendo que o velho detinha certa reputação de místico e que Hemon adotara Sabestet muito novo. Na ocasião o órfão cego estivera esmolando, fazendo um truque com copos nas ruas em troca de dinheiro, quando Hemon passara por ele, vira seu trabalho e ficara ainda mais impressionado ao perceber que o menino não enxergava.

Os dois passaram a se ver e conversar, e logo Hemon tirou Sabestet das ruas, levando-o para morar com ele, a leste. Agora o rapaz estava com seus 20 e poucos anos, mas, apesar de sua cegueira aparentemente não representar uma desvantagem, jamais se mostrara inclinado a partir em busca de aventuras ou da cidade grande, do jeito que jovens tendiam a fazer.

Que interessante, pensara Bion, *o vínculo entre eles*. Ele não entendia.

Assim, no mercado, ele comprou uma gaiola pequena, um cesto e uma tigela de cobre com duas alças, além de um cinturão para prender tudo. Colocou uma isca na gaiola e apanhou um rato, o qual colocou no cesto. Quando a noite caiu, partiu a cavalo para o domicílio e esperou no escuro até se sentir seguro de que os dois ocupantes da casa dormiam, quando, então, agiu.

Pegando o rato, o cesto e a tigela, ele foi à porta de entrada; colocou os objetos no chão, sacou a faca e ficou atento ao movimento nos arredores. Ao longe, ouviu o canto de uma ave de rapina, mas fora esse som, tudo era pura quietude. Quanto a dentro da casa, não houve qualquer ruído vindo dali, nem um som. Silêncio.

Furtivamente, o matador entrou, deslizando porta adentro como fumaça, e se demorou ali, atento e deixando que os olhos se adaptassem à escuridão de breu, avaliando o ambiente e se preparando para o próximo movimento.

Sentiu uma lâmina em seu pescoço.

— Sou cego, invasor — veio uma voz jovem de trás dele. — Meu mundo é tão escuro quanto o seu, mas tenho a vantagem desta faca em seu pescoço. Além disso, conheço bem esta casa, e você, não.

O matador ficou imóvel, pressentindo que o jovem usaria a lâmina se necessário, mas também sabendo que, assim que ele se permitisse ser desarmado, seria um homem morto, e por sua vez a missão, um fracasso, seu legado de morte substituído por outro de derrota, o que ele não podia permitir que acontecesse.

Afinal, ele era Bion, matador de homens. Ou era o que Raia dizia.

Ele sentiu outra figura parada à sua frente, o velho que agora falava, uma voz desencarnada na escuridão.

— Pegue a faca dele, Sabestet.

Não tente nada, dizia a pontada de dor sentida por Bion quando a pressão da faca aumentou em seu pescoço e a mão do rapaz deslizou para sua fronte, alcançando sua arma.

— Ficarei com isto, por gentileza — disse Sabestet ao ouvido de Bion, cujos olhos finalmente começavam a se adaptar à escuridão. Ele conseguia distinguir Hemon de pé ao lado da mesa, posicionada ali, ao que parecia, para criar uma barreira. Estava claro que a dupla soubera de sua chegada. Não eram párias em Djerty como Bion fora levado a acreditar, pois evidentemente tinham sido alertados a seu respeito. Ele, por sua vez, fora um tanto negligente. Enquanto isso, o velho segurava alguma coisa, um lampião, pronto para ser aceso quando Bion fosse desarmado.

Mas isso não ia acontecer.

Bion não permitiria que acontecesse.

Ele deixou que o garoto cego pegasse sua faca, tendo permitido que a alça de retenção escorregasse de seu pulso, e levantou o braço ligeiramente num gesto de colaboração.

E então tomou uma atitude.

Com um giro da mão, passou a alça de couro no pulso de Sabestet e a girou rapidamente para apertá-la de forma torturante, puxando-a em seguida. A faca de Sabestet quis se enterrar em seu pescoço, mas Bion recuara antes, tornando-a inofensiva, e o rapaz soltou um grito ao ser arrastado de lado e para a frente.

Hemon gritou. Sabestet apunhalava o ar loucamente, com a outra mão fora de combate, mas Bion agora tinha o controle e usou a mesa colocada ali para ajudá-lo a bloquear o jovem, avançando com Sabestet, que se contorcia, arrebatando a mão que agitava a faca, ao mesmo tempo que o jogava na lateral da mesa.

Mais uma vez, um uivo de rapaz — um grito de frustração seguido por outro imediatamente, devido à dor quando sua coluna bateu no tampo da mesa. O velho agora estava em movimento, com uma espada curva que brilhava levemente. Em um segundo, ele estava em cima de Bion, que empurrou Sabestet para cima da mesa e bateu a mão do rapaz no tampo uma, duas vezes, ouvindo o tinido da faca quando esta voou para longe e ao mesmo tempo voltando seus esforços para a outra mão do rapaz, ainda presa pela alça restritiva da faca de Bion

Sabestet estava atordoado e sentia dor — tonto e dolorido demais para impedir que Bion torcesse seu braço ao longo do peito e enterrasse a lâmina no tampo da mesa, atravessando seu ombro e o prendendo ali.

Agora o velho havia contornado a mesa, notando que o ímpeto de seu ataque inicial tinha sido em vão e mudando de posição para reagir de acordo.

Sua velocidade impressionou Bion, mas, mesmo assim, ele ainda era velho e, embora fosse bem rápido para sua idade, não era tão veloz quanto Bion. Quando o velho disparou para uma investida da espada, Bion se abaixou com facilidade, sentindo o assovio da arma acima de sua cabeça ao mesmo tempo que mergulhou, agarrou as pernas do velho por baixo e as puxou para cima, virando o ancião de ponta-cabeça, seu crânio atingindo o piso dolorosamente e deixando-o inconsciente.

A escaramuça estava encerrada. Bion sentiu o sangue em seu pescoço; havia um pequeno corte ali, nada com que se preocupar. Gemendo, o rapaz ainda estava preso pela faca na mesa, o corpo encolhido, e por um momento seus pés se arrastaram na pedra, fracos, até que ele desmaiou.

Ótimo.

Bion se ajoelhou junto do velho e procurou por sua pulsação. Excelente: ele estava vivo. Precisava dos dois vivos para concretizar seus planos. Garantindo que o rapaz permaneceria preso à mesa, ele os deixou por alguns instantes, pegou o cesto com o rato e voltou para dentro da casa, quando, então, acendeu o lampião e fechou a porta.

Tinha trabalho a fazer.

36

— Sabe quem eu sou? — perguntou Bion.

A luz era proporcionada por lampiões e por um fogo bruxuleante num braseiro não muito distante. Só havia duas cadeiras na sala, e o velho estava amarrado a uma delas, os braços às costas e sangue seco no rosto devido ao ferimento na cabeça, empapando a barba branca.

— Sei *o que* você é — disse Hemon, grogue. Ele puxou a corda que o amarrava na cadeira e olhou inexpressivamente para Bion. — Você é o fim da vida. Veio para levar tudo que temos.

Sim. Eu sou a morte, pensou Bion. Era bom quando seus alvos compreendiam. Mas ele se limitou a assentir.

— Sim, sou isto e mais.

— Ele não vai lhe dizer nada. — Hemon inclinou a cabeça para a mesa, onde Sabestet estava esparramado no tampo, como uma vítima de sacrifício. Bion removera a faca antes de amarrá-lo às pernas da mesa, depois cortara sua túnica, expondo a barriga e o peito. Em seguida, colocara o rato dentro da tigela de cobre emborcada e a amarrara ao peito de Sabestet.

Dava para ouvir o rato andando dentro da tigela, arranhando, tentando encontrar uma saída.

Levantando a cabeça de vez em quando, Sabestet tentava ser corajoso, mas era incapaz de reprimir seus grunhidos apreensivos. Ele sentia o rato aprisionado na pele nua. Provavelmente sabia o que Bion tinha em mente.

— Sei que ele não vai falar — disse Bion a Hemon. — Não é ele que espero que fale, é você.

— Também não falarei. — O Ancião balançou a cabeça.

— Creio que falará — insistiu Bion. — Agora me diga: onde está o restante de vocês? Os últimos?

Hemon balançou a cabeça, amargurado. Sabia que ele e seu criado estavam mortos.

— Não existe o *restante* de nós. Você está olhando para eles. Devia parabenizar a si mesmo quando sair daqui por garantir a extinção dos Medjay.

— Não estou tão seguro disso — respondeu Bion tranquilamente. — Creio que existem muitos no Egito que partilham de seus ideais, muitos que se intitulam Medjay. — Ele foi ao braseiro para soprar o carvão quente, que brilhou.

— Essas pessoas de que você fala não são Medjay originais, não passam de impostores, idealistas, aqueles à margem da sociedade que gostam de se colocar em oposição ao consenso dominante. — Hemon cuspiu para o lado, com desdém. — Admito que essas pessoas existem, mas elas não são autênticas seguidoras de nosso credo.

— Elas não partilham da linhagem sanguínea, é o que diz? — perguntou Bion.

Hemon assentiu.

— E a linhagem sanguínea morreu. A linhagem sanguínea acaba aqui. Terminou com a morte de minha mulher e meu filho recém-nascido muitos anos atrás. Mate-me, apague as últimas chamas fracas de nossa ordem e seu trabalho estará concluído.

Bion suspirou. No íntimo, estava tomado de admiração pela coragem do velho, por sua capacidade de se prender à história mesmo quando as possibilidades se revelavam tão fortemente contra ele. No entanto, precisava ter certeza, e, além disso...

— Tem razão: os Medjay estão perto de seu fim — disse ele. — Contudo, meus empregados encontraram documentos em Alexandria sugerindo que sua espécie planeja se reunir, que uma nova geração de Medjay está sendo preparada para tomar o lugar da anterior. Você alega ser o último Medjay legítimo. Já recuperei um medalhão que prova o contrário. Agora, por favor, antes que eu seja obrigado a levar isto adiante, diga-me onde posso encontrar os últimos de vocês.

Hemon negou com a cabeça, e Bion entendeu que seus planos não iriam se revelar um desperdício.

— Ora, então, acho que nós dois sabemos o que acontecerá a seguir — disse Bion. — Eu coloco carvão quente na tigela de cobre. A tigela esquenta, e o rato dentro dela tenta fugir, a princípio tentando roer a tigela, depois desiste e começa a abrir um túnel para o outro lado. Por onde você acha que o rato escapa, Hemon?

Sabestet gemeu. Hemon balançou a cabeça ante a selvageria do ato.

— É doloroso, Hemon — continuou Bion com serenidade. — Uma dor horrível que pode ser extraordinariamente duradoura, dependendo da rota que o rato escolher. Já vi como é. Já administrei. É uma morte que eu não desejaria a ninguém.

Ele parou, pensando que na verdade não se importava, mas havia aprendido com o passar dos anos — com as mortes — que fingir solidariedade por algum motivo deixava sua presa ainda mais nervosa.

— Agora, diga-me — recomeçou ele, imaginando onde estariam os pensamentos mais íntimos e profundos de Hemon naquele exato momento —, onde estão os últimos de vocês?

O velho continuou a negar com a cabeça. Agora um pouco mais inquieto.

— Não é necessário cometer tal barbárie. Não existe nenhum *último* de nossa espécie. Já falei. Você está olhando para ele.

Bion usou uma tenaz para botar um carvão quente no topo da tigela de cobre. O rato ali dentro reagiu de imediato e o barulho da correria e do animal farejando ficou mais urgente. Sabestet gemeu. Bion colocou outra brasa, então mais outra.

— Infelizmente para você — disse ele com tranquilidade —, acredito que esteja mentindo.

A agitação do animal dentro da tigela ficava cada vez mais frenética. O cobre começou a brilhar, Sabestet gemendo com o aquecimento do vasilhame, mas ao passo que isso já era dor suficiente, nada se comparava ao que estava por vir. Bion já havia visto ratos abrindo caminho roendo a carne para a liberdade. Ouvira os gritos dos torturados. Tinha visto um rato escavando sua saída por entre as costelas de um homem.

O suor brotava na testa do velho.

— É a mim que você quer — tentou ele, fraco, mas Bion se limitou a balançar a cabeça, inclinar-se sobre a tigela e soprar as brasas, que se avermelhavam à luz bruxuleante da sala.

Agora o rato guinchava de dor. Logo perceberia a pele. Começaria a roer a carne. Sabestet tentava se preparar, reunindo coragem dentro do possível. Bion teria ficado impressionado se fosse do tipo que se importasse com essas coisas.

Fale, pensou Bion. *Eles sempre falam. Você falará também. Por que resistir?*

— Você não tem muito tempo — avisou ele ao velho. — Logo o bicho começará, e pouco poderei fazer para impedir.

— Está bem, então, está bem — balbuciou o velho —, eu direi a você. Por favor, retire o carvão, eu falarei.

Bion encarou os olhos de Hemon e acreditou nele. Pegando a tenaz, ele retirou duas das brasas quentes. Deixou uma.

— Por favor... — insistiu Hemon.

— Estamos quase lá — disse Bion. — Diga-me, deixe-me decidir se está falando a verdade, então veremos sobre esta última.

— Existe outro Medjay. — O velho engoliu em seco. — Outro verdadeiro Medjay. Um Medjay que, como você diz, está na vanguarda de uma ressurgência.

Bion balançou a cabeça.

— Tente mais uma vez — disse ele.

Dentro da tigela, o rato ainda tentava escapar.

— O que quer dizer? — gaguejou Hemon. O suor agora brilhava em sua testa. Eles ainda ouviam a agitação do rato.

— Existe uma linhagem sanguínea... — pressionou Bion.

— São dois — concordou Hemon, assentindo vigorosamente. — Pai e filho.

Bion olhou bem nos olhos do outro e constatou que dizia a verdade.

— Ótimo, ótimo — disse ele —, e o que mais?

Ele jogou o segundo carvão no braseiro, depois ergueu o último da tigela, porém o segurou posicionado bem acima do topo da tigela. O rapaz estivera prendendo a respiração, de costas arqueadas, aguardando pelo momento em que o rato começaria a roer, todos os tendões de seu corpo prevendo a agonia vindoura, mas ele agora relaxava um pouco. A própria tigela, que estivera brilhando, também dava a impressão de ficar mais branda.

— Nomes? — perguntou Bion.

— Os nomes são Sabu e, seu filho, Bayek.

O velho se curvou, derrotado. Bion desconfiava ser vergonha que via refletida naqueles olhos cansados. Vergonha de si mesmo por ter traído sua vocação, tudo pelo servo que, ele sabia, seria morto de qualquer modo depois que ele revelasse o paradeiro dos últimos Medjay.

37

Várias semanas haviam se passado desde a batalha no esconderijo de Menna, e eu não sei dizer se algum de nós conseguira se recuperar por completo. Os cortes e hematomas se curaram — ou quase, no caso de Neka, o que mais sofrera —, mas e nossa mente? Depois da batalha, Aya, Tuta e eu voltáramos à casa da mãe de Tuta, em Tebas. Quando havíamos entrado, ela viera correndo da cozinha para tomá-lo nos braços.

— Pelos deuses! Tuta, meu filho, onde você esteve esse tempo todo? Fiquei tão preocupada… Febril de preocupação, foi como eu fiquei. — Ela o envolveu com tanta força que só consegui ver sua carinha espremida em meio ao abraço, os olhos brilhando de uma luz e uma vida recém-descobertas.

Ao vê-lo ali, nos braços da mãe, na iminência de me oferecer um sorriso, recordei-me de uma conversa que tivéramos na viagem de volta do acampamento de Menna, quando ele me puxara de lado:

— Aquilo que fizemos lá na casa dos ladrões de tumbas foi a coisa mais empolgante de minha vida, senhor — dissera, depois se calara, sacudindo a cabeça, incrédulo.

Ele não havia precisado dizer mais nada, porque eu mesmo sentira, enquanto nossa carroça acelerava pelas planícies, algo que já vinha brotando dentro de mim nos últimos meses, talvez até mesmo desde que eu tinha partido de Siuá.

Sim, eu conhecia a sensação. Sabia exatamente o que era.

Era um senso de propósito.

E Tuta tinha razão, era gostoso. Era bom ter isso em nossa vida.

Deixamos os corpos de Menna e Maxta no deserto, como alimento aos saprófagos; o restante dos homens de Menna, por sua vez, foram trancados no depósito antes de dispersarmos seus cavalos e finalmente irmos embora. Eles não permaneceriam presos lá por muito tempo, mas nos daria condições para conseguir uma dianteira. De todo modo, sem nenhum patrão para lhes oferecer um butim, era improvável que houvesse perseguição.

Desde a batalha, observei como uma estranha lassidão parecia ter decaído sobre Khensa e Seti. As emoções da paz e do triunfo que eu esperava ver agora que a luta de anos com Menna finalmente havia acabado estavam curiosamente ausentes. Questionei-me então se, ao matar Menna e cumprir o juramento que eles fizeram ao meu pai e aos Medjay, os núbios agora não se veriam perdidos. Sem um propósito.

No caminho de volta, Khensa permanecera em silêncio, ensimesmada. Havia prometido que, quando Neka se recuperasse, ele descobriria mais sobre o Medjay aprisionado em Elefantina — aquele homem, afinal, era a única pista que tínhamos agora —, mas, e além disso? O que eles podiam fazer? O que eles *iam* fazer? Voltar à vida de nômades tão logo Neka estivesse sadio e já houvesse investigado os boatos do Medjay em Elefantina? Era provável. Eu tinha a sensação de que logo estaria me despedindo carinhosamente de Khensa.

Nesse ínterim, as coisas tinham voltado ao que eram, pelo menos por ora. Neka logo se declarara recuperado e partira para o sul. O tempo se imobilizou enquanto esperávamos notícias.

E agora que ele tinha voltado, Khensa viera à porta da casa de Tuta, a nossa procura e nos convidando à rua, e não pude deixar de perceber uma diferença nela. A apatia e a melancolia que lhe abateram depois da contenda no esconderijo de Menna pareciam ter diminuído. Em seus olhos, havia uma nova vitalidade, um espírito renovado.

Khensa me encarou — um olhar que eu conhecia bem. Um olhar importante.

— Neka trouxe notícias do prisioneiro Medjay na ilha de Elefantina — começou ela. Aí respirou fundo e continuou: — Parece que eu estava enganada. O Medjay preso em Elefantina pode não ser um impostor. Neka trouxe à luz informações que indicam que ele é o herdeiro de uma autêntica linhagem sanguínea Medjay. No momento ele está aprisionado num fosso na portaria do Templo de Khnum, no lado sul da ilha.

Senti que algo importante estava em curso. Eu mal me atrevia a acreditar enquanto os olhos dela e seu fogo recém-descoberto encontravam os meus, ávidos por julgar minha reação quando ela contasse a novidade.

— Bayek, se Neka estiver certo... o prisioneiro é seu pai.

38

Tuta não percebera que tinha sido seguido. Só se deu conta quando estava na metade da viela estreita, indo para os cortiços, e uma figura se postou na frente dele.

Antes disso, ele estivera um tanto animado. Por quê? Porque ia se juntar a Aya, Bayek e os núbios em uma nova aventura — dessa vez, numa expedição para resgatar o pai de Bayek de um fosso em Elefantina.

Por que o pai de Bayek estava no fosso? Tuta não sabia e, verdade seja dita, não se importava. Ah, ele ouvira tudo a respeito dos Medjay, e parecia tudo muito importante e muito empolgante para ele, mas não que ele tivesse fingido entender alguma coisa. O caso é que era importante e empolgante para Bayek e Aya, então também era para ele. Ultimamente, ele vinha se sentindo parte de alguma coisa, como se tivesse uma contribuição a dar. Como se ele mesmo fosse importante.

Mas tal sentimento não era nada se comparado à emoção da batalha em si. Seria emoção a palavra certa, quando tinha gente perdendo a vida? E quem se importava? As *pessoas certas* perderam a vida. Era só o que importava para Tuta, porque enquanto ele estava fazendo o bem, sendo parte de alguma coisa, fazendo diferença, ele também estava fazendo coisas importantes. Sabe aquele menino que ficava zanzando em Zawty, tentando furtar o dinheiro e os bens dos estrangeiros, catando sobras de comida e uma ou outra moeda de bronze? Não existia mais. O novo Tuta estava ali e prestes a embarcar numa nova aventura.

E então a figura se postou diante dele e de imediato Tuta entendeu que as coisas remendadas podiam se quebrar novamente.

Os olhos de seu pai, remelentos de bebida, amargura e ódio por si mesmo e por Tuta, se cravaram nele como augúrios gêmeos. Era um olhar que não prometia nada além de mais dor e desespero.

— Então encontrei você, não? — Paneb o olhou com malícia, e a mente de Tuta disparou, tentando pensar em como diabos seu pai conseguira encontrá-lo em toda Tebas. Tentando avaliar como deveria se comportar.

Assim, ele fez o de sempre. Abriu um sorriso.

— Que bom que está aqui. Senti sua falta, papai, senti de verdade.

Paneb escarneceu, arrotando.

— Sentiu minha falta, foi? Essa é boa. Por isso me largou em Zawty?

— Ah, o que é isso, papai, admita que o senhor teria me matado naquele dia. Eu não estaria aqui agora se tivesse ficado lá. Foi a autopreservação que me fez dar no pé. É claro que o senhor, justamente o senhor, é capaz de entender isso. Além do mais, o senhor sabia que eu viria para cá, para Tebas. Para onde mais eu iria, afinal? Só conheço Zawty e Tebas, e Zawty estava fora de cogitação. Eu sabia que o senhor viria e me acharia aqui tão logo se acalmasse.

O pai se curvou.

— E imagino que, desde que chegou aqui, você tenha retornado aos seus velhos truques, hein?

Tuta assentiu, rapidamente forçando um sorriso, como se ele e o velho pai fossem camaradas.

Mas Paneb não caiu nessa e avançou, agarrando o braço de Tuta, os dedos apertando a carne daquele modo doloroso do qual Tuta já havia se esquecido em sua felicidade recente, mas que agora voltava com frescor à sua mente, e então o jogou contra a parede da viela.

— Onde ela está, aquela vagabunda? — veio a voz de grosa ao seu ouvido. Um cheiro conhecido.

Graças aos deuses pela presença de espírito.

— É o que eu gostaria de saber — disse Tuta. — Disseram-me que minha mãe e aquela pirralha foram embora alguns meses atrás. Ninguém sabe para onde elas foram.

— É melhor que você não esteja mentindo para mim, moleque. O que você esteve fazendo sozinho, então? Onde estão seus amigos? Quero ter uma palavrinha com aqueles dois.

— O senhor está me machucando...

Paneb relaxou a mão.

— Ande logo, desembuche.

— Os dois de Zawty, não sei o que aconteceu a eles. Não são meus amigos. E, quanto ao que andei fazendo, estive sobrevivendo nas ruas, como sempre, do jeito que eu fazia em Zawty, o que o senhor acha?

— O que eu acho? O que acho é que você está muito nutrido e limpo para alguém que anda vivendo de sua esperteza nesses cortiços, é o que acho.

— Tenho uma espécie de alojamento — tentou Tuta, que acabara de ter uma ideia.

— Ah, sim? Então, onde fica?

— Do outro lado do rio, na necrópole. Numa velha tumba.

O tapa veio logo depois de uma pausa enojada, mas foi forte, brutal e tão familiar a Tuta quanto o aperto e o hálito de cerveja.

— Não é a tumba de ninguém — gritou Tuta, com dor —, foi saqueada ou nunca foi usada, não tem profanação, nem sacrilégio, juro. É seca e quentinha à noite, quando o frio chega, e o que mais se poderia querer? Pai, estou dizendo, é um bom lugar para morar. Por que não me deixa levar o senhor lá? Podemos ficar juntos de novo.

Por fim, Paneb o soltou de vez. Mas se Tuta tinha alguma ideia de fugir, a possibilidade lhe foi negada, porque seu pai bloqueava o caminho com o corpo.

— Muito bem, é muita gentileza sua oferecer, filho — disse ele, a cabeça meio tombada, embriagada, dando a Tuta a esperança de que seu pai em algum momento pudesse simplesmente desmaiar, permitindo assim sua fuga —, mas agora seu velho pai tem um lugar para morar. De qualquer modo, não pretendo passar muito tempo nesta fossa.

Tuta olhou para ele e forçou uma careta, como se estivesse decepcionado, e o pai, por sua vez, fez uma expressão de incredulidade.

— Não se dê ao trabalho de fingir pesar — cuspiu ele. — Se você tivesse algum afeto por mim, não teria me deixado para morrer em Zawty, não é verdade?

— Ninguém foi deixado para morrer, papai; tudo no senhor gritava assassinato. Se tivesse ficado, eu é que estaria morto, o senhor sabe disso, pelo humor em que se encontrava.

Paneb assentiu.

— De todo modo — disse —, preciso que você faça uma coisa para mim. — E deu a Tuta o endereço de sua moradia, o horário no qual desejava sua presença lá e os detalhes de algum furto que ele pretendia realizar, “no qual precisaremos de um lixinho como você para entrar num local para nós”, arrematando com um aviso nefasto: “Não se atrase”.

Depois partiu em busca de mais cerveja e vinho. Atrás dele, Tuta esfregou os olhos e ficou ali por um segundo, tentando não chorar naquele momento, bem no meio da cidade.

39

Na noite seguinte houve uma gritaria, e Tuta ofegou de frustração. Estava nos arredores dos cortiços, prestes a tomar o caminho de casa, quando começou o furdunço, e seu coração se partiu, porque de imediato ele reconheceu a voz. Era de seu pai.

Ah, e não só a voz. Ah, não. Tuta reconheceu o tom também. Ele sabia o que significava aquele tom. Significava que seu pai estava bêbado e colérico, e significava que Tuta tinha cometido um erro de cálculo.

— Sei que você está aqui, seu merdinha mentiroso — ouviu ele, sendo berrado de algum lugar entre as casas.

Moradores metiam a cabeça pelas janelas, curiosos, e Tuta ouviu alguém ordenar ao gritalhão que calasse a boca — o que obviamente não adiantou de nada. Ele experimentou uma estranha pontada de culpa, como se fosse ele o responsável pela perturbação da paz (Ha! Paz!) dos cortiços. Como se aqueles que espiavam pela janela o vissem e soubessem que ele, Tuta, era o responsável por todo aquele tumulto.

Tão rápido quanto veio a culpa, veio a preocupação com sua mãe e com Kiya. Na noite anterior, ele correra para casa depois do encontro na viela, e a primeira coisa que dissera à mãe fora:

— Ele está aqui.

— O que quer dizer, pequenino? Quem está aqui? — perguntara Imi indiferente.

A preocupação não desapareceu nem mesmo quando ele lhe dera a notícia; afinal, ela se lembrava do homem que vira pela última vez. No entanto, ainda que Paneb constantemente estivesse bêbado, mal-humorado e disposto a recorrer ao punho para fazer valer seus argumentos, ele jamais se revelara tão cruel como era agora. Independentemente do que Tuta tentava contar a ela desde sua volta a Tebas, contudo, Imi não conseguia apreender o fato.

— Mamãe, ele é perigoso.

— Ah, você não precisa dizer isso *a mim*.

— Não, mãe, ele está mais cruel do que isso; é mais do que um simples rato, ele mudou para pior. Ele é cruel. E, mesmo que não seja cruel, é perigoso. Acho que não devo partir. Devo ficar aqui, para ter certeza de que nada de ruim acontecerá a vocês.

Ela negara com a cabeça vigorosamente, alegando que durante anos já lidara com o terrível Paneb e que, se ele reaparecesse, bem, ela simplesmente lidaria com ele de novo.

E embora Tuta não tivesse certeza de que sua mãe daria conta, desejava tão intensamente ir a Elefantina que acabara por tomar uma decisão da qual se arrependera quase imediatamente. Tuta se permitira acreditar que tudo ficaria bem. Mas eis o preço de sua ilusão: Paneb agora estava nos cortiços, embriagado e enfurecido, indignado porque Tuta não aparecera no local de encontro combinado. De maneira nenhuma ele iria deixar a coisa por isso mesmo.

Muito bem, Tuta, pensava ele agora. *Controle-se. Raciocine.* O único jeito de resolver a situação será encarando-a sem rodeios. E ao mesmo tempo, aconteça o que acontecer, mantenha-o longe da casa.

Mas Aya e Bayek estavam lá. Juntos, eles podiam cuidar de Paneb, não é verdade?

Com a mente acelerada, Tuta tentava explorar todos os ângulos da situação. Não. Se ele levasse Paneb para casa, revelaria o local onde sua mãe e Kiya estavam morando. Elas teriam de abandonar a casa que já haviam transformado em lar.

Assim, Tuta tomou um curso de ação assustador, mas que foi o único no qual conseguiu pensar. Em vez de seguir na direção contrária a toda aquela gritaria, ele rumou diretamente para ela.

Alguns minutos depois, lá estava Paneb, socando a porta da casa e gritando pelo filho. Tuta daria qualquer coisa pelo surgimento de um vizinho furioso. Não, um vizinho furioso e bem durão. Um vizinho furioso, bem durão e num péssimo humor.

Infelizmente para Tuta, tal salvador jamais veio. Havia apenas seu pai, o pai bêbado, se recostando na casa e depois endireitando os ombros para voltar a berrar ao ver seu filho parado ali, a observá-lo.

Tuta engoliu em seco, mas botou um sorriso na cara, cumprimentou o pai e tentou continuar jovial.

— Por que está fazendo tanto barulho, papai? — Ao que o pai tinha jogado os ombros para trás e agora se virava para olhar exageradamente à sua volta, para as paredes esfareladas, a tinta descascada e os toldos puídos, como se estivesse acostumado a muito luxo, esse homem de bom gosto. Tuta sentiu a bile subir só de olhar para ele.

Mas continue sorrindo, pensou. *Continue sorrindo*. Esse bairro era lar de sua *mouty* e de Kiya, e tudo o que acontecesse a seguir seria fundamental para manter esse estado de coisas.

— Onde você esteve, moleque? — rosnou Paneb.

Tuta tentou blefar, ainda sorrindo.

— Fui ao seu alojamento, preparado para o trabalho e interessado em ganhar uma moeda, como o senhor disse, mas o senhor não estava lá. Graças aos deuses está aqui agora. É tarde demais?

O pai não caiu nessa.

— Como eram os meus aposentos?

Ainda tentando blefar.

— Melhor do que o senhor merece, meu velho. Venha, vamos sair daqui para alguma parte mais salubre da cidade. Parece que o senhor precisa de uma bebida.

Mas agora o pai o mirava fixamente, os olhos arregalados, a barba brilhando, a boca úmida ao falar.

— Elas estão aqui, não estão? Seu mentiroso de uma figa. Minha pequena Kiya. Estão aqui, não é? Vou encontrá-las. Elas são minhas. Elas não tinham o direito de ir embora.

Tuta sentiu o coração falhar por um instante. Isso era ruim. Era o pior. O medo subiu por sua espinha, e, enquanto ele falava, ainda sorria, luminoso, tentando adular o pai.

— Não, pai, é como lhe falei, elas foram embora há muito tempo e nós devemos ir também. Vamos. Algo me diz que o senhor tem algumas histórias para contar.

Uma expressão cruzou o rosto de Paneb, algo indecifrável. No instante seguinte, ele avançou e deu um golpe na barriga de Tuta.

Tuta gritou, gemeu, as mãos na barriga enquanto ele cambaleava para trás. E então, ao olhar para baixo, ele viu sangue — sangue em suas mãos, na túnica. Viu a faca na mão do pai, pingando sangue, e percebeu que era o seu. Paneb balançava a cabeça um tanto zonza, como que incapaz de se decidir entre a raiva, o medo e o arrependimento. Então, optou pela fuga, correndo pela rua, enquanto alguém de uma janela no alto chamava os soldados, aos berros.

Tuta caiu de joelhos. A boca aberta. Na cabeça, apenas um pensamento: *Preciso chegar a elas. Preciso avisar às duas antes de morrer.*

40

— Onde ele está? — perguntava Aya, com carinho e ironia. — Onde está aquele patifezinho?

— Não sei — respondi. Tuta tinha as próprias regras, e era disso que todos nós gostávamos nele. De outro modo, não seria Tuta. — Façamos o seguinte, vou procurar por ele — falei, curvando-me para ganhar um beijo antes de ela voltar ao quintal, onde Kiya e Imi desfrutavam do que restava do sol do entardecer.

Saí, olhei para os dois lados da rua. Um deles dava numa praça com uma fonte antiga desativada e tomada pelo mato, e o outro nos levava mais para dentro dos cortiços.

Não dava para ver toda a extensão da rua, pois uma carroça grande bloqueava o caminho, assim como uma pilha de caixotes. Mas daquele lado vinha o barulho de um tumulto e alguém gritava sem parar. "Ele está morrendo."

Saí em disparada, as botas batucando na pedra molhada e suja enquanto eu ganhava velocidade.

"Ele está morrendo, ele está morrendo!"

E agora, ao contornar a carroça, eu via uma multidão de gente, uma mulher parada ali de mãos estendidas, mãos cobertas de sangue, e um homem me olhando como se eu pudesse saber o que fazer.

Foi então que entendi, antes mesmo de chegar e me acotovelar pela multidão para ver a quem eles se referiam, que o sangue pertencia a Tuta.

Meu instinto já me dizia que era ele que jazia na rua, moribundo.

Caí de joelhos ao seu lado. Seus olhos esvoaçavam, mas agora se abriam e se concentravam em mim. Percebi que ele tentava sorrir, os lábios entreabertos, revelando dentes manchados de sangue, e minhas entranhas se liquefizeram. Emoções indescritíveis lançavam-se para a ponta de meus dedos, e assim, por um momento de loucura, senti que podia simplesmente tocar Tuta e curá-lo com todo o amor que sentia por ele.

Mas minhas mãos envolveram seu rosto, as bochechas quentes em minhas palmas, e não veio cura alguma, só uma morte — uma morte que tinha origem em sua barriga. Suas mãos apertavam a ferida, a camisa encharcada de sangue. Pingava. Um rastro seguia pelas ruas. Era sangue demais, seu rosto empalidecendo conforme a força vital parecia se esvair diante de meus olhos.

Eu o havia salvado uma vez, mas não podia salvá-lo novamente.

Ah, por favor, não.

— Em nome dos deuses, Tuta, por favor, fique comigo.

Suas pálpebras ainda tremiam, mas coloquei os polegares ali, com aspereza suficiente para despertar um arquejar daqueles à nossa volta, mas não me importei, só o que eu sabia era que precisava mantê-lo acordado; precisava evitar que ele dormisse, porque o sono era o irmão da morte, e, se ele fechasse os olhos, talvez jamais acordasse, e naquele momento, para mim, não havia no mundo nada — *nada* — mais importante do que garantir que Tuta continuasse vivo.

— Tuta, quem fez isso? — perguntei, mais para mantê-lo concentrado em alguma coisa. Eu não pensava em vingança, mas em preservar sua vida.

— Papai — conseguiu falar ele, a palavra um sussurro que me atingiu como um tabefe.

— Pelos deuses, não — respondi.

Ele tirou as mãos da barriga e, com o que pareceu um surto inviável de força, as estendeu para me segurar, me puxar para si, agarrado aos meus cinturões, arrastando-me para ele.

— Não deixe que ele encontre mamãe e Kiya — implorou. — Por favor, Bayek. Faça o que for preciso para mantê-las a salvo. — Ele me falou sobre um lugar, cada palavra forçada por entre os lábios moribundos.

— Tuta, fique — falei, e creio que até então jamais tivesse dito algo com tamanha profundidade e fervor como os que investi naquelas palavras, mas tal paixão não foi suficiente; vi a luz escapar de seus olhos. E então desejei que Tuta levasse consigo em sua jornada para ficar com os deuses toda aquela emoção que eu sentia, todo o amor que eu nutria.

Meu desejo agora era que ele estivesse a salvo; a salvo do que o havia matado.

Suas mãos escorregaram do meu rosto. As pálpebras tremelicaram e se fecharam de vez. A cabeça tombou de lado.

Tirei uma pena branca de minha bolsa. Tuta adorava penas; sempre fora fascinado por elas. Agora eu nem raciocinava mais. Uma delas aparecera em minha mão, e a apertei em sua veste ensopada de sangue, sussurrando minha promessa, dizendo ao espírito em partida de Tuta que seu sangue logo estaria misturado ao do pai.

— Ei! — gritou um dos espectadores assim que me levantei e comecei a correr.

Cheguei a cogitar brevemente em voltar para casa e dar a notícia, e talvez eu devesse ter posto os sentimentos da família dele antes de meu juramento, mas, que os deuses me perdoassem, não o fiz. Em vez disso, corri na direção dos aposentos de Paneb, o sangue de Tuta uma trilha angustiante que confirmava meu destino.

Enquanto disparava pelas ruas, eu agradecia aos deuses a aparência dilapidada de Tebas. Atraí alguns olhares em minha corrida: as pessoas se retraíam ao avistar meu rosto ensanguentado, uma ou duas até gritaram às minhas costas. Nada, porém, que fosse invasivo demais, nada que me detivesse.

E então, de súbito, ele estava ali. Ainda não tinha chegado em casa, só arrastava-se pela rua. Será que ainda estava armado? Não havia sinal de faca. De costas, parecia qualquer outro bêbado velho e maltrapilho. Dava para notar as manchas mais escuras e recentes em seu quadril. Talvez onde havia limpado o sangue de Tuta.

A marca de um homicida.

Aproximei-me e parei, mantendo-me às costas dele. Agora que o tinha em vista, eu começava a me questionar: seria eu capaz de fazer isso? Minha faca pesava no cinturão. Retirá-la e usá-la seria um ato muito diferente da batalha no acampamento de Menna. Eu não tinha matado Maxta. Não sabia se o teria feito. A decisão fora tirada de minhas mãos.

Mas aqui eu me aproximava furtivamente de um homem — bêbado, ainda por cima —, prestes a me tornar um assassino.

Não, não é só um bêbado, falei a mim mesmo, tentando criar coragem. *É muito mais do que isso, muito pior. Um homicida.*

E eu tinha prometido vingança. Era esse o método dos Medjay? Eu não sabia. Tinha uma dívida a pagar, a família de um irmão a proteger. Era só o que importava.

Preparei-me. Paneb parou numa esquina, a mão buscando o arenito desgastado para se apoiar, contornando a esquina para uma rua lateral, arrastando-se, os pés batendo em vasos que viraram e caíram com um alto estrépito. Virei a esquina, ainda atrás dele, e então ele parou, tentando endireitar os vasos. Estávamos a sós, o ar silencioso e parado.

— Vire-se para ver seu algoz — ordenei, e minha voz tombou entre nós como uma pedra.

Paneb ficou petrificado por um momento e continuou o que fazia, a mão oscilando na altura dos joelhos ao se estender para um vaso.

Ouvi outra coisa também. Ele fungava. O som do choro.

Aproximei-me um passo.

— Vim vingar seu filho.

— Venha, então — disse ele em meio à baba. — Venha e acabe com isso. Faça.

— Vire-se para mim.

Apertei a faca e dei mais um passo, ávido para acabar com tudo, mas ao mesmo tempo sabendo que não podia esfaqueá-lo pelas costas, não desse jeito, apesar da profundidade de meu ódio. Pensei nas palavras de Khensa e da sacerdotisa. Perguntei-me se apunhalar um homem pelas costas era digno dos Medjay. Perguntei-me se isso sequer importava.

Eu queria que Paneb soubesse. Que visse. Que entendesse o que acontecia com ele e quem era o responsável.

— Não consegue, não é? — desafiou ele, seus soluços diminuindo. — Não consegue tirar uma vida sem olhar nos meus olhos. Posso entender isto, menino, isso eu respeito.

— Vire-se para mim — falei entre dentes, a faca como um atiçador em brasa em minha mão, num aperto tão forte que eu sentia os ossos de meus dedos. Um homem capaz de matar uma criança não era capaz de entender absolutamente nada, pensei.

— Está bem, está bem — disse ele. — Vou me virar.

Lentamente, ele girou e se colocou de frente para mim. Vi os olhos caídos, a barba desgrenhada, um rosto que me fazia lembrar Tuta, embora encará-lo só fizesse aumentar meu ódio.

E então, como uma serpente, ele atacou.

Quase não vi. Tinha um vaso nas mãos e impulsionou o braço, dando um grunhido assim que ergueu o objeto do chão e mirou minha cabeça.

Reagi a tempo de me esquivar e o vaso se espatifou em meu braço, a dor causando torpor, fazendo-me gritar. Ao mesmo tempo, uma faca apareceu em sua outra mão e ele investiu.

Aquelas horas passadas com Aya praticando luta, colidindo as espadas de madeira, ensaiando os mesmos movimentos sem parar. Nós ríamos, nos beijávamos e brincávamos, como sempre fizéramos em Siuá, mas nunca deixamos de treinar, nunca deixamos de trabalhar.

E o mais esquisito era que falávamos sobre o pai de Tuta o tempo todo. O adversário invisível que treinamos para combater, era ele o homem que tínhamos em mente quando praticávamos nossos passos e ensaiávamos nossos movimentos. Naquele tempo todo — desde que o tinha encontrado pela primeira vez em Zawty —, ele assombrara meus pensamentos.

E agora aqui estava o próprio homem, saltando para me atacar, não com uma espada de madeira, mas com uma lâmina de verdade, e em vez do medo que senti em Zawty quando batalhei por minha vida, lutei sabendo que era capaz de derrotá-lo. O medo que senti não era um desejo de fugir, mas a consciência das possíveis consequências. Eu tinha treinado. Estava preparado. Havia sido um treinamento rudimentar e autodidata, mas ainda assim funcionara; fazia, agora, da defesa ao ataque uma segunda natureza, minha mão com a faca descendo em seu pulso com tanta força que sua lâmina saiu voando com um tinido na pedra.

Era toda a vantagem da qual eu precisava. Avancei para cima de Paneb e ataquei, saltando em cima dele e ao mesmo tempo torcendo a faca pouco abaixo de sua caixa torácica, bem no coração, interrompendo seu único grito de dor.

Sua boca formou um círculo. Os olhos ficaram arregalados e fixos nos meus, os dedos se ergueram para tentar arranhar meu rosto, o último ato do moribundo antes de os deuses reivindicarem sua presença. Quando a sensibilidade de seu corpo lhe escapou e os pés bambearam, ele caiu de costas, puxando-me para o chão.

Curvei-me em cima dele, ainda segurando a faca cravada em seu peito.

— Isto é por Tuta — sibilei, então torci a faca uma vez.

Seu corpo deu um solavanco e ele soltou um último grunhido. E então acabou. Eu o havia matado.

Mais tarde eu pensaria longamente no assunto, no modo como havia matado um homem. Pensaria no modo como vi a luz da vida esmorecer nos olhos de Paneb e no jeito como peguei a pena já escurecida com o sangue de Tuta e a mergulhei no sangue de seu pai, sussurrando que o juramento fora cumprido.

Por muitas noites, fui arrancado do sono, e certa vez cheguei a acordar com as mãos estendidas, como se elas não pudessem ser responsabilizadas por algo tão horripilante.

É claro que Aya me ajudava. Conversamos sobre isso. Eu sabia que tinha cumprido uma promessa. Sabia que tinha protegido uma família. Ela me dava apoio, e certa noite, quando acordei com as cenas da luz desaparecendo dos olhos de um moribundo, ela me perguntou:

— Era ele? Você estava pensando em Paneb?

— Não — respondi. — Era Tuta. Eu pensava em meu amigo e irmão Tuta.

41

Adiamos nossa viagem. Parecia correto ficar com a mãe de Tuta e Kiya a fim de ajudá-las em suas homenagens a ele. No entanto, não havia nada que pudéssemos fazer além de lamentar, e creio que Imi sabia disso.

No fim, ela procurou Aya.

— Você e Bayek devem partir. Era o que Tuta gostaria que fizessem; vocês sabem disso.

E, é claro, ela estava certa, de modo que obedecemos, atravessando o rio até a necrópole, onde nos unimos a Khensa e Neka e despedimo-nos de Seti, que ficaria com a esposa grávida. Terminadas as despedidas, começamos o que esperávamos ser uma jornada de cinco ou seis dias a Assuã, depois à ilha de Elefantina.

Não me esqueci de Tuta. Jamais esqueceria. À noite, junto da fogueira, eu pegava uma pena em minha bolsa para me lembrar dele. Mesmo assim, e embora ele sempre estivesse comigo e sempre fosse estar, quanto mais nos distanciávamos de Tebas, mais concentrado na missão iminente eu ficava.

O que Neka pudera nos contar sobre o prisioneiro Medjay em Elefantina? Não muita coisa. O governo na ilha tinha invocado leis antigas outrora utilizadas para perseguir os Medjay naquela região, quando eles eram considerados pela administração corrupta uma ameaça real e tangível para a sociedade.

Provavelmente pensaram que meu pai era um impostor, assim como os demais Medjay falsos que surgiam de tempos em tempos, um homem a ser punido até mesmo por invocar o nome dos Medjay e possivelmente estimular outros a seguirem sua doutrina.

Perguntei-me como reagiriam caso soubessem que tinham nas mãos um dos últimos protetores genuínos que restavam no Egito?

Viajamos rio abaixo à aldeia de Assuã. Ali, passamos rapidamente pelos toldos e varais e atravessamos a praça no centro da aldeia até as docas, de onde vimos Elefantina. Tomamos um barco para atravessar o rio até a ilha, e depois, a fim de não chamar muita atenção, montamos um acampamento sem fogueira numa bacia bem escondida perto da orla.

O Templo de Khnum ficava na margem sul, e era ali que Neka dissera que meu pai estava preso, num fosso improvisado na portaria.

No primeiro dia, Neka saiu para explorar os arredores. Voltou naquela mesma tarde e nos sentamos num pequeno círculo para fazer planos. As felucas passavam, suas velas sacudindo à brisa, os barqueiros trocando gritos, e ele usou um graveto para desenhar na terra, traçando uma imagem do grande Templo de Khnum, que dominava a área sul da ilha.

— Aqui — disse ele, apontando para onde havia traçado a portaria. — Aqui fica o fosso onde eles mantêm os prisioneiros. Seu pai é o único lá dentro.

— Ele está sofrendo? — perguntei.

— Ele não tem sido bem tratado — disse Neka, dando de ombros —, mas é um Medjay. Ele vai aguentar.

Sinto a mão em meu braço.

— Mas como? — disse Aya. — Como ele foi capturado?

De nós dois, Aya sabia mais sobre os Medjay. Durante nossa jornada ela contara tudo o que sabia e estava ciente de que eles deviam enfrentar várias formas de perseguição por todo o país. Ela nunca fora muito íntima de meu pai, mas senti que sua opinião a respeito havia mudado desde a descoberta de quem ele realmente era. Embora eu não pudesse dizer que ela de fato passara a gostar dele, pelo menos agora o respeitava.

O que Aya não conseguia entender, porém, era por que meu pai se permitira ser capturado.

— Os Medjay são os grandes guerreiros do Egito — argumentou ela —, protetores do povo, combatentes altamente habilidosos, a elite. Não consigo vê-lo capturado por autoridades mais acostumadas a lidar com os impostores, que não passam de militantes glorificados que nem mesmo entendem as implicações do título que dizem ter. Mesmo que tenham conseguido levar a melhor sobre ele, como descobriram seu segredo? Bayek, você morou com ele por 15 anos e jamais desconfiou de coisa alguma. Agora devemos aceitar que ele, por acaso, se entregou enquanto viajava em território hostil? Não faz sentido. Não é o propósito do Medjay legítimo permanecer escondido e fora de vista, influenciando das sombras?

Khensa deu de ombros.

— Talvez ele tenha sido imprudente ou...

— Os Medjay, imprudentes? — perguntou Aya, em dúvida.

— ...ou tenha lhe faltado sorte. Até um Medjay pode ter azar.

— Mas o que isto tem a ver com ele ter partido de Siuá? — perguntou Aya.

— Talvez nada — respondi. Mas até eu sabia que aquilo era improvável.

Ela balançou a cabeça e voltou a examinar o desenho de Neka na areia.

E, como se provou depois, eu devia ter dado ouvidos a ela. Todos nós devíamos.

42

Naquela mesma noite, o sonho retornou. Não foi aquele no qual eu me via enterrando uma lâmina no assassino de Tuta, só para perceber no último momento que era o próprio Tuta que eu estava matando. Não. Foi outro, muito mais antigo. Aquele dos ratos na caverna, tentando me atacar.

Estávamos em nossos abrigos: eu com Aya em um deles, Khensa e Neka no outro. Por um acordo silencioso, Khensa e Neka construíram os abrigos enquanto Aya e eu fizemos uma fogueira, depois apanhamos uma lebre para cozinhar. Curioso, pensei, enquanto os observávamos trabalhar. Eu tinha aprendido a construir abrigos com Khensa e transmitido esse conhecimento a Aya, mas ver os dois núbios trabalhando nos deixou conscientes de que nossas habilidades ficaram ofuscadas, tal como pedras tomadas pela hera, e, embora retivessem sua forma, já não eram tão vigorosas como um dia foram. Observar o modo como eles preparavam as estacas da tenda com os galhos que encontravam, cortavam e aparavam com rapidez e precisão, encaixando tudo perfeitamente, era como aprender aquilo tudo de novo.

Eles trabalharam depressa, resmungando sobre a mudança iminente no clima e sobre como desejavam garantir que nosso abrigo fosse o mais resistente possível. De vez em quando, paravam e brigavam antes de continuar a construção, às vezes fazendo do jeito de Khensa, em outras, do de Neka, e em pouco tempo os abrigos estavam prontos. Então comemos a lebre e concordamos que precisávamos de mais um dia para coletar informações. Por fim, nos acomodamos para a noite, com a lua prateando o rio que passava de um lado, e a folhagem da ilha espalhando-se do outro; o ar crepitava com a ameaça de uma tempestade.

E, sim, eu sonhei. O sonho dos ratos. Só que dessa vez eu me flagrei correndo na direção contrária, desesperado para fugir da caverna tomada pelos animais que se contorciam, pisando no solo acidentado, lentamente — com uma lentidão dolorosa —, até perceber que o que eu pensava ser um terremoto era, na verdade, Aya me sacudindo, ajoelhada acima de mim, sussurrando "Bayek, Bayek, acorde".

Sentei-me de súbito, acordando num sobressalto com uma força que fez Aya se desequilibrar. Ao mesmo tempo ouvi a tempestade lá fora e vi a estrutura fustigada por um vento intenso, a areia raspando no abrigo como as garras de um monstro que tentava entrar.

— O que houve? — perguntou ela, olhando-me com estranheza.

Passei a mão no cabelo, percebendo que estava comprido e parecia sujo sob meus dedos, então cocei o peito, tentando me situar no presente.

— Ah, nada. Sonho.

— Com o pai de Tuta?

— Não. Os ratos. Escute, por que você me acordou?

— Porque há uma tempestade — disse ela simplesmente.

Olhei para Aya, a boca tentando encontrar palavras que não vinham, então desisti.

— Vai passar — resmunguei, voltando a deitar em minha esteira e puxando a coberta até o queixo. — Não se preocupe com isso. Volte a dormir.

Ela riu em silêncio, os olhos brilhando no escuro.

— Tive uma ideia.

Despertei com suas palavras, a atenção se infiltrando até meus ossos.

— Diga.

— É a direção do vento...

Instantes depois, estávamos acordando os núbios, e os vi fazendo a mesma tentativa grogue de entender a situação.

— Há uma tempestade de areia — disse Aya.

Khensa pôs a visão em foco e sorriu devagar.

— Você teve uma ideia. Continue — disse ela.

Enquanto Aya começou a falar, o sorriso de Khensa foi ficando cada vez maior.

43

Bion estava na casa vazia com os corpos de Hemon e Sabestet prostrados junto à porta de entrada.

Ele havia encontrado o medalhão Medjay do Ancião escondido sob uma faixa de couro no braço do velho. Logo depois estrangulara o rato e levara o cesto, a armadilha para roedores, seu cinto e a tigela aonde seu cavalo estava à espera.

Ali, ele acendeu uma fogueira, cozinhou o rato e o comeu. Em seguida queimou a gaiola. Enterrou a tigela de cobre e o cinto.

Da casa de Hemon e Sabestet, furtou dois jarros de vinho e uma taça para poder beber. Enquanto bebericava o vinho branco, ficou repassando mentalmente a confissão do velho.

Ele tinha nomes. A missão podia continuar.

O Ancião havia contado a Bion que Sabu e o filho estavam em Elefantina, e, portanto, foi para lá que ele determinou seu curso.

Ao entrar naquela parte do país, ele notara estar numa região famosa por seu ódio e perseguição aos Medjay. Naquela parte do mundo, a história não estava do lado do antigo protetorado. Isso em si já tornava o local uma opção de esconderijo um tanto incomum.

Assim, depois de passar um dia na aldeia de Assuã, Bion soube que um Medjay de nome Sabu estava preso no Templo de Khnum, do outro lado do rio, na ilha de Elefantina. De Bayek, não soube nada. Ocorreu-lhe que era peculiar que as pessoas soubessem de um Medjay aprisionado no templo, mas o tivessem olhado inexpressivamente ao serem questionadas sobre o filho do sujeito. Que interessante.

— Então, velho — falou Bion, sozinho —, o que você estava tramando?

44

— O que estamos fazendo? — disse Neka.

Nós quatro estávamos agachados num anexo abandonado e vazio a certa distância da entrada principal do grande Templo de Khnum, separados dele apenas por um trecho de terra árida. Em circunstâncias normais, teríamos conseguido jogar uma pedra e atingir a fachada do templo, mas essas não eram circunstâncias normais: não dava para nem sequer enxergar o templo, e, se jogássemos uma pedra, bem, ela teria sido apanhada pelo vento uivante.

É claro que tínhamos sido dilacerados pela areia durante a viagem de nosso acampamento ao templo. Fazendo uma viagem que nenhuma pessoa em sã consciência se arriscaria a tentar, fôramos alternadamente jateados pelos grãos e esfolados a cada passo do caminho. Protegemo-nos com roupas dos pés à cabeça contra o massacre, deixando as mãos bem cobertas para proteger os olhos e mantendo as costas para o turbilhão, até que por fim chegamos ao abrigo que Neka revelara já estar à nossa espera.

A intensidade da tempestade impedira qualquer conversa durante a jornada, o que significou que Neka não conseguira verbalizar suas reservas. Ele possuía muitas, que só agora verbalizava.

Khensa sorriu para mim.

— Não se preocupe com ele, Neka é uma sentinela, por isso é cauteloso. Está no sangue dele.

— Isso é loucura — praguejava ele. — É loucura ficar ao ar livre nestas condições, tentando algo assim.

Os olhos de Khensa brilharam pela fresta do lenço azul enrolado em sua cabeça. Pensei na Khensa de algumas semanas antes, abatida depois da batalha no acampamento de Menna, embora ela jamais tivesse assumido aquilo. Ficara revigorada desde o embarque em nossa jornada a Elefantina e abraçara a ideia de Aya com entusiasmo: vamos usar a tempestade como cobertura e partiremos agora, enquanto ainda reina o caos. A direção do vento era a certa. Os deuses sorriam para nós. Ela pegou sua lança enquanto Neka ainda esfregava os olhos para espantar o sono. Momentos depois, como se para simbolizar verdadeiramente seu renascimento, ela estava com a cara branca de giz.

E, como que para marcar a própria resistência ao plano, Neka se recusara a pintar a cara.

— Todos os guardas do lugar estarão acordados — argumentava ele agora, tentando espanar a areia das roupas.

Khensa torceu o nariz.

— Estarão? Mas nós não estávamos... até esses dois nos acordarem. Além disso, todo mundo ali vai estar ocupado demais com a tempestade. Escute, vou lhe dizer uma coisa, Neka. No acampamento de Menna, quando vimos que você foi feito prisioneiro, fui eu quem quis esperar, e Seti me convenceu do contrário. Se tivéssemos esperado... o que seria? Pode imaginar as torturas que você teria sofrido? Você deve ser muito grato quando se trata de decisões impetuosas. Escolha, Neka. Ou você nos acompanha em nossa missão desvairada e divide a glória, ou vai para casa sozinho e assiste de longe. O que vai ser?

Ele revirou os olhos.

— Você se esqueceu da terceira opção.

— E qual é? — A voz de Khensa soava irônica, mas ela sorria, como se soubesse exatamente o que ele ia dizer.

— Morrer aqui com você — resmungou ele, decidido a ficar de mau humor.

— Não quer isso?

Ela sorriu. Por um momento, ele resistiu, depois apareceram ali os vestígios de um sorriso, e, vendo-o ceder, ela sujou os dedos de giz branco, passando-os pelo próprio rosto e depois marcando o rosto dele.

— Não há nada que eu queira mais. — Ele suspirou, exagerando um pouco no tom dramático, pegando o arco.

Não sabíamos de muita coisa. Na verdade, nada além de que meu pai era mantido num fosso à portaria, e mesmo isso, como Neka apressou-se para nos lembrar, era informação antiga, o tipo de coisa que devíamos ter verificado no dia antes de começar a agir.

O plano então era simplesmente invadir a portaria com dois núbios, dois siuanos e uma tempestade de areia.

O que poderia dar errado?

Saímos do anexo. Pelo menos não havia necessidade de nos esgueirarmos. Ao entrarmos na tempestade, fomos saudados pelos mantos de areia que atravessavam nossa visão. Qualquer vigia no templo não teria visto nada. Mesmo que conseguissem distinguir nossas formas se aproximando, teria sido impossível saber se eram humanas ou de animais. Conforme Aya havia observado, nossa verdadeira vantagem era o elemento surpresa. Afinal, quem seria burro para se aventurar num clima desses?

E o vento uivava. A areia parecia nos atingir como ondas implacáveis e impiedosas.

Ao nos aproximarmos do templo, tivemos a total consciência da presença de um guarda nos baluartes da portaria. Segundo Neka, um arqueiro ficava a postos ali dia e noite. Com as rajadas de vento jogando areia na fachada do templo, qualquer sentinela com senso de autopreservação estaria se protegendo atrás dos baluartes e, caso criasse coragem e se arriscasse a olhar, não enxergaria nada.

Mas e se o vento diminuísse ou cessasse por tempo suficiente para a areia se acomodar, o campo de visão clareasse e o vigia se lembrasse de fazer seu trabalho e olhasse para fora?

Tal pensamento dominava nossa mente à medida que avançávamos para o templo, sentindo-nos expostos e vulneráveis, praguejando contra o vento que nos vergastava, mas ao mesmo tempo precisando dele para nos esconder. E quando enfim demos com o pé da portaria, nos demoramos um bocadinho, saboreando o alívio.

Então nos entreolhamos. Nossos rostos pinicavam por baixo da roupa, surrada pela tempestade. Neka estava concentrado, todas as reservas deixadas de lado; Khensa irradiava intensidade e foco; Aya jamais parecera mais resoluta.

Seguimos furtivamente para a entrada da portaria. A imensa estrutura de madeira com portas duplas que se abriam para receber carroças e carruagens, tinha uma portinhola embutida. O barulho da tempestade era diferente ali, a areia chocalhava a madeira. Khensa nos olhou, aferindo nossa prontidão. Não passávamos de quatro pares de olhos, mas olhos que diziam sim; olhos que lhe davam permissão para entrar em ação.

Para ver se havia alguém em casa.

Khensa levantou o punho e bateu. Esperamos. Será que eles ouviriam a convocação acima do barulho da tempestade?

Mas eles ouviram, e de dentro veio uma resposta. "Identifique-se."

A voz era abafada e indistinta.

— Piedade, senhor, abra ou terá o sangue de uma criança em suas mãos — respondeu Khensa em tom de lamento.

— Nesta tempestade? Está louca? — Veio a resposta indignada.

Khensa revirou os olhos, mas continuou a encenação.

— Por isso preciso de abrigo, senhor. Por favor, vai me acomodar? Consigo entrar pelo vão da porta, senhor, antes que sinta o peso da tempestade, o senhor verá.

Como que para destacar a gravidade da situação, o vento piorou. Uma rajada imensa começou a golpear a porta de madeira, sacudindo-a nas dobradiças.

— Muito bem, muito bem — veio a voz do outro lado, de má vontade, como se Khensa estivesse controlando a ferocidade do temporal.

Ouvi um ferrolho correr. Olhei nos olhos de Aya. Eu me perguntava se ela sabia o que eu estava pensando e imaginava que sim porque, naturalmente, eu pensava estar a minutos de ver meu pai. E não só de vê-lo, mas nada menos do que de *resgatá-lo*.

Talvez ela não estivesse pensando nada disso. Talvez somente tivesse voltada aos motivos para Sabu ter se permitido ser capturado e aprisionado pelos néscios de Elefantina. Talvez ela ainda estivesse confusa com o que certamente enxergava como um engano.

Foi então que a porta se abriu.

45

Entramos correndo: nós quatro e a tempestade. Khensa foi na frente, empurrou a porta na cara do homem e ele cambaleou para trás, girando os braços em busca de equilíbrio, sem ter tido a chance de sacar a arma, seu rosto em choque ao nos ver enquanto o vento sacolejava a porta.

Logo atrás de Khensa, Neka já estava se virando, pegando uma flecha na aljava, recuando a corda do arco, ajustando o ângulo da mira — tudo num movimento fluido, rápido e vertiginoso enquanto visava a sentinela no alto. No instante seguinte, o vigia caiu na pedra diante de nós, esmagado e ensanguentado.

A tempestade se precipitava na praça onde nos encontrávamos agora, além de um bônus de mais dez guerreiros para nós. Aya e eu abrimos os portões duplos para permitir uma entrada mais incisiva do vento, sua presença mais eficaz do que poderíamos ter imaginado. Como que em resposta, veio um grito, e outro guarda saiu correndo da bruma, de arma em punho.

Khensa se preparou, já tendo cuidado do guarda à porta, e se jogou sobre o recém-chegado com uma lança arremessada rapidamente, antes mesmo que ele pudesse nos alcançar. Neka gesticulou para avançarmos, berrando que tivéssemos cautela, sabendo que a beira do fosso podia estar em qualquer lugar, e assim avançamos cuidadosamente, quando de repente uma flecha veio assoviando do turbilhão de areia. Tendo sido atirada mais sob a esperança de acertar alguma coisa do que por qualquer mira calculada, passou ao largo de todos nós, então avançamos ainda mais, agora de bruços, encontramos um bolsão de calmaria abaixo da tempestade e buscamos a abertura do fosso.

Dava para se ouvir uma gritaria. Imaginamos que os guardas da portaria tinham se reagrupado ao tentarem entender o que estava acontecendo. Uma nova flecha cortou a névoa. Eles estavam se reunindo.

Juntando forças. Ao mesmo tempo nós fazíamos barulho, os quatro fingindo ser dezenas, deixando que a tempestade trabalhasse por nós.

Enfim chegamos ao fosso, onde me coloquei na beira, arrastando-me pela ponta dos dedos para espiar o que parecia um abismo.

— Pai — gritei. Tive a certeza de ser recompensado com um movimento na escuridão abaixo. Vi olhos brilhando na escuridão. Lá embaixo estava seguro da tempestade que deixamos adentrar e que agora se enfurecia ao redor.

Neka veio engatinhando para a beira do fosso, trazendo uma corda.

— Que gentileza da parte deles deixar isto jogado por aí para nós — disse com um sorriso.

De perto, uma estaca no chão estava enterrada de modo a não deixar dúvidas de seu propósito. Segundos depois, a corda estava em volta da estaca e sendo jogada para dentro do fosso.

— Darei cobertura a vocês — disse Neka, e se afastou.

— Segure, pai — gritei para o buraco escuro enquanto à minha volta surgiam os gritos e berros de outra batalha.

Não havia muito tempo. Neka encaixava as flechas no arco e as atirava sem pestanejar. Dava para ouvir a vibração da corda da arma e, em meio ao turbilhão, vi o rosto dele, contorcido de determinação e esforço enquanto cada flecha deixava o arco. Mais uma vez, ele fez o trabalho de um exército, e Khensa, Aya e eu usamos de toda nossa força e cravamos os pés no chão, a corda ardendo na palma ao ser puxada para trás, um passo de cada vez, puxando, berrando, aumentando o barulho, um misto de triunfo e esforço, sabendo que o final de nossa missão estava ao nosso alcance e quase sem acreditar que nós quatro conseguimos realizar um resgate tão ousado. A vitória estava bem à mão.

Depois, quando já estava tudo acabado, Aya me disse que tinha olhado dentro do buraco e visto o prisioneiro se impulsionando para deixar a prisão, subindo pela corda e firmando os pés nas laterais do fosso.

Eu não o vi. Não percebi.

Mas Aya viu.

Antes mesmo de o prisioneiro chegar à beira do fosso, ela soube.

Não era o meu pai.

46

Como numa resposta, a tempestade pareceu morrer. Como se ela também partilhasse do ar estupefato que caía em cima da gente quando nos entreolhamos, depois olhando para o prisioneiro. No silêncio temporário, esquecemo-nos de perguntar seu nome, o que ele fazia no fosso ou se realmente era um Medjay. Sabendo apenas que não era Sabu de Siuá, que não era meu pai, eu me senti entorpecido, meu estômago agitado.

Neka veio deslizando de volta para nós, consciente de que a trégua na tempestade inspiraria mais coragem nos guardas da portaria.

— Andem, vamos, vamos sair daqui — insistiu ele, lançando então um olhar ao prisioneiro resgatado. — Olá, Sabu — apresentou-se.

— Não é Sabu — disse Khensa, encontrando a própria voz. — É um chamariz. — Ela estendeu a mão para o homem, agarrou um punhado de sua túnica suja. — Eu devia jogá-lo de volta de cara para baixo. Quem é você?

Apavorado, o homem balançava a cabeça, a boca balbuciando inutilmente. Ele era velho, grisalho, os lábios estavam úmidos e os olhos se reviravam loucamente.

— *O quê?* — dizia Neka, distraído da batalha pela guinada súbita nos acontecimentos. — O quê? Eu soube que era Sabu. Um Medjay de Siuá chamado Sabu.

Puxei Aya de lado.

— Você sabia — falei, penetrando-a com meu olhar. — Você sabia, não é?

Ela se desvencilhou de minha mão.

— É claro que eu não *sabia*. Eu desconfiava.

— Ora essa, você devia ter...

— *Eu tentei* — insistiu ela. E tentara mesmo. Respirei fundo e soltei meu ressentimento crescente. Não foi culpa dela.

— Então quem é este?

Ela deu de ombros.

— Não sei. — Ela voltou os olhos para o prisioneiro apavorado, ainda preso na mão de Khensa. — Qual é o seu nome?

— Sabu, Sabu — tagarelava ele. Seu maxilar estava frouxo, os lábios, umedecidos, os olhos, arregalados de medo e confusão. — Medjay, Medjay.

Nós dois suspiramos. Perguntar qualquer coisa ao louco não nos levaria a lugar nenhum, era evidente.

— Precisamos sair logo — alertava Neka a poucos metros dali.

Agora a tempestade não nos dava uma cobertura tão boa; logo não seria de serventia nenhuma. Ele atirou duas flechas do outro lado do fosso e foi recompensado com um grito, ou de surpresa, ou de dor; o bastante, esperávamos, para mantê-los por mais alguns minutos ao largo.

— Precisamos sair daqui, estão me ouvindo? Vamos conversar mais tarde.

E ele tinha razão.

Uma flecha passou assoviando na escuridão e cravou no chão, bem ao lado dele. Foi seguida por outra, depois outra. No instante seguinte, estávamos nos colocando de pé. A tempestade tinha diminuído, a visibilidade melhorava; ouvimos o barulho inconfundível dos guardas da portaria se reagrupando.

— Quem vem lá? — surgiu um grito, no início meio cauteloso, depois repetido com mais autoridade.

Mas não estávamos com vontade de responder, um esquadrão desorganizado, decepcionado e desgastado pela batalha. Batemos em retirada do portão e corremos para a tempestade, que agora se mostrava menos intensa, mas ainda assim nos fustigava, como se nos repreendesse, nos castigasse por nossa estupidez.

Lancei um olhar a Aya e não vi nada em seus olhos além da grande dor de desejar ter estado enganada. Para além dos portões, o deserto se estendia diante de nós, redemoinhos de areia em nossa visão, mas eu não registrava o tumulto. Ouvi gritos de guerra e um grupo de guardas veio correndo, contornando a lateral da portaria com espadas em punho, enquanto outros assumiam posição com seus arcos.

— Alto lá! — exigiam eles em uníssono, e se a ideia era nos fazer parar, foi um fracasso, porque nosso sangue fervia, o instinto de sobrevivência era intenso, e, embora tenhamos nos entreolhado quando os vimos, não interrompemos nossa marcha.

Neka pegou uma flecha na aljava, girou o tronco e a arremessou, tudo num só movimento. Seu disparo encontrou o alvo, derrubando um dos arqueiros. Ao mesmo tempo, um espadachim, correndo, tentou bloquear o caminho de Khensa, mas ela atacou com a lança, movendo a haste de baixo para cima e empalando o homem.

Pelo canto do olho, vi um segundo arqueiro apontando para Aya. Meu grito de alerta foi arrebanhado no redemoinho da tempestade e mudei de rumo, tentando alcançá-la, pensando *Não!* e berrando o nome dela ao mesmo tempo.

— Aya! Abaixe-se!

Então, o arqueiro derrubou a arma e pôs a mão no pescoço, do qual se projetava uma flecha. De onde tinha vindo? Não foi de Neka, nem de Khensa. Eu não sabia. Só continuava correndo, gritava para os outros acelerarem quando, felizmente, deixamos o último dos guardas para trás.

Corri até Aya.

— Tem alguém aí fora... seja quem for, acaba de salvar sua vida. — Ela me olhou e me perguntei se pensava o mesmo que eu, mas continuamos a correr, olhando a escuridão tenebrosa em turbilhão enquanto avançávamos, sem nenhum sinal de nosso arqueiro misterioso.

Adiante estavam Khensa, Neka e o prisioneiro; atrás, o templo, os berros dos guardas ficavam mais distantes. Com a lua iluminando nosso caminho, continuamos a correr, reunidos, mantendo o ritmo, até que por fim Khensa gesticulou e saímos do deserto para as árvores no perímetro da ilha, batendo no mato seco até o solo ficar molhado em nossos pés e nos virmos à beira da água.

Ali, Khensa ergueu o punho e nos incitou a parar, depois se agachou e indicou que nos reuníssemos. Seu peito inflava e desinflava, a respiração era entrecortada, e ela avaliou o grupo com olhos que brilhavam de perigo e empolgação.

— Estamos sendo seguidos — alertou, depois se sobressaltou, imediatamente preparando a arma, quando uma voz despontou do escuro.

— Não é difícil pelo barulho que vocês estão fazendo — disse a voz, e uma figura avançou um passo, o que fez com que nos levantássemos, os outros pegando suas armas.

Mas não eu. Era uma voz conhecida, e uma figura familiar entrou na clareira, empurrando raivosamente o mato e olhando os arredores com uma expressão exasperada.

— Vocês estão mortos, todos vocês — disse meu pai.

47

Ao entrar na clareira, ele parecia quase o mesmo de quando o vi pela última vez, talvez um pouco menos arrumado sem a orientação de minha mãe. Seu cabelo comprido estava preso atrás, a barba meio desgrenhada, o rosto um pouco mais desgastado e escarpado do que antes.

E descontente. Meu pai não era de perder a calma com rapidez; ele tendia a se irritar gradativamente. Minha mãe sempre dizia que ele escondia isso, que era como águas lentas, calmas na superfície, mas com correntes profundas, perigosas e aceleradas. Ah, mas agora a superfície calma tinha se rompido, e havia cor em suas bochechas, os olhos em brasa corriam por nós, acusadores.

— Sabu — disse Khensa com certa ironia, baixando a cabeça numa saudação que era também um reconhecimento tácito de que nós dois tínhamos coisas a discutir; questões que não a envolviam.

Neka também pareceu se retrair, afastou-se de um reencontro que era entre mim e meu pai.

Meu pai furioso.

Pelos deuses!, pensei, assim que ele se virou para mim, prendendo-me onde eu estava com um olhar fixo. Como isso era diferente da cena que eu havia imaginado. Os sonhos de um garotinho, enterrados bem no fundo de mim. Ingenuidade minha. Não houve abraços. Nem cumprimentos. Nem gratidão. Só...

— Que diabos você está fazendo aqui? — vociferou ele.

— Vim resgatar o senhor... — falei inutilmente.

Ele jogou os braços para cima, o arco numa das mãos.

— Parece que preciso ser resgatado?

— Não parece — disse Aya categoricamente, depois indicou a pobre criatura agachada aos nossos pés, que nos olhava coberta de medo e confusão, como quem se encolhe diante de um deslizamento de terra iminente —, mas *ele* parecia.

Meu pai se ajoelhou para falar com o outrora prisioneiro, sua voz se suavizando juntamente aos gestos.

— Você cumpriu muito bem seu dever, Bes, e lamento se isto lhe causou algum sofrimento. Meus agradecimentos a você e a sua família, e espero que todos possam desfrutar de sua recompensa.

— Obrigado, Sabu, obrigado — conseguiu falar Bes, assentindo intensamente. Os olhos arregalados se moviam para todos os lados e, se ele não estava exatamente calmo, pelo menos parecia ter se recomposto.

— Por quê? — perguntei. — Por que precisou dele?

Meu pai suspirou, endireitando o corpo com um ar resignado.

— A resposta curta é que eu precisava montar uma armadilha e precisava de uma isca para esta armadilha.

— Uma armadilha para o quê? — perguntou Aya.

— Para um matador... um matador que caça Medjay. — Ele se calou. — Você sabe dos Medjay, imagino, já que chegou até aqui? — Fiz que sim com a cabeça e nos entreolhamos.

— E foi por isso que o senhor partiu de Siuá? — pressionou Aya. — Não tinha nada a ver com Menna?

— Menna... — Meu pai pareceu se recordar e olhou para Khensa, que confirmou com a cabeça de onde estava, a certa distância.

— Menna está morto, Sabu.

— Obrigado, Khensa, obrigado. Isso é muito importante. — Ele se virou para Aya. — Não, o motivo para minha partida de Siuá não teve a ver com Menna, mas com uma mensagem que dizia que os Medjay estavam sob ameaça.

— O matador? — perguntei.

Meu pai assentiu.

— Um homem que conhece seu ofício, Bayek. Ele levou a melhor sobre Emsaf, um Medjay habilidoso e talentoso, grande combatente, sentinela e rastreador. Esse matador é metódico e é impiedoso. Por isso eu tinha esperanças de atraí-lo para cá.

— Peço desculpas, pai — falei. Fechei meu semblante e baixei a cabeça, mas ele pôs as mãos em meus braços.

— Haverá muito tempo para reprimendas mais tarde... e as reprimendas *virão*. — Ele fez uma pausa. — Mas, por ora, estou satisfeito em ver você... todos vocês... e satisfeito ao ver que suas habilidades melhoraram desde que parti de Siuá. Há alguns maus hábitos que precisamos revisar, veja bem, mas faremos uma...

— Espere um minuto — sussurrou Khensa, levantando a mão, pedindo silêncio.

— O que foi? — disse meu pai.

— Tem alguém aqui perto — respondeu Khensa. — Pode ser que a armadilha ainda funcione. Vem vindo alguém. — Ela semicerrou os olhos, assentindo lentamente. — E é dos bons.

— Deve ser ele. Vamos acabar com isso, aqui e agora — disse meu pai, levantando seu arco, com uma expressão severa e firme ao sol nascendo às suas costas. Ele gesticulou para Khensa e Neka assumirem os flancos, enquanto ele permaneceu no meio a fim de receber de três lados quem nos assaltava. Aya e eu nos postamos, prontos para assumir nossos lugares. Ele assentiu. — Juntem-se, formem um grupo um pouco recuado. Fiquem atentos; o matador pode tentar se aproximar pela retaguarda.

— Ele não conseguiria fazer isso... — começou Neka.

— Ele já chegou até aqui — vociferou meu pai. — Emsaf o subestimou. Não cometerei o mesmo erro.

Nós nos abrimos em leque e nos afastamos da linha da água, deixando Bes para trás. Ao olhar para a esquerda, vi Aya tensa, as saias grudadas em suas pernas, molhadas. À minha frente, um grupo de moscas dançava no frio do início da manhã.

Agora era só silêncio. Os núbios e meu pai estavam fora de vista. Os guardas do templo claramente haviam escolhido desistir da caçada. Se esse caçador de Medjay era tão bom quanto temia meu pai, será que ele se deixaria enganar tão facilmente? Eu tinha minhas dúvidas.

Avançamos mais um pouco, aflitivamente conscientes até do esmagar e dos estalos mais baixos ao caminharmos pelo mato. Dentro de mim, havia a mesma empolgação que senti no acampamento de Menna, a noção de que eu fazia parte de alguma coisa — algo que valia a pena. Desejei poder transmitir isso a meu pai, provar-lhe que eu havia amadurecido, que tomava minhas decisões e que estava pronto para segui-las. Então parei de pensar até nisso, concentrado no momento, na tarefa que tinha. Avançamos, um passo depois de outro, prendendo a respiração.

Percebi que o mato agora estava mais ralo. A luz prateada que penetrava intermitentemente pela copa das árvores no alto sarapintava o chão adiante e o solo estava menos macio.

E então veio uma explosão do alto, e, em vez de dar um salto de pânico, como teria feito meses antes, apenas me virei, pronto para enfrentar a ameaça. Houve um movimento súbito, um farfalhar, um grito que não consegui identificar, seguido pelo assovio inconfundível de flechas, depois um grito de dor.

Aya e eu nos agachamos, nossas espadas em punho. À nossa frente, no mato, vieram os assobios de outras flechas, depois a voz de meu pai, gritando:

— Mostre-se, matador! Encare-me!

Mas não houve resposta.

Permanecemos agachados. Mais uma vez, a quietude do início da manhã se afirmava. Eu queria gritar, mas me detive, relutante em entregar nossa posição, perguntando-me como havia cinco de nós e ainda assim de algum modo parecia que não éramos os caçadores, mas a caça.

Um ruído próximo chamou nossa atenção, depois meu pai falou em voz baixa:

— Bayek.

— Pai?

— Você está bem?

— Não me feri. E o senhor?

Ele apareceu do escuro, com Khensa e Neka às suas costas.

— Pensei que o tivesse apanhado, mas não há sinal de corpo nenhum — disse ele enquanto Khensa se agachava com a lança em uma das mãos e a outra no chão, os dedos abertos e a cabeça virada de lado, como quem tenta ouvir pela ponta dos dedos. Meu pai, com um breve menear do queixo, indicou-nos para nos juntarmos a eles.

— Bom trabalho — disse ele num sussurro, e estou certo de que Aya sentiu a mesma onda de orgulho que eu. A Khensa, ele perguntou:
— Ele ainda está por aqui?

— Não sei — respondeu Khensa com um franzido na testa que falava de sua relutância em admitir ser incapaz de rastreá-lo. — Não sei onde ele está... nem mesmo se está aqui.

— Ele estava aqui... — disse meu pai. — Disto eu tenho certeza. — Ele fez uma careta. — Eu poderia jurar que uma de minhas flechas encontrou o alvo. O que quer que isto signifique, pelo menos sabemos de uma coisa. Sabemos das fraquezas de nosso inimigo.

Quais?, eu queria perguntar, mas me contive.

— Ele também é um homem que sabe quando as possibilidades não se mostram favoráveis — acrescentou Khensa.

Nesse momento ouvimos um chamado, carregado pela manhã enevoada.

— *Medjay*. — Ficamos petrificados, Khensa tentava localizar a origem. — *Medjay, logo nos encontraremos e teremos nosso acerto de contas.*

Foi seguido por um grito de Bes, repetindo a mesma palavra sem parar:

— Sabu! — gritou ele. — Sabu, Sabu, Sabu!

Voltamos pelo mato, dessa vez unidos, de armas em riste, com meu pai, Khensa e Neka à frente e eu e Aya atrás, prontos para atacar, cautelosos com armadilhas ou uma emboscada. Bes continuava na mesma posição em que o deixáramos. Entretanto, tremia de pavor, encarava-nos de olhos arregalados, repetindo "Sabu, Sabu", sem parar. Sob seus olhos estavam suas mãos, apertando as faces.

— Demônio, demônio, demônio... — entoava.

Eu nunca vira um homem tão apavorado. Ainda assim...

— Sangue — disse Khensa, apontando a túnica de Bes.

— Está ferido, Bes? — perguntou meu pai, ajoelhando-se junto dele, procurando ferimentos.

— Não, Sabu — gaguejou ele —, o demônio está.

Meu pai se levantou com um suspiro.

— Então o demônio sangra — disse ele.

PARTE TRÊS

48

Muitos anos depois

Com o passar dos anos, Bion costumava pensar na noite da tempestade. Ele poderia ter concluído tudo naquela noite, se não fosse pela flechada afortunada de Sabu, infligindo uma ferida que o levou a se retirar e passar muitos meses em recuperação. Se não fosse por sua preferência pelo combate de perto. Por sua pouca habilidade com o arco.

Não teria ajudado, pensou ele. A tempestade de areia fora a vantagem definitiva de muitas formas. E, depois dela, eles conseguiram se reagrupar, apresentar uma frente unida. Havia um limite ao que um arco poderia ter feito por ele. Ele simplesmente não havia planejado para que tudo se desenrolasse daquele jeito — nem teria, por inclinação pessoal. Talvez. Ainda assim... e se tivesse ajudado? Talvez, se ele fosse um arqueiro proficiente, pudesse ter dado fim a tudo naquela noite, ferido ou não; teria concluído sua missão. Talvez, se estivesse menos centrado em matar de perto, mais aberto a planos de longa distância.

Ou talvez fossem os ventos e a tempestade, e a habilidade do próprio Medjay com a flecha, superlativa, qualquer que fosse o pretexto no qual ele tentasse pensar. E assim, ele sempre acabava pensando que a própria competência nada estelar nesse aspecto tinha sido sua ruína.

Raia sempre tivera grande prazer em implicar com ele nesse assunto. Raia, claro, era um arqueiro experiente.

— É porque você gosta demais de matar — dissera-lhe Raia com aquele mesmo sorriso irônico, como se conhecesse Bion intimamente. — Você gosta de ver a vida se esvair de suas vítimas. Gosta de encarar seus olhos. De perto e íntimo. É esse seu estilo, não é?

Bion, que sempre se orgulhara de ser inescrutável, se perguntava o quanto era de fato opaco. Ele sabia que era um monstro. Sempre soubera. Mas pensava, por fim, que tinha aprendido a esconder isso. A se misturar, pelo menos o suficiente. Mas era Raia quem o conhecia melhor. Tinham trabalhado juntos por muitos anos. E ele nunca o criticara por isso. Outros, pensou Bion, não teriam sido tão tolerantes.

Seja como for, suas forças como assassino de Raia foram seus pontos fracos em Elefantina naquela noite. Combinadas à tempestade e ao seu ferimento, ele se vira obrigado a se retirar da luta, a reavaliar e a subir acampamento nas Terras Vermelhas, ocupando uma cabana abandonada de um pastor de ovelhas a fim de se recuperar e recomeçar, perguntando-se se um dia voltaria a ver sua casa. Ele enfim se curara. Ele aprimorara seu treinamento, compensando os meses perdidos na recuperação. Aumentara suas habilidades no arco, praticando assiduamente até adquirir a máxima proficiência, como em cada outro aspecto de seu ofício de distribuir morte.

Por fim, Bion voltou a suas investigações — e elas o levaram a Tebas, que ele atravessara em direção à necrópole e encontrara a tumba correta, mas agora ela não dava sinais de que os núbios residissem ali.

Do lado de fora, ele acenou para um velho e atravessou o cemitério para falar com ele. O dia estava azul e luminoso, e para além do ombro do velho Bion via a cidade, esfarrapada e derrotada pela guerra, mas ainda com sua estatura e beleza, como se os deuses se recusassem a deixar que qualquer coisa feia maculasse o mundo que criaram.

Toda a feiura estava nos homens. Bion sabia disso melhor do que qualquer um. Afinal, ele próprio tinha sua parcela de feiura.

O velho sabia sobre os núbios. Eles tinham se mudado, falou.

— Sabe para onde? — perguntou Bion.

O velho negou com a cabeça. Não sabia. Achava que alguns tinham ido para o sul. Não todos.

— Eles se dividiram?

— Sim, foi o que fizeram. Havia um recém-nascido. Eles partiram, talvez para começar uma nova tribo em outro lugar. Quem sabe?

E ali terminava sua busca pelos núbios. Bion partiu, pensando que eles seriam adversários dignos, mas sem nutrir mais interesse por eles. Não eram a missão. Seus assuntos eram com os Medjay.

49

Alguém montado num camelo surgiu ao longe, um pouco depois de Bion. Este ficou observando o cavaleiro se materializar lentamente em meio à névoa do mormaço, uma mancha se transformando numa figura que, por sua vez, se transformou numa pessoa.

Seu mensageiro. Bion conhecera Sumi quando menino, anos antes, quando ele fora contratado para transmitir notícias a Raia em Alexandria. Ele havia levado o medalhão de Hemon, além da informação de que Bion agora estava em busca do último Medjay.

A mensagem tivera resposta: *Por que está demorando tanto?*

Sentado em sua pobre cabana de pastor, Bion pensara em Raia. Imaginara o comandante em sua casa em Alexandria, com hera subindo pelas paredes de seu pátio central, enfurecido com Sumi, se perguntando por que não conseguia controlar seu assassino errante. Por um breve tempo ele se divertira imaginando a fúria imponente de Raia, o pretenso soldado agora tão impotente quanto os eruditos que ele gostava tanto de desprezar.

Assim, Bion despachara Sumi, já um rapaz, para lembrar a Raia de que as coisas foram muito dificultadas todos aqueles anos antes porque o Medjay ficara sabendo de sua chegada. Ele lembrou a Raia de que a culpa pelo vazamento estava nas mãos dele. Afinal, fora seu erudito o responsável por informar a Rashidi, que por sua vez alertara os Medjay sobre o plano da Ordem. Se não fosse por isso, a missão de Bion já estaria concluída. Raia teria outros medalhões para aumentar sua coleção.

Trazendo a missiva de resposta, Sumi tivera cautela ao se postar ali, repetindo o que tinha ouvido.

— Raia solicitou sua volta a Alexandria para que ele possa... deixe-me lembrar bem... "discutir estratégia". Ele quer que você parta imediatamente.

— Diga a Raia que tenho um plano em andamento — instruíra Bion. — Informe a ele que meu pedido por um voto de confiança é feito sob as condições mais fortes possíveis. E que ele será atualizado em breve.

E agora a resposta havia chegado.

Ele observava Sumi se aproximando com cautela e serviu água para os dois. Quando o mensageiro chegou, sentou-se de pernas cruzadas para beber e conversar.

— Ele tem uma bela casa, não? — Sumi olhou em volta como se comparasse os dois estilos de vida imensamente diferentes. Uma conversa à toa e apreensiva. Suas mãos apertavam o copo de argila.

Bion assentiu.

— Sim — disse inexpressivamente. — O comandante sempre foi adepto do luxo sempre que possível.

— Ele delega a você as tarefas que estão além das próprias capacidades?

— Por assim dizer.

— Ele teme você — soltou Sumi, e Bion viu o medo ali também. E aprovou aquilo. Era importante entender quando se estava na presença da Morte. O rapaz tinha bons instintos.

— Combinamos que você não faria perguntas — respondeu Bion. — Agora, o diálogo. Pelo que entendo, você entregou minha mensagem.

Sumi assentiu às pressas, de forma tão veemente que Bion imaginou seu cérebro chacoalhando dentro do crânio. Era todo olhos arregalados e braços e pernas nervosos.

— Dei-lhe o recado. Ele não ficou muito satisfeito. — O rapaz passou a mão no rosto, franzindo a testa ao se lembrar. — Tenho a sensação de que tive sorte por sair de lá vivo. — Ele se calou, e Bion percebeu que o jovem se perguntava se também sairia vivo deste momento específico.

— Ele quis saber de meu paradeiro?

— Disse que sabia que era melhor não perguntar. — Alívio, vivo e sincero.

— Qual foi a resposta que ele despachou?

— Ele disse que já faz muitos anos. Disse que gostaria de ver o trabalho concluído. — Sumi quase parecia pedir desculpas, e Bion não teve dúvida de que a mensagem original não fora tão cuidadosamente estruturada.

É claro que você quer ver o trabalho concluído, pensou Bion. *É claro que quer.*

— Você não lhe disse mais nada?

O mensageiro balançou a cabeça. Ele e Bion tinham um acordo: Sumi recrutava moleques, malandros e patifes — crianças de rua da região — e essas crianças recrutavam outras crianças de rua, que recrutavam outras, todas à procura de Sabu, Bayek e a garota, e cada uma delas se reportavam ao seu recrutador, que se reportava a outros recrutadores, que se reportavam ao sorridente Sumi, que por sua vez se reportava a Bion.

Bion, que tinha aprendido a manejar o arco. Bion, que se recuperara de um ferimento que teria aleijado uma criatura mais fraca. Bion, que agora pretendia finalizar sua missão, independentemente dos desejos de Raia. Bion mandou o menino embora. Sabia que sua paciência colheria uma recompensa. Um dia.

E então, depois de se passar mais tempo ainda, Sumi voltou de novo a Bion, só que dessa vez a visita fora inesperada e, ao observar a aproximação do camelo no horizonte, ele se permitiu nutrir a esperança de que depois de todos esses anos os Medjay enfim tinham sido encontrados.

E de fato foram.

— Trago novidades — disse Sumi quando mais uma vez se sentou para beber a cerveja grossa e pungente. — Creio que vai ficar feliz com esta. — Seus olhos foram rapidamente à bolsa de Bion, mas ainda respeitosos. O dinheiro o seduzia a voltar. Dinheiro, apesar do medo da morte.

— Continue — disse Bion.

— Sei onde eles estão, as pessoas que procura, o trio.

— É mesmo? — disse Bion. — Todos os três?

Sumi assentiu, decidido.

— Sim. Todos os três. Eles armaram acampamento. Parece que já estão lá há cerca de dois meses.

— Como sabe disso?

— Eles mandaram uma mensagem.

Bion sacudiu a cabeça, quase surpreso.

— Não, eles não seriam tão descuidados a ponto de envolver terceiros.

— Mais do que um terceiro — disse Sumi, bebericando a cerveja. — A mensagem foi dada a um menino, que a levou a outro menino. O primeiro é meu contato.

— Então você sabe de onde veio a mensagem, mas não para onde foi?

— É isso mesmo. Mas posso descobrir, se quiser. — Sumi mostrou os dentes e levantou os dedos, assustado, porém determinado, na expectativa da recompensa.

— Vou precisar que você faça isso — disse Bion, mas estava pensando. *Isso não está certo. Há algo desfavorável aqui.*

Ele se curvou, gesticulando para o mensageiro se aproximar, notando seu visitante se retrair um pouco, mas obedecendo mesmo assim.

— Tem certeza de que não há nada errado aqui? Nada que queira me contar agora? Posso lhe garantir que será melhor para você no longo prazo, se você falar.

Sumi recuou com a expressão mais séria, negando intensamente com a cabeça.

— Não... você me paga bem. Venho trabalhando muito para você e continuarei assim. — Ele hesitou e continuou: — Você é mais assustador do que qualquer outro por aí. Eu não o enganaria.

Bion assentiu, sabendo que o mensageiro dizia a verdade, e eles beberam o restante da cerveja juntos, em silêncio. Pouco depois, Sumi já se preparava para ir embora e Bion lhe deu uma bolsa volumosa de moedas. O jovem olhou a bolsa, mal conseguindo acreditar que estava em sua mão, sopesando-a. Quando levantou a cabeça para Bion, por um instante até se esquecera de sentir medo.

— Você não vai voltar, vai? — disse ele.

— Se sua informação estiver correta, não precisarei voltar.

Sumi assentiu.

— Obrigado — disse ele.

Mais tarde, Bion guardou suas coisas e partiu de sua base de tantos anos. Enfim, estava preparado para concluir a missão.

50

— Gostaria de tornar Aya minha esposa.

Meu pai baixou a espada. Um momento atrás, seus olhos estavam vigilantes e focalizados, concentrados em me ensinar a sair de uma postura defensiva, com o pé esquerdo adiante, para uma formação de contra-ataque, e agora estava pensativo.

— Entendo. — Ele franziu a testa, e me preparei para uma discussão que nunca veio. — Então você deve fazê-lo — disse ele.

Tínhamos deixado uma caravana de camelos alguns dias antes e armamos acampamento às margens do deserto. Naquela manhã, saí da tenda que era minha e de Aya, lancei um olhar ao abrigo de meu pai — eu o ouvia roncar suavemente ali dentro — e fiquei nas imediações, examinando o deserto, a extensão de areia, árvores no horizonte e, ao longe, a cidade. No ar havia o cheiro salgado do mar e o odor úmido de uma manhã que se preparava para ser queimada pelo sol do dia. Tudo idêntico a todas as manhãs. O mundo no qual eu me via estava inalterado.

Mas e quanto a mim?

Eu tinha mudado. Mudado tanto que não era mais possível reconhecer ali o rapaz de 15 anos que partira de Siuá todos aqueles anos antes.

Agora eu estava diferente. Conhecia meu destino. Estava sendo treinado para ser um Medjay.

"Você ainda precisa de mais treinamento", era o que meu pai sempre dizia, toda vez que eu me atrevia a sugerir que seus anos de ensino talvez tivessem me conferido aquele status de uma vez por todas. Ele nunca dizia quando, apenas que, assim que a hora chegasse, ele saberia. Que, quando ele soubesse, eu seria a segunda pessoa a saber.

Depois daquela noite em Elefantina, despedimo-nos de Khensa e Neka; eles fariam a viagem de volta a Tebas e reencontrariam sua tribo, mas, nesse ínterim, nós três precisávamos continuar em movimento.

Meu pai, Aya e eu tínhamos de ficar um passo à frente do assassino, que, apesar de ferido, ainda preocupava papai; aquele fantasma, aquele "demônio" que parecia acompanhá-lo.

Nossa primeira ordem do dia fora falar com o Ancião, um homem chamado Hemon e seu servo, Sabestet, e passamos meses viajando para ir até a casa dele, em Djerty. Ao chegarmos, encontramos o domicílio vazio e descuidado. Meu pai deu uma olhada e falou.

— Pelo amor dos deuses, de novo, não.

Com a casa deserta, fomos a Djerty, e lá se confirmou o que já temíamos: Hemon e Sabestet tinham sido assassinados.

Meu pai não lidou muito bem com a notícia. As coisas haviam mudado. Ele se ensimesmou por algum tempo, como se procurasse os próprios conselhos. Durante tal período Aya e eu cuidamos um do outro e, até onde fora possível, demos apoio a ele.

Foi necessário algum tempo, mas por fim ele mudou de ideia e um dia, saindo para caçar de manhã cedo, fez seu anúncio:

— Seu aprendizado como Medjay começa amanhã — disse-me.

Foi um reconhecimento, ou o mais próximo disso que meu pai ofereceria, de que antes ele não havia me treinado seriamente. Primeiro veio um período do que ele chamou de *desaprendizado* — livrar-se de todos os maus hábitos que aparentemente eu havia adquirido. Minha mente voltou às horas que Aya e eu passáramos praticando em Tebas. Grande parte estava errada, de acordo com meu pai, mas não era um desastre completo, considerando que estivéramos improvisando, aprendendo por conta própria.

Durante todo o tempo continuamos nômades. Anos sendo o que Aya chamava de "foragidos". Creio que treinei em cada cidade e aldeia da região, aperfeiçoando minhas habilidades na espada e tornando-me um especialista no arco, fazendo da morte e da defesa meu ofício.

Além disso, ele me instruiu nos hábitos e na história dos Medjay. Antigamente, esses guerreiros altivos, a cujas fileiras eu tinha esperanças de me unir, tinham o status de Fylakes ou Guarda Real. Eram os protetores do povo, os *meketyou*, dos templos e tumbas, de estátuas e ídolos. Eram os guardiões da vida cotidiana, mas também das pessoas, mantendo ao largo as forças externas que nos ameaçavam.

Assim como me dissera a sacerdotisa Nitokris, ele reforçou as ideias de que, embora eles tivessem protegido templos e tumbas — e no caso de Siuá, ainda protegiam —, o poder e a influência dos Medjay foram diminuindo com o passar das décadas. Não eram mais as sentinelas altivas e literais, protegendo construções, carne e osso. Agora reduzidos, protegiam algo mais importante: um estilo conceitual de vida, uma ideologia. No entanto, a visão dele diferia daquela da sacerdotisa num aspecto fundamental. Para ele, o Egito era um país ao qual outros impunham suas convicções. Primeiro as ideologias de Alexandre chegaram a nós, e agora havia outra, vozes romanas clamando para ser ouvidas, e dessa vez nossos compatriotas ficaram felizes — não, entusiasmados — em permitir tais mudanças. A grandiosa cidade de Alexandria, que Aya tanto amava, fora construída à imagem de nosso conquistador.

— Não pedimos este modo de vida. Ele nos foi imposto — dizia meu pai. — Fomos solicitados a venerar status, poder e ouro, e estas coisas estão tomando o lugar dos antigos hábitos; tomam o lugar dos deuses, Bayek. Mas os Medjay podem se erguer mais uma vez, restaurar os princípios sob os quais vivíamos em épocas mais simples e menos corruptas. Somos uma parte disto, Bayek. Um dia você levará a tocha de todo nosso credo. Ascenderemos novamente, meu filho. Hemon preconizou uma ressurgência. Ele planejava uma, e você e eu somos essenciais nisso. O destino dos Medjay está em nossos ombros.

E havia, naturalmente, Aya. Nada havia mudado entre nós, e ainda assim era como se *tudo* tivesse mudado. Ela não gostava particularmente do meu pai, e era recíproco. Os dois se suportavam principalmente por minha causa. Ele não escondia que, na opinião dele, ela jamais poderia ser uma Medjay — não uma verdadeira Medjay —, e ela não demonstrava nenhum interesse na irmandade quando na presença dele. Sua necessidade de aprender implicava frequentemente me interrogar à noite, raras vezes dando opiniões, apenas ouvindo, mas eu sabia que Aya tinha suas dúvidas. Ela via o quanto os ensinamentos significavam para mim, independentemente de seus sentimentos, e, se os princípios Medjay descritos por meu pai coincidiam com os dela, eu não sabia dizer. Afinal, o coração dela estava em Alexandria; ela era firmemente adepta ao pensamento que lá aprendera. Sem dúvida isso também significava apoiar sua ideologia progressista.

Talvez devêssemos ter conversado mais a respeito.

Mas em uma coisa ela e meu pai concordavam: que eu devia agir como tutor de Aya, assim como meu pai vinha sendo meu tutor. Era possível aprender no ato de ensinar, dissera Aya, e meu pai concordara prontamente. Assim era a rotina: pela manhã, eu treinava com meu pai, e à tarde, com Aya, passando do papel de discípulo ao de mestre.

Eram momentos felizes. Eram para mim, e creio que também para ela, porque eram as ocasiões mais parecidas com nossa infância em Siuá e com os meses que passamos em Tebas, quando ficamos mais... juntos. Ensinando, aprendendo e, quando o trabalho estava terminado, desfrutando da presença um do outro. Eu encontrava conforto nos braços dela. Em seus lábios, experimentava arrebatamento. Eram momentos inebriantes, passados no amor, com o amor e a alegria da descoberta dos guerreiros dentro de nós.

Como todas as coisas, é claro, isso teve de chegar a um fim, e de muitas maneiras — talvez de todas elas — a culpa foi minha, porque no início, durante muitos anos, eu sentia que Aya era feliz com nossa vida juntos. Sempre estávamos nos locomovendo, mas era uma aventura e ela desfrutava; ela adorava aprender.

Mas eu também e, à medida que meu aprendizado foi progredindo, aconteceu algo que não pude evitar. Comecei a gravitar para meu pai. Senti uma profunda alegria em finalmente perceber vislumbres do homem por trás da fachada. De notar nosso vínculo familiar finalmente se instalando. Entretanto, vi o que acontecia entre mim e Aya como consequência disso, e assim tomei a decisão que, eu esperava, equilibraria as coisas. Decidi que devíamos nos tornar marido e mulher.

A concordância dele me surpreendeu.

A parte mais difícil tinha passado, pois Aya certamente aceitaria meu pedido.

51

— Não — disse ela. Estava de pé à minha frente, o braço da espada frouxo, um estranho paralelo com o que tinha acontecido naquela mesma manhã com meu pai.

— O quê? Por quê? Já conversei com papai, e ele está feliz por nós. — Vi o rosto dela se enevoar e de imediato tentei me corrigir: — Quero dizer, você sabe, não é, que poderia ter sido complicado para nós. Mas ele está feliz, tem orgulho. Ele nos quer juntos. — Ela balançava a cabeça, mas eu insisti. — E, quando meu aprendizado estiver concluído, voltaremos a Siuá para que eu possa assumir o manto de *mekety*, assim como ser um Medjay.

— Não — disse ela com firmeza. — Lamento, Bayek, mas não quero fazer isso.

Pestanejei.

— Podemos ter uma casa. Uma família. Pedirei permissão à sua tia.

Ela se retraiu, os olhos sombrios de desconforto, mas eu só viria a perceber o significado disso mais tarde. Por enquanto, eu continuava:

— Meu pai um dia vai se aposentar e a proteção de Siuá caberá a mim. Serei o guardião, Aya, estarei ajudando a manter vivos os hábitos Medjay... mas o mais importante é que você e eu estaremos juntos. Não quer isso? Não quer passar o restante da vida comigo?

Ela levantou a cabeça, empinou os ombros e bateu a ponta da espada no chão para prendê-la ali, a lâmina tremelicando ligeiramente. Com os olhos em brasa, ela falou.

— Bayek, não sei por onde começar. Sinceramente, não sei. A esposa do protetor de Siuá. A esposa de um Medjay. Você já parou para refletir se eu acredito mesmo nos hábitos dos Medjay?

— Ora, não acredita?

— Talvez sim. Talvez não. Minha dúvida não é essa. Minha dúvida é: já parou para pensar nisso?

— Bem, não, mas…

— É claro que não. É claro que não pensou, porque ele encheu sua cabeça com todo esse… — Ela gesticulava em volta da cabeça, como se tentasse enxotar um enxame de moscas — … todas essas *ideias*, e você não está disposto a questioná-las. — Ela soltou um suspiro explosivo. — Ele está impedindo seu progresso, Bayek!

Àquela última observação, senti uma onda de raiva. Ela me dera espaço por todos esses anos, permitira que eu aprimorasse minha relação com meu pai. Mas parte de mim questionava, durante todo esse tempo. Era uma parte que, à época, eu não estava disposto a reconhecer. E ainda não estava preparado agora. Afastei as dúvidas e pressionei, em vez disso.

Estendi as mãos para ela como se tentasse formar uma ponte no abismo existente entre nós, um abismo que parecia se alargar a cada segundo.

— Eu tenho *você* — falei. — Tenho você para me ajudar a questionar as coisas. A aprender tudo o que posso. Você não me permitiria ficar complacente. Ele também sabe disso.

Ela balançava a cabeça.

— Você já parou para pensar no que eu posso querer?

Senti-me instável e sem rumo. A pergunta era justa. Mas eu ainda estava furioso. Mais cedo, em meu treinamento, eu já havia tentado falar com ela. Tentado fazer o pedido; e ela se mostrara relutante, citando o respeito pelo que eu tentava construir com meu pai.

— Tem outra coisa: você disse que ficaria feliz em pedir a bênção de minha tia, mas e quanto à minha mãe e ao meu pai em Alexandria?

— Mas você não fala com eles há anos, desde que era uma garotinha — retruquei, na defensiva.

No íntimo, porém, pensava que Aya tinha razão. Se ao menos já passara por minha cabeça ir a Alexandria e convencer o pai dela de minha aptidão como candidato a marido, conforme rezava a tradição, eu certamente havia desprezado a ideia. Ah, eu possuía muita bagagem para convencê-lo: eu era um herdeiro Medjay, destinado a me tornar protetor de Siuá, morava numa residência bem equipada, como um dos habitantes mais respeitados da cidade. Tinha muito a oferecer à minha noiva em potencial, não tinha preocupações nesse aspecto. Entretanto, a ideia de fazer isso, a ideia de fazer essa viagem a Alexandria, enchia-me de mais pavor do que pensar em combater qualquer homem. E parte disso, eu começava a perceber enquanto conversávamos, devia-se em grande medida ao fato de meu pai ficar constantemente martelando em minha cabeça o quanto Siuá deveria ser importante para mim. O quanto deveria importar para mim, acima de todo o restante, proteger ao mesmo tempo minha cidade natal e o povo do Egito.

Ela sabia disso. Por isso leu meus pensamentos e respondeu à própria pergunta.

— Não, sua esperança era não envolver meus pais, os alexandrinos, não é verdade? Eles não representam tudo o que preocupa seu pai? Seu filho, perambulando pelo mundo. Um possível alvo para todos devido a sua herança secreta.

— Você é uma siuana.

Foi uma resposta débil, e eu sabia disso.

— Por nascimento, sou alexandrina. Esta grande cidade foi meu lar e espero que um dia volte a ser. Esqueceu-se disto, Bayek, filho de Sabu? Esqueceu-se de meu sonho de um dia estudar na Grande Biblioteca de Alexandria? Ou você supôs que eu simplesmente abandonaria meu plano para ficar ao seu lado, abandonada em casa, sozinha, como Ahmose, sua mãe?

Vi-me dividido, sem saber o que dizer. Tinha consciência apenas de que essa era uma situação que rapidamente saía de controle. Uma cena que eu imaginara ir para um lado corria para o lado errado como um animal assustado.

Mas Aya também tinha razão. Foram muitas as vezes em que me preocupei com minha mãe, sozinha em casa. Foram muitas as vezes em que quase questionei o meu pai sobre o destino dela, reprimindo-me antes mesmo de seu nome escapar de meus lábios, com medo de causar um fosso ainda maior entre nós.

— Algum dia você parou para pensar, quando cogitou seu caminho, que eu talvez estivesse cogitando o meu? — dizia ela.

— Claro que sim — respondi, detestando o desespero que ouvi em minha voz, sabendo como me fazia parecer. Daí, mais uma vez, eu não podia permitir que as coisas seguissem esse rumo. Precisava convencê-la.

— Não, você não pensou — acusou ela. — Simplesmente viu um jeito de agradar a seu pai.

— "Agradar a meu pai"? Como? Ele aprova a união, se é o que quer dizer.

Ela estendeu a mão para a espada, puxou-a da terra, depois bateu outra vez. Mas se o movimento pretendia apenas dissipar parte de sua raiva, não teve sucesso, porque a fúria parecia jorrar por entre seus dentes quando ela falou:

— Seu pai jamais gostou de mim.

— Mas você acabou de dizer que...

— Pelos deuses, Bayek, você não vê? O que você esteve me dizendo esse tempo todo? O que seu pai esteve lhe dizendo? Ele esteve falando a você sobre a *linhagem sanguínea* dos Medjay, não foi? Que precisa continuar. Por isso ele concorda com seu pedido de uma união. Não tem nenhuma relação com o que ele pensa de mim. Ele não se importa que eu esteja treinando, a não ser por minha capacidade de proteger a mim mesma e a seus herdeiros. Ele sabe que sou a melhor chance que ele tem de dar continuidade à linhagem sanguínea. Neste momento, você e ele são os únicos Medjay verdadeiros que restam, talvez em todo o Egito. Ele quer criar mais um, e vai recorrer a qualquer um que lhe seja conveniente para conseguir isso.

Senti-me enfurecer. Não pelo que ela dizia, mas por saber que tinha razão. Cheguei a nutrir esperanças de que isso não faria qualquer diferença — afinal, nós nos amávamos.

A resposta, naturalmente, era que, para Aya, fazia muita diferença — fazia toda a diferença.

Levantei as mãos. Tentei encontrar palavras que não fossem conciliatórias, mas que espelhassem o que nós dois sentíamos. Em vez disso, só consegui encontrar uma pergunta:

— Por que você nunca me disse que se sentia assim?

Isso a pegou de surpresa, e embora estivesse pronta para responder com raiva, ela hesitou, claramente perturbada.

— Eu... fui uma tola. — Ela baixou a cabeça, respirou fundo e me abriu um sorriso sofrido. — Quis dar a você a oportunidade de conhecer seu pai mais uma vez e, assim, me afastei. Mas parei de conversar com você durante o processo.

Isso explicava por que ela não respondera às perguntas que lhe fiz, antes, sobre o que ela pensava dos ensinamentos ideológicos de meu pai relacionados aos Medjay.

— Não é culpa sua — continuou ela. — Você tentou me perguntar. Eu simplesmente... não quis me colocar entre vocês dois. Devia ter dito a você — desculpou-se ela, solene, porém tristonha.

— Não creio que eu tenha lhe dado muito espaço para expressar seus sentimentos — respondi em voz baixa, estendendo a mão.

Ela veio para meus braços de boa vontade, nós dois em silêncio enquanto refletíamos o quanto havíamos nos aproximado em determinados aspectos e, no entanto, nos separado em outros. Tínhamos muito o que conversar.

— Falaremos de meu pedido de casamento em outra ocasião — propus. — Por enquanto, vamos apenas tentar consertar as coisas entre nós. — Senti seu sorriso de encontro à minha pele e fui sendo tomado por certa paz. — Continuaremos a treinar. Leve o tempo que quiser.

Ela balançou a cabeça e se desvencilhou delicadamente, se afastando alguns passos de mim, preparando-se.

— Bayek, não podemos. Tenho uma coisa para lhe contar.

— O que é agora? — Eu estava confuso, mas não sentia mais raiva. Perplexo, mas ansioso para conversar, para discutir com plenitude, tal como deixáramos de fazer tantas vezes nos últimos anos.

— Não haverá mais treinamento. Decidi voltar para casa.

52

Naturalmente, entendi o que ela quis dizer, mas assim mesmo não conseguia me obrigar a reconhecer, porque o reconhecimento faria disso uma verdade, e eu não queria.

— De volta ao acampamento? — perguntei.

Ela balançou a cabeça gentilmente.

— Não, Bayek. A Siuá.

— Nós estaremos de volta em breve, quando...

Ela suspirou, um pouco da exasperação retornando.

— Quer dizer quando seu aprendizado estiver concluído; quando seu pai estiver confiante de que você foi plenamente doutrinado, quando você falar usando exatamente os mesmos enigmas que ele. Quando ele deixar de temer por você. É o que você quer? Todos nós voltaremos a Siuá quando *ele* decidir. Quando *ele* assim disser.

— Estamos sendo caçados, não se esqueça disso. — Eu não entendia a urgência dela; pois estava ali, fácil ver, agora que eu olhava direito.

Ela virou a cara, de braços ainda cruzados, o queixo empinado, antes de responder.

— Não, não me esqueci. Nunca me deixaram esquecer. Ainda assim, não há sinal de nosso perseguidor. Não há sinal dele há anos, Bayek... *anos*.

— Um piscar de olhos.

Ela bateu a mão no peito.

— Não para mim. Não tem sido "um piscar de olhos" para mim, porque não sou eu quem está seguindo seu verdadeiro caminho, lembra-se?

— E é por isso que você vai voltar para casa?

Eu estava tão perplexo, mas agora conversávamos. Eu também a sentia relaxar, percebia que a comunicação funcionava, mesmo que o assunto fosse... complicado.

— Não.

— Ora... — Calei-me, sem saber o que dizer. — Por que, então? Por que quer voltar para casa?

Será que os olhos dela já estavam lacrimejando antes, ou só agora eu estava percebendo? Fosse como fosse, agora eu via, e aquilo me deixou desconcertado, porque Aya raramente chorava, e vê-la daquele jeito fez com que eu me sentisse estranhamente pouco à vontade — como se houvesse ainda mais coisas erradas no mundo do que eu imaginava.

E, é claro, eu tinha razão a respeito disso.

— Minha tia Herit está doente — disse ela.

Era isso. Eis o motivo. Mas precisei de alguns instantes para processar, para entender bem o que ela quis dizer, e meu coração se condoeu porque ninguém sabia melhor do que eu o quanto Aya gostava da tia. Herit a havia criado desde que Aya era bem pequenina. Só uma garotinha. Ela fora a única guardiã que verdadeiramente conhecera, mesmo venerando os pais eruditos e distantes. Enquanto minha relação com meu pai fora sempre... bem, suponho que pode ser descrita como "complicada", a dela com a tia não podia ser mais diferente. Herit sempre mimara a garotinha bonita que tinha chegado de Alexandria. Aya sempre dera orgulho a ela. Bastava olhar para o rosto de Herit quando ela se virava para Aya para reconhecer aquele misto de devoção e fascínio. Eu sabia, porque às vezes também sentia a mesma coisa.

Aya, por sua vez, devotava à tia total respeito e amor. E se de vez em quando Aya dava a impressão de se julgar superior aos contemporâneos em Siuá, certamente isso não se estendia à tia. Nunca a ouvi dizer uma palavra contra Herit. Nunca vi a mais leve centelha de irritação ou desdém ante o jeito simples da tia. Se Herit estava doente, naturalmente Aya estaria arrasada. É claro que ela ia querer voltar para casa.

Mas será que podia? Seria possível, quando estávamos sendo caçados? Será que meu pai iria permitir tal coisa? E...

A percepção me chegou atrasada.

— Espere um minuto... como você sabe? Como sabe que ela não está bem? Ah, não, você não...?

Ela assentiu, em desafio.

— Foi necessário. Eu precisava saber como minha tia estava. Minha esperança era apenas transmitir a notícia de que estávamos bem e ouvir o mesmo em relação a ela em resposta. Jamais esperei saber que ela estava doente. Foi a pior notícia que se pode imaginar.

Minha cabeça girava. No fundinho de minha mente, a figura do meu pai assomava, e tive medo do que ele poderia dizer, apesar de meu ressentimento por ao menos sentir tal emoção. Era insuportável pensar em como ele reagiria — no tamanho de sua fúria caso descobrisse que Aya colocara nossa posição em perigo ao realizar trocas de mensagens. Mas também, eu não devia me sentir assim, devia? Apesar de meu pai, porém, uma preocupação ainda era verdadeira, válida e muito presente.

— *Isso foi perigoso* — explodi. — Como você pôde ser tão...?

Calei-me antes de berrar ainda mais, num esforço para tomar fôlego, lidar com a questão adequadamente. Ela recuou um passo e vi as emoções dançando em seu rosto: desafio, determinação, preocupação por mim; mas, no fim, o desafio prevaleceu.

— Vou voltar para casa — informou Aya com calma, embora sua voz estivesse tingida pela raiva. Senti-me traído e à deriva, e muito preocupado com a ideia de o assassino nos descobrir e talvez matar meu pai, a mim, ou a ela.

— Como você pôde? Você sabe como o homem que nos persegue é perigoso!

— Quer que seu pai ouça você? — retorquiu ela. Pelo visto, minha voz não estava controlada como eu vinha imaginando.

— Ele vai descobrir de qualquer jeito — vociferei, irritado.

— Como? Porque você vai contar a ele? — rebateu ela.

Eu estava desolado e com medo da reação dele, percebi. E furioso comigo pelo medo, e mais furioso com Aya, por conseguinte, porque isso me fazia perguntar se ela teria razão a respeito dele, a respeito do que ele verdadeiramente desejava. Era desolador duvidar de meu pai depois de tanto esforço para me aproximar dele. Em outro mundo, em outra época, em um futuro melhor, talvez Aya e eu ríssemos disso, talvez ela se desculpasse e dissesse que tinha pressionado demais, que não explicara muito bem, e eu diria, "Não, é sério, fui longe demais, tive medo, estava cego. Eu mereci", e tudo ficaria bem no mundo.

Mas não agora. Agora era só a sensação vertiginosa de coisas girando repentina e terrivelmente descontroladas. De todas as esperanças que eu alimentava escapulindo de mim.

— Terei de contar a ele.

— Por quê?

— Ora essa, ele vai querer saber por que temos de partir, para começar.

Ela fez uma careta.

— Talvez não exista caçador nenhum, já pensou nisso? — Ela gesticulou o braço para abranger a colina onde estávamos, nosso acampamento abaixo, o deserto para todos os lados, uma cidade não muito longe dali. — Viu algum caçador vindo nos pegar?

— O que isso quer dizer? Apenas que eles ainda não estão aqui.

— Não virá ninguém, Bayek. É isso que quero dizer. É esta a questão. De qualquer forma, conte a Sabu, se quiser. Não estarei aqui para vê-lo fazendo caretas para mim de novo. Sim, mandei a mensagem meses atrás. Tive uma resposta. Partirei pela manhã.

Ela amava a tia. Muito. Se fosse minha mãe, o que eu teria feito? Respirei fundo, afastei todas as diferenças e concordei com a cabeça. Independentemente das consequências, era uma decisão que só cabia a ela.

— Muito bem.

Ela me olhou, mais branda.

— Partirei pela manhã, Bayek. Isso significa que passarei um tempinho longe. Mas não estarei partindo para sempre.

Sorri também, tranquilizado, mas extremamente cansado.

— Vou contar ao meu pai pela manhã. Depois que você se for — falei.

— Está bem.

53

Quando acordei na manhã seguinte e saí de nosso abrigo, meus olhos foram diretamente para o local onde os cavalos pastavam. O dela não estava ali. Aya tinha ido embora. Pelo caminho, o abrigo de meu pai se agitava levemente à brisa, vazio, e quando olhei para além da colina onde treinávamos todos os dias, eu o flagrei ali, de costas para mim, investindo e rodopiando, sua camisa inflando ao vento.

— Onde está Aya? — perguntou depois que me vesti e me juntei a ele.

Raras vezes ele se referia a um de nós pelo nome. Não durante nosso treinamento. Parecia considerar isso um ato de fraqueza. Nessa manhã, justamente nessa manhã, sua escolha me causou ressentimento.

— Ela saiu para caçar? — continuou ele.

— Não, ela foi embora.

Ele virou a cabeça de repente.

— Foi embora?

— Para casa — informei a ele. — Ela foi para casa. Para Siuá.

— Por que não me contaram?

Apesar de tudo o que eu disse em defesa dele na noite anterior, as dúvidas acabaram se transformando numa reflexão pessoal. O amanhecer trouxe ao meu coração um nível de desafio crítico para com meu pai que eu jamais sentira até então, o qual jamais esperei nutrir. Entretanto, estava presente.

— O que o senhor acha? O senhor teria proibido.

— Teria mesmo.

— Aí está sua resposta.

O foco empenhado em seu treinamento desapareceu, substituído por um lampejo de fúria. Então ele avançou brandindo a espada e eu a aparei com a minha, o choque do metal soando como um sino penetrando o alvorecer indolente. Ele virou o punho e a espada subiu, rápida — rápida demais para mim —, e só consegui bloquear em cima da hora.

O movimento me deixou meio desequilibrado, o suficiente para ele decifrar minha postura, adaptar a própria e avançar novamente, dessa vez com a parte plana da espada, a qual bateu em minha têmpora. Uma leve pancada da ponta abriu um corte mínimo em meu rosto e senti o sangue escorrer pela face, senti seu gosto. Meu pai então trouxe a perna esquerda, plantou-a e se colocou na postura de pernas abertas, com a mão no cabo da espada, a ponta fincada no chão.

Limpei o sangue, mas mantive a expressão neutra.

— O senhor está zangado — falei inutilmente.

Ele virou a cara. Empinou o queixo. Pela primeira vez em toda minha vida, eu me via crítico dele por motivos que nada tinham a ver comigo. Ele havia me atacado por raiva, a única coisa que ele insistia para eu não fazer durante o treinamento.

— Você não me deixou zangado — disse ele depois de uma pausa. — Você me decepcionou. Colocou em risco nossa posição aqui.

— Fiz isso mesmo? — Eu me via ecoando Aya, e assim minha raiva dela se esvaía, assim como a raiva de meu pai se solidificava. — Acha mesmo que ainda estamos sendo caçados? Sabe esta Ordem de que o senhor fala? Por que não mandaram exércitos contra nós, se somos tão importantes para eles? Não seria possível que Hemon fosse o verdadeiro alvo?

Meu pai me fuzilou com o olhar, inflou as narinas, o olhar intenso, mas continuei — não com minha cabeça-quente habitual, mas calmo e metódico. Parecia que eu havia aprendido algo com Aya também, afinal de contas.

— Já pensou que, com ele morto, não somos mais considerados uma ameaça? Ou que talvez o homem que nos caçou no Templo de Khnum tenha dito a seus patrões que estávamos mortos, para assim receber seu pagamento? Quem poderia dizer o quanto ele era diligente como empregado? Existem mil e uma possibilidades a se cogitar, pai. Talvez ele não esteja mais atrás de nós.

— Ele era bom — disse ele, quase para si apenas. Respirou fundo uma vez, depois outra. Controlava a própria fúria. Ouvindo-me, pela primeira vez, finalmente. — Ele era dotado de grande perícia. — Uma expressão cruzou seu rosto, pousando ali como uma sombra, uma expressão que na hora não consegui decifrar. Só mais tarde eu entenderia seu significado.

— Ainda assim, ele não voltou a aparecer — insisti.

— Ele foi paciente.

E nós não tínhamos sido também? Mantendo-nos longe de Siuá, treinando no exílio durante anos?

— Pai, está na hora de voltarmos a Siuá. — Eu estava determinado. Concentrado. Sabia que era o certo a fazer.

Ele não se mexeu. Refletia profundamente.

— Seu treinamento não está concluído.

O mantra foi mais mecânico e por hábito do que por constatação de realidade. Ou assim me pareceu. Mas eu tinha uma crença, aprendida com Khensa e Aya, que me permitira adquirir paz ante tal declaração — sempre havia algo novo a se aprender. Meu treinamento jamais seria verdadeiramente concluído.

— Pode ser concluído lá, em Siuá — respondi, com total serenidade. — Quando eu estiver novamente ao lado de Aya.

— Não, não é conveniente para aqueles que você protege constatar que você não está plenamente treinado.

— Então continuaremos na privacidade. — Dei de ombros. Quase ninguém sabia que meu pai era um Medjay, muito menos eu. E poderíamos muito bem alegar que eu ainda estava treinando como *mekety*. — Siuá está desprotegida. — Declarei a ele a outra preocupação que eu carregara por todos aqueles anos. — Minha mãe se preocupa conosco e está sozinha há tempo demais.

— Estou ciente disto — vociferou ele, mas não havia raiva em sua voz. — No entanto, você deve voltar a Siuá apenas como um Medjay plenamente formado.

O protesto foi fraco, na melhor das hipóteses. Por hábito e teimosia, não muito mais do que isso. De repente, eu conseguia enxergá-lo com muito mais clareza do que antes, e Khensa tinha razão, percebi. Ele me amava. Amava verdadeiramente, muito embora fosse péssimo em me deixar ciente disso com palavras ou mesmo com gestos. Eu suspeitava, apesar de ele não a ter mencionado nem uma vez, que ele sentia mais saudade de minha mãe do que podia suportar.

E ele receava demais o que poderia acontecer comigo depois que eu assumisse o manto de Medjay. Aya tinha razão, de certo modo. Ele estava me estorvando. E, ao fazê-lo, impedia o progresso de todos.

— Então faça isso acontecer, pai. Declare-me um.

Ele me encarou, bem nos olhos. Verdadeiramente, permitindo-me enxergar mais do que jamais mostrara durante uma vida. Parecia mais velho e cansado, mas também, percebi, orgulhoso.

— Você está perto, meu filho. Muito perto. Vejo o quanto ela significa para você. Fui teimoso e sinto falta de sua mãe... — Ele se interrompeu, balançando a cabeça com tristeza. — Treine. Deixe-me pensar. Então talvez possamos cogitar a volta para casa.

Naquela manhã, enquanto treinava, o sol lançando seu olhar em cima de mim, eu refletia. Será que eu treinava para me tornar Medjay ou para ver Aya mais cedo? Poderiam ser as duas coisas — e talvez esses objetivos não fossem tão incompatíveis quanto meu pai acreditava? Eu ainda não tinha certeza, mas me parecia que, um dia, eu poderia equilibrar as duas coisas.

Treinei com mais empenho do que nunca.

54

Aya se orgulhava de ser observadora, mas também tinha muito em mente. Por isso, no início, não deu muita atenção aos homens junto ao bebedouro.

Ela notou a presença deles, mas falhou em reconhecer de imediato a ameaça que representavam. Ela os vira, porém sem verdadeiramente *enxergá-los*. Não registrou as cicatrizes e expressões carrancudas. Não viu o olhar de soslaio deles para seu cavalo nem percebeu as vozes aos sussurros, os lábios umedecidos e os olhos calculistas...

Porque, sim, Aya estava com a cabeça dominada pelos pensamentos. Sentia-se estranhamente indisposta, o que a levou ao receio de que talvez estivesse desidratada. Também havia todos os suspiros e o fato de que vinha repassando sem parar a conversa que tivera com Bayek. Os arrependimentos. Tantas coisas que deveria ter dito a ele ao longo dos anos nos quais treinaram, infeliz por guardar tudo bem fechado dentro de si.

Era estranho, pensou ela, que quase tivesse se esquecido de como se comunicar adequadamente com Bayek mesmo conforme a intimidade entre eles aumentava. E ela pensou que se Bayek estivesse ali ao seu lado, teria dito: "Aya, por que você suspira tanto? Nós vamos resolver isso, sempre resolvemos. Vai ficar tudo bem." E dessa forma ele a faria sentir que suspirar era a última coisa que deveria fazer. Ele teria chamado sua atenção para algo maravilhoso: para qualquer plano que eles tivessem, para algum movimento de combate aprendido naquela manhã, até para algo simples, como uma ave rodopiando pelo céu — o que quer que fosse, Bayek teria feito parecer um milagre. Como ela era capaz de ficar suspirando quando o mundo ao redor possuía tantos tesouros a revelar? Como podia ela suspirar quando eles estavam juntos?

Mas naturalmente não havia Bayek ao seu lado agora, montado em seu cavalo, seguindo o ritmo da planície; nenhum Bayek de frente para ela com a espada erguida, insistindo para que continuasse o treinamento; nenhum Bayek sentado do outro lado de uma fogueira, comendo, entre sorrisos, a caça apanhada naquele dia. E nenhum Bayek para distraí-la de suas preocupações relacionadas à tia, que Aya desejava desesperadamente ainda estar viva, talvez até plenamente recuperada, quando enfim ela chegasse a Siuá.

Pura e simplesmente, não tinha Bayek nenhum. Por isso ela suspirava.

Quem sabe? Talvez suspirar a impedisse de fazer alguma tolice, como voltar. Entre sentir saudade de Bayek e a preocupação com a tia, parecia que sua atenção estava sendo atraída a qualquer coisa que envolvesse um vínculo entre duas pessoas tão importantes: o rosto inocente de uma criança chapinhando no rio em direção à mãe. O hipopótamo com seu filhote. Um casal carinhoso se beijando, um velho num camelo, com seu rosto gentil enrugado, gargalhando de uma piada contada por um jovem que conduzia bois.

E, assim, só havia uma coisa que Aya podia fazer. Ela seguiu sua viagem, cavalgando pela rota do rio, junto às margens do Nilo, onde passou por camponeses que aravam a terra, trabalhadores braçais que de vez em quando paravam, viam-na passar e se perguntavam aonde ela estaria indo, aquela mulher empoeirada com cabelo trançado e um rosto que parecia falar da tristeza.

Até que ela chegou ao bebedouro, onde parou, sedenta e grata pelo descanso.

Ela havia passado a conversar com seu cavalo. Era um lindo capão de pelagem branca, com um temperamento tão bom que ela viera a considerá-lo um verdadeiro amigo. Ali, no deserto, sem dúvida, seu melhor amigo. Ela começara a treiná-lo ainda no acampamento e agora era recompensada por isso. O cavalo atendia ao seu chamado, nunca se desgarrava. Era lindo e inteligente.

Ela foi à beira do bebedouro, que havia sido melhorado com uma borda de tijolos de arenito, e sua montaria a seguiu, alguns passos atrás. Cercando a água, havia vegetação, toda inclinada como se fizesse uma reverência à presença da água, como se homenageasse o líquido precioso.

Não era a primeira vez que Aya, ao chegar a um poço, pensava no oásis em Siuá, na brisa que parecia vir da água, agindo como alívio ao calor opressivo do deserto. Só de estar ali ela se lembrava de casa, de seu destino. Lembrava da tia e de Bayek, o que a fez suspirar mais uma vez.

Enquanto o capão bebia, Aya se sentou na borda de arenito e mergulhou as mãos na água, bem abaixo da superfície, onde era mais fria, depois lavou o rosto, o pescoço e os ombros.

À sua esquerda, estavam os homens com olhos semicerrados, mas ela estava cansada da viagem e morta de sede, e assim não notou olhares de soslaio. Não registrou o fato de que os olhares cobiçosos estavam voltados para o cavalo, enquanto à própria Aya eram olhares de desdém.

Um cavaleiro se aproximava, vindo de longe. Pouco mais do que um ponto preto no horizonte.

Ela encheu o odre, ainda alheia ao fato de que o grupo parecia ter se aproximado. Também não percebera que seus murmúrios tinham parado, substituídos por um cochicho sutil de conspiração. Estava absorta demais saciando a sede, tentando se refrescar, deixando que o capão vagasse para encontrar a sombra de um teixo próximo.

Da cintura, ela sacou um lenço vermelho, mergulhou na água fria e passou no rosto. Por alguns momentos o deixou ali, sentiu que ele se amoldava aos contornos do rosto e depois o tirou, permitindo que caísse molhado na pedra. Uma sombra assomou sobre ela.

— Olá, menina — veio uma voz de trás.

Mesmo um tanto desligada, Aya reconheceu que a voz pertencia a um dos homens e, por instinto, entendeu que seu tom tinha mudado.

Não era o gracejo tranquilo que ele usava com os amigos. Nem o tom educado e respeitoso que um mercador teria usado, um negociante com esperanças de vender mercadorias, nem mesmo um estranho em busca de romance. Ela já havia rechaçado os três tipos ao longo da viagem.

Não, o tom era inteiramente diferente. Havia uma tensão na voz do sujeito que — enfim — fez com que Aya se enrijecesse e notasse, sentisse, com atraso, o *perigo*.

Sua túnica estava fechada por um cinto. Abaixo dela, estava a espada curta que ela usara para treinar durante tantos anos. Aya se perguntou se os homens teriam visto a espada quando ela se ajoelhara. Agora, com despreocupação, ela a alcançava, queria verificar se ainda estava ali, e sentiu a mão direita se contrair, pensando na melhor forma de lidar com a situação: sacar a espada agora, usar como dissuasão, provar que ela era uma ameaça? Não. Eles tomariam como um desafio. A única opção era aguardar a iniciativa deles e só então sacar a arma.

Ainda assim... Os homens tinham um líder, aquele que havia falado, com seu nariz que parecia já ter sido quebrado e jamais consertado como deveria. Ele se aproximou ainda mais, repetindo sua apresentação.

— Ei, menina.

Aya se levantou, de frente para ele.

— O que posso fazer por você? — Ela olhava não para ele, mas para além de seu ombro, para os três homens que estavam atrás dele, retraídos, olhando com cobiça para seu capão.

Ladrões de cavalos. Que os deuses os amaldiçoassem, eram ladrões de cavalos.

Ele levantou um braço, colocou um dedo no queixo de Aya, incitando-a a olhar para ele. Ela permitiu, e assim os olhares de ambos se encontraram por um segundo. Ela o examinou atentamente antes de se afastar.

— Não toque em mim de novo — alertou ela em voz baixa.

— Ora, é simples, não é? — A voz dele soava rouca. — Não crie caso. Vamos levar este cavalo bonito. E talvez façamos só isto.

Sem o capão, ela não conseguiria voltar a Siuá para ver a tia.

— Não podem levar o cavalo.

Mas o líder já gesticulava como dando fim à conversa.

— Que tal se você simplesmente nos der o que queremos? Não seja tão problemática. Cuidaremos bem do animal.

Aya pôs a mão no queixo como quem finge pensar na oferta gentil, mas na realidade estava organizando o raciocínio. Estava de costas para o poço. Sabia que era fundo. Não era boa ideia tentar escapar por ali, e, de qualquer modo...

Não podia se dar ao luxo de se atrasar.

Não, percebeu ela. Não queria isso. Afinal tinha treinado — e não apenas treinado, como também absorvido os ensinamentos dos Medjay. Isso lhe dava alternativas. Uma escolha.

Era seu desejo lutar.

— Vocês vão? — disse ela. — Ou venderão o pobre animal como os ladrões de cavalo que são?

Os lábios do homem se repuxaram sobre dentes sujos.

— Grosseira. — A mão foi à arma na lateral.

Guarde algo como reserva, pensou ela. *Não mostre de imediato o que tem*. Então manteve a espada onde estava, escondida debaixo da roupa.

— Então venha — disse ela —, veremos, não é? Veremos se você consegue tirar meu cavalo de mim.

Ele sorriu. Aya sentiu o fedor de seu hálito.

— Sim, veremos, pois não?

E assim ele avançou.

55

Tão logo ele se aproximou, Aya recuou, depois mudou seu ímpeto e, em vez de se afastar, atirou-se para ele e ao mesmo tempo agarrou seu braço, o qual torceu, ouvindo com certa satisfação o grito de dor do capanga. Em seguida, ela o girou, lançando-o atrás de si e fazendo-o mergulhar de cara na água.

Um movimento perfeito. *Ah, se Bayek estivesse aqui para ver*, pensou. Depois ela soltou um assovio agudo — uma explosão curta, mas penetrante. O capão sobressaltado disparou alguns passos, como fora treinado para fazer, de orelhas baixas. Então parou e se virou, de prontidão, batendo os dentes em alerta para um dos ladrões que tentava se esgueirar para mais perto dele. Ai de qualquer um que tentasse pôr a mão nesse cavalo. Ela sorriu, satisfeita.

Os ladrões não gostaram.

Em um segundo, seu agressor já estava aos berros.

— Peguem-na!

Seus três companheiros avançaram. Aya disparou de lado, calculando mentalmente as possibilidades. O cavaleiro ao longe poderia simplesmente se virar e ir embora. Os homens estavam perto demais. Era hora de lhes mostrar sua espada.

Aya se virou e estava prestes a sacar a arma, mas um de seus agressores foi mais rápido do que o previsto e já estava bem à sua frente. Tinha os lábios repuxados sobre dentes podres e rosnava de fúria. Pela semelhança com o primeiro assaltante que caíra de cara no poço, ela supunha que fossem irmãos, e nesse caso provavelmente estava ávido por restaurar a honra da família, fosse qual fosse o valor de uma família de ladrões de cavalos.

Ele arremeteu, posicionando os dedos como garras para tentar segurá-la, mas os pés de Aya estavam firmemente plantados, o centro de equilíbrio, correto, e ela mergulhou abaixo daquelas mãos estendidas, usando os punhos para esmurrar a barriga flácida dele — *um, dois, um, dois* —, depois girando de lado. Ele se curvou, sem fôlego, a respiração lhe escapando num silvo, justamente quando o segundo homem os alcançou e Aya, ainda abaixada, cravou a mão na areia e girou, dando um chute que acertou as pernas de seu atacante seguinte.

Era isso — seu treinamento em ação. Não apenas uma série de movimentos, mas um jeito de pensar. Ela se sentia confiante. Firme e poderosa. Pela primeira vez, acreditava que seu intelecto tinha a companhia das habilidades físicas e da destreza. Sentia-se forte.

O agressor caiu com uma expressão de choque. Todavia, ela só conseguira reduzir sua investida, e mesmo na areia ele voltou a tentar alcançá-la, agarrando sua perna antes que ela conseguisse se colocar de pé. Ela deu um pontapé. Sua bota acertou a cara do homem, que gritou e a soltou, permitindo a recuperação de Aya, mas retardando seu progresso o suficiente para que o outro homem já estivesse em cima dela. Aya sentiu braços envolvendo seu pescoço.

Atrás deles, o líder enfim saía do poço, com as roupas encharcadas, o rosto contorcido de fúria e ódio. Os polegares pressionavam a traqueia de Aya. Ela sentiu uma cusparada em seu rosto. Aí se jogou no chão, rolando com a base das costas, erguendo as pernas e golpeando, tudo no mesmo movimento, os pés se plantando bem no peito do agressor e fazendo com que os dois caíssem de costas no chão. Funcionou: as mãos dele largaram seu pescoço, e ela desferiu dois socos rápidos na garganta dele — uma doce vingança —, rolando em seguida para a segurança enquanto ele se contorcia de agonia.

Um segundo depois, ela estava de pé e corria para seu capão, na esperança de que um misto de cautela, confusão e uma boa dor à moda antiga desacelerasse o ritmo deles e ela o alcançasse a tempo.

E Aya estava quase lá, prestes a jogar a perna pelo flanco do cavalo, quando o líder apareceu à árvore com uma expressão furiosa, a árvore às suas costas. Do cinto, ele retirou uma faca, praguejando enquanto o cavalo recuava e relinchava, jogando poeira nele. O homem pingava e seus ombros se sacudiam com uma mistura de raiva e falta de fôlego, mas mesmo assim ele desfrutava da reviravolta, passando a faca de uma das mãos para a outra, gesticulando para ela avançar.

— Venha, menina — disse ele. — Venha.

Ela arriscou um olhar para trás. Dois dos ladrões tinham se levantado e estavam posicionados, à espera para ver o que aconteceria junto à árvore. Ela se virou para o líder, ciente de que ainda não havia sacado a espada, mas sabendo que estava na hora — sabendo que agora precisava matá-lo. Não era o que Bayek sempre dizia? Numa situação dessas, mate o líder e o restante vai se dispersar?

Mesmo assim, Aya não queria chegar a esse ponto, apesar de ter sido treinada, preparada para tanto, e muito embora seu inimigo pudesse matá-la sem remorsos. Confrontada com a realidade do combate pela primeira vez, ela hesitou. Sempre acreditara estar sendo treinada para a luta, para se defender e para defender aqueles que amava. Agora entendia que estava sendo treinada para matar. O ato em si... era algo diferente.

"Um dia você terá de fazer", dissera Bayek, e ela sempre torcera para que esse dia jamais chegasse, porém sabia que inevitavelmente viria. E agora ali estava o dia, e a decisão era simples: essa não era uma morte guiada por motivações morais, não havia vingança nela nem uma honra a ser defendida. Ela precisava matar esse homem para sobreviver.

Aya sacou a espada.

Era mais longa e mais traiçoeira do que a faca portada por ele, e era possível que ela tivesse passado mais tempo praticando com esta arma.

— Sei usar isto — avisou ela, tentando pela última vez dar um fim àquela história.

Ele escarneceu.

— Claro que sabe, menina.

Atrás deles, os homens estavam preparados, à espera, e quem sabe o que pensavam? Talvez quisessem ver seu líder vencer. Talvez quisessem vê-lo cair de cara e sofrer a vergonha de ser derrotado em combate por ela, uma mera mulher. Talvez só estivessem curiosos com o desenrolar dos acontecimentos.

Aya o mataria, se fosse preciso. Disso agora sabia. Tinha se acalmado e, tal como tantas vezes discutira com Bayek, agora ela pegava todo aquele medo e mau presságio e o utilizava em proveito próprio.

— Veremos como você luta — disse ele, ainda trocando a faca de mão.

Ela avaliou a postura do sujeito. E ouviu o som um segundo antes de ver a flecha. Ela cortou o ar, passando ao longo de sua orelha e se enterrando no líder, lançando-o de costas. Por um momento, Aya pensou tê-lo atingido no peito, mas percebeu que a flecha penetrara seu manto abaixo da axila e agora o prendia à árvore. Ele estava prestes a se desprender dali quando uma nova flecha chegou, dessa vez do outro lado, também o prendendo na árvore pela túnica. Em seguida, uma terceira — entre suas pernas.

Aya girou o corpo, assim como os outros ladrões, e todos os olhos se voltaram para o homem a cavalo à beira do poço. Um manto cobria a cabeça, protegendo-o do sol, mas ela via olhos escuros com kajal. Ele tinha a expressão de um viajante experiente e sua habilidade com o arco não deixava dúvidas. Ele pegou outra flecha e seu arco oscilou entre o líder preso na árvore e seus três seguidores.

Por alguns instantes, ninguém disse nada.

— Veio salvá-la, é? — provocou o líder, puxando a túnica sem muita força.

O recém-chegado soltou um riso seco.

— Qualquer tolo pode ver que é a você que estou salvando.

Aya, por sua vez, não sabia o que sentir. Gratidão, alívio. O dia em que ela precisaria matar agora estava um pouco mais distante. Será que havia certa decepção em algum lugar por ali? Afinal, ela fora preparada para isso. Estivera disposta a dar esse passo.

— Agora — disse o recém-chegado —, é hora de vocês, homens, tomarem uma decisão: morrer ou partir. Só depende de vocês.

56

Os homens escolheram a segunda opção, correndo atabalhoadamente e partindo com o rabo entre as pernas. Enquanto eles iam embora, Aya conseguiu dar uma olhadinha mais apurada no forasteiro. Ele tinha retirado o manto da cabeça e ela fez o máximo para não estremecer ao ver as cicatrizes em seu rosto. Com os homens desaparecendo num borrão de calor, Aya viu o cavaleiro desmontar e realizar os mesmos rituais que ela fizera: dar água ao cavalo, lavar-se e beber, aparentemente à vontade com o escrutínio dela.

— Você está se perguntando se deve agradecer a mim — disse ele por fim. — Está se perguntando se *precisa* me agradecer, se um agradecimento será o reconhecimento de uma dívida para comigo e que talvez um dia poderá vir a ser cobrada.

Ora essa. Que declaração estranha.

— É possível — disse ela. — Qual é o seu nome, forasteiro?

— Meu nome é Bion.

— Bion de...?

Eis um homem que não traía suas emoções, concluiu ela. O rosto dele estava imóvel e plácido quando veio a resposta. Seria serenidade, perguntou-se ela, ou outra coisa?

— Bion de Faium, antigamente. Agora apenas Bion do deserto.

— Você esteve no exército?

— Muito astuta. Sim, na Guarda Real, os Machairoforoi.

— Foi onde arranjou estas cicatrizes? Onde aprendeu suas habilidades com o arco?

— De fato. — Ele pôs as mãos em concha e fez o mesmo que ela, encontrando a água fria, bebendo, depois jogando nos braços e no rosto.

O lenço de Aya estava jogado de lado no poço. Ao vê-lo usar as mãos no rosto, ela lhe ofereceu o lenço. Independentemente de quem fosse esse homem, era o mínimo que Aya podia fazer para retribuir.

Ele o aceitou, agradeceu em silêncio e usou como toalha.

— Eu também era um dos melhores arqueiros em minha companhia — disse.

— Ainda assim, seu arco parece novo — retrucou ela quando ele terminou de se enxugar.

Ele se sentou, agachado. Sorria, mas para Aya parecia um sorriso vazio. Estranhamente vago. Ele enrolava o lenço dela nas mãos, torcendo, esticando-o.

— Você é observadora — disse ele.

Gostas de água pingaram do lenço na alvenaria. Ele torceu as pontas em torno dos nós dos dedos. O movimento era estranho e Aya se viu tensa, sem saber por quê.

E então ele virou o rosto para ela.

57

Nós nos mudamos, é claro. Nosso novo acampamento ficava entre um trecho de correnteza rápida do rio e dois cômoros que nos protegiam do pior das condições climáticas. Era no alto de um desses cômoros que repassávamos nossas lições matinais, quando eu tentava ao máximo não pensar em Aya, porque pensar nela me distraía de meu verdadeiro propósito, que era aprender e conseguir voltar para ela.

Só os deuses sabiam o quanto eu sentia saudade dela, e a cada dia eu ficava mais frustrado por não estar mais perto de vê-la. Não sei dizer o que meu pai pensava de meu estado de espírito. E sua opinião a respeito da partida de Aya era guardada apenas para si desde aquela nossa conversa. Mas ele vinha trabalhando comigo mais intensamente, testando-me de forma incansável.

Até que um dia fiquei farto. Recuei de um ataque, dei vários passos para trás, recusei-me a aparar um golpe. Era hora de ir embora. Eu ia voltar a Siuá. Com ou sem a aprovação dele. Irritado com meu comportamento, meu pai baixou o braço da espada e vociferou para mim:

— O que foi, Bayek?

Devo ter olhado na direção de Siuá. Antes mesmo que eu falasse, ele soltou um suspiro explosivo.

— Você ainda não acabou. Seu treinamento não está concluído. Estou tentando lhe ensinar o mais rápido que posso, mas...

— Não está concluído, pai? — rebati, guardando a arma na bainha. — Tenho sido treinado há anos, todos os dias, no alto de colinas e debaixo do sol, num novo acampamento, numa base diferente, num novo lugar, e minha dedicação nunca vacilou.

— Vacila agora. Isto eu posso ver.

Nunca haveria treinamento suficiente, agora eu entendia. E não tinha nada a ver comigo. Meu pai tinha medo. Não por ele, não. Ele temia por mim.

— Preciso rever Aya e minha mãe. — Falei da forma mais simples possível, na esperança de que ele abandonasse suas preocupações. Que entendesse.

— Quando você for um Medjay pleno.

— E quando será? Em semanas? Meses? *Anos*?

Ele apontou o corte em meu rosto, que ainda não havia se curado.

— Quando você não for mais suscetível a um golpe desses.

— Quantas vezes o senhor me disse que o aprendizado de um Medjay na verdade nunca termina? — provoquei. Eu não disse a ele que Aya sempre acreditara nisso, que até aprovara quando contei o mantra de meu pai a ela. — Só porque um oponente consegue infligir um corte, não quer dizer que ele possa dar o golpe fatal. Quero fazer isso agora, pai. Quero voltar a Siuá. Quero ver Aya, talvez até alcançá-la, se eu tiver sorte.

Ao dizer isso, endireitei o corpo, aprumei os ombros, o encarei com olhos que eu sabia arderem de determinação e que eu esperava estarem escondendo os sentimentos mais hesitantes que giravam dentro de mim. Eu o amava, mas também me sentia triste por ele.

Meu pai revirou os olhos.

— Você é imprudente. É impetuoso. É motivado demais pelo que está aqui e não o bastante pelo que está aqui. — Ele deu uma pancadinha no peito, depois na cabeça.

Enrijeci o maxilar.

— É verdade, e posso refrear isto. Mas pense bem: não foi minha impetuosidade, minha imprudência, que me levou ao senhor?

Ele soltou uma gargalhada curta.

— Mas você quase destruiu meus planos.

— Seus planos são dar continuidade aos hábitos dos Medjay, estender a linhagem sanguínea, não é verdade?

Ele me olhou, sem confirmar nem negar, e continuei.

— E não foi minha imprudência que realizou isto? Aya acredita que o senhor tolera nosso relacionamento porque vê nela nossa melhor oportunidade de gerar um filho, um futuro Medjay para ser treinado em algum momento vindouro, não estou certo? Por isso o senhor nunca a mandou embora?

Mais uma vez, não houve confirmação. Nem negação. Só aqueles mesmos olhos neutros que eu via fazia tanto tempo. Ocorreu-me então que Aya nos deixou porque o que sentia pela tia era amor em sua forma mais pura e concentrada, e embora o que eu sentisse por meu pai fosse amor também, não era tão descomplicado, tão puro assim. Tinha um padrão estranho indecifrável, e eu passara havia muito da infância. Eu o respeitava, mas sua aprovação não era mais meu objetivo primordial.

Eu tinha perdido algo importante quando Aya foi embora. Algo que significava mais para mim do que conquistar o respeito de meu pai, agora eu percebia. Pura e simplesmente. O amor que Aya trouxera para a minha vida partira, e isso não era algo que eu estivesse disposto a ceder.

Naquele momento, tive total certeza de que ia embora. E daí se não havia sido plenamente treinado para ser um Medjay? Eu era da linhagem sanguínea. Ninguém poderia tirar isso de mim. Tive anos de treinamento. Tinha uma vida inteira para treinar e aprender mais. Talvez — só talvez — eu nem mesmo *precisasse* de meu pai para seguir tal caminho.

E, assim:

— Vou partir — informei a ele. — Chame de ímpeto, de negligência, se quiser. Pode dizer que ainda não completei meu treinamento e talvez eu acredite no senhor. Mas isto — gesticulei para as colinas, a campina, para o rio e as terras mais adiante —, isto não basta. Sinto muito, pai. Queria que o senhor fosse comigo. Mas irei, de qualquer modo.

Ele se aproximou e percebi minha tensão sem saber o que ele pretendia, seus olhos inescrutáveis. Mas o que finalmente vi neles foi uma sofrida compreensão. Um respeito nascente. De algum modo aquilo tomara o espaço entre nós, desde nossa última discussão, na manhã após a partida de Aya.

— Não, você não está pronto — disse ele —, embora não esteja despreparado como antes. Mas reconheço a determinação quando a vejo. Viajaremos de volta a Siuá juntos. Talvez possamos alcançar Aya, e, mesmo que não aconteça, você a verá quando chegarmos. Faça as pazes com ela. Não vou interferir... nem de um jeito, nem de outro.

Em seguida ele se afastou, e havia uma suavidade nele que eu nunca tinha visto.

— Tome — disse ele, enfiando a mão numa bolsa que sempre levava para as colinas, da qual em geral sacava um cantil, oferecendo-me um gole d'água quando já achava que eu tinha praticado o bastante.

Só que agora não era água que ele me oferecia: era um medalhão, diferente de qualquer coisa que eu tivesse visto. Ao mesmo tempo, parecia muito familiar. Até o peso, quando ele estendeu o braço, segurou minha mão e o colocou em minha palma, pareceu um tanto adequado.

— É dado apenas ao verdadeiro Medjay — disse ele. — Quero que seja seu.

Eu o segurei. Atordoado. Anos lutando por aprovação, e, agora que eu havia vencido tal necessidade...

— Isto é seu? — perguntei. — Quer que *eu* fique com ele?

— Você o mereceu. Eu já devia ter-lhe dado a oportunidade de merecê-lo antes. Arrependo-me de minha falta de fé em você. Vejo em você o que no passado vi em mim mesmo. — Ele suspirou, lentamente. — Muitas vezes ainda vejo meu garotinho, em vez de um homem crescido.

A concessão era dolorosa para ele. Olhei o medalhão. Estava em minha palma. De fato, parecia que eu o havia conquistado. Entretanto, ainda não conseguia envolvê-lo em meus dedos.

— E Aya? — perguntei.

— Você não precisa de minha aprovação.

— Mas e se eu precisasse?

Ele suspirou.

— Você e ela desejam coisas diferentes, Bayek, creio que sabe disso. Em determinado momento, talvez você tenha de tomar uma decisão entre Aya e o caminho dos Medjay. Para o seu bem, espero que não. Talvez até ela decida se juntar à nossa luta. Aconteça o que acontecer, e pelo bem do Egito, espero que vocês dois decidam com sensatez. Mas você não precisa tomar esta decisão aqui e agora e, sendo assim, aceite o medalhão que conquistou. Agora você é um Medjay.

Eu o coloquei na bolsa, onde ficou aninhado junto às penas que eu ainda guardava ali, bem como às outras lembranças de minhas viagens.

Mas então, ao levantar a cabeça, prestes a falar, vi que meu pai estava tenso, de cabeça erguida e ao mesmo tempo farejando algo.

Ele arregalou os olhos. Ficou boquiaberto. O ar pareceu crepitar.

— Ele está aqui — disse meu pai.

58

Aconteceram duas coisas ao mesmo tempo: o som de uma flecha e meu pai me puxando consigo rumo ao chão. Nós rolamos, papai empurrando-me feito um saco de grãos para o lado oposto da colina. Vi o sangue e percebi que ele fora atingido, um ferimento no braço, a flecha já quebrada na queda.

Ao pé do morro ele grunhiu, segurou a haste quebrada, tentou arrancá-la do ombro e parou, com um resmungo agoniado.

— Ele farpou a flecha.

Papai fez uma careta, mas quando olhou para mim, o que captei em seus olhos foi algo que eu só tinha visto duas vezes: na noite do ataque de Menna à nossa casa e na noite em que caçamos o matador em Elefantina. Era um olhar de empolgação. Era para isso que ele vinha se preparando. Na ação, seus temores e preocupações desapareciam.

— Ora — disse ele —, parece que nosso homem aprendeu a usar o arco nesse ínterim. O cheiro não mudou.

— Sentiu o cheiro dele?

Ele bateu a mão no meu ombro.

— Por isso você não é um Medjay pleno, Bayek. — Sorriu, nitidamente encontrando um terreno firme, mesmo em perigo.

— Consegue se mexer? — perguntei depressa, consciente de que nosso atacante tentaria aproveitar a vantagem adquirida.

— Consigo andar, consigo correr e consigo brandir uma espada. — Ele gesticulou para nosso acampamento, os dois abrigos em suas estacas, não exatamente um santuário. Mas dentro deles estavam nossos arcos.

Eu ainda não havia me treinado para detectar no vento o cheiro de um inimigo próximo, mas minha habilidade com o arco melhorara bruscamente ao longo do treinamento. Eu era um arqueiro nato — tão bom quanto meu pai, talvez até melhor. Juntos, éramos páreo suficiente para nosso atacante.

— Venha — disse meu pai —, precisamos chegar lá antes que ele dê a volta.

Partimos numa correria. Os abrigos guardavam nossos arcos e flechas, como prêmios diante de nós. Uma cena tranquila. Quatro cavalos pastando na relva que crescia ali, o solo alimentado e enriquecido pela água que corria próxima, onde um barranco descrevia uma descida íngreme ao rio.

Agora, se conseguíssemos alcançar os arcos...

Mas não. O que ouvimos ao dispararmos entre o pé do morro e nosso acampamento foi a aproximação de cascos, e quando olhei para trás, vi o matador.

Enfim. O homem que estivera nos caçando por todos esses anos. Estava sentado ereto, firme em seu cavalo, segurando o arco e a flecha com todo equilíbrio e confiança do melhor arqueiro núbio. Pensei que, se ele adquirira sua destreza nos anos que se passaram, então a aprendera à perfeição, e tal ideia me causou arrepios. A ideia de que ele talvez tivesse passado todos aqueles anos procurando por nós; que meu pai tinha razão e que Aya estava enganada — isto também me causou calafrios.

Ele usava o manto como um capuz. Seus olhos eram escurecidos com carvão, o rosto desgastado estava um tanto marcado, engastado por olhos atentos e duros, e ao vê-los percebi que eu estava acostumado a olhos semelhantes. Vi aquele mesmo olhar todos os dias, durante muitos anos, durante o meu treinamento.

E então entendi. Lembrei-me de um olhar que vi em meu pai e de súbito entendi o que significava. O tempo todo, meu pai sentia que ele e o matador eram iguais. E o motivo para ele dizer com tanta certeza que o matador nunca desistiria era que ele próprio jamais teria desistido. Ele teria abandonado a batalha, reavaliado, aprendido a usar um arco para surpreender sua presa, continuaria procurando. Ele teria concluído a missão; por isso aqui estava o matador — tinha vindo concluir seu trabalho.

E então vi algo mais: no pulso do matador, estava amarrado um lenço vermelho que reconheci no ato.

Pertencia a Aya.

Não tive tempo para reagir. O matador arremessou a flecha.

— Pai! — gritei e talvez meu alerta tenha sido o bastante para salvar sua vida, porque ele deu uma guinada rápida para a esquerda e assim, em vez penetrar seu corpo, a flecha mais uma vez encontrou o ombro, derrubando-o no chão.

Pelos deuses! Agora meu pai tinha uma segunda flecha em seu corpo. E enquanto eu corria para ele, notei seu rosto já perdendo a cor. A túnica estava encharcada de sangue, na frente e nas costas. Naquele momento, entendi que meu pai talvez tivesse encontrado seu igual, e ao pensar nisso, o pavor me inundou como um rio que transborda, levando na água toda minha arrogância e confiança juvenis, revelando apenas o fracasso em suas rochas.

De joelhos, vi o cavaleiro colocar seu corcel perto da beira do rio, já preparando outra flecha. Peguei minha faca, comprada em Zawty a uma vida de distância, levantei-me e atirei. Meu melhor arremesso, ótimo naquelas circunstâncias, e pegou o arqueiro de surpresa, acertando a lateral do manto, o suficiente para derrubá-lo da sela, tombando para trás, levando consigo arco e flecha.

Papai tinha se colocado de joelhos e agora se levantava. Estendi a mão e o arrastei comigo, puxei a espada e parti pela planície até onde o arqueiro estava ajoelhado, perto de nossos abrigos. Ele olhou para cima, viu minha aproximação, meu pai não muito atrás, depois arrancou minha faca que se cravara no lado de seu corpo, ao mesmo tempo tirando o manto e se levantando, desembainhando a espada.

Vi suas cicatrizes. Vi os dentes arreganhados, os olhos frios e desprovidos de emoção. A luz corria pela lâmina da espada. O rio borbulhava e se agitava atrás dele. O lenço que eu conhecia tão bem tremulava em seu pulso.

— Bravo, Medjay — disse ele, um escárnio para a maioria das pessoas, mas os olhos deste homem eram pontilhados de vazio enquanto ele falava, enquanto posicionava a espada para lutar.

Metal encontrou metal com um barulho que ressoou em meus ouvidos. Atrevi-me a acreditar que a ferocidade de meu ataque poderia colocá-lo em desvantagem — que talvez eu até conseguisse pegá-lo de surpresa. Mas não. Ele recebeu o movimento com uma tranquilidade que eu teria achado impressionante, caso não fosse seu adversário.

— *Onde ela está?* — gritei para ele, atacando novamente, brandindo a lâmina, tentando me lembrar de controlar as emoções, sabendo que perder o controle era arriscar-me a perder a luta. — O que você fez com ela?

Ao meu lado, registrei a chegada de meu pai e vi seu semblante se anuviar de confusão. Ele não tinha feito a mesma associação que fiz ao ver o lenço; que nosso perseguidor já vinha nos observando por algum tempo e que vira Aya partir, indo então atrás dela.

Mas e depois? Pelo amor dos deuses, o que ele havia feito com ela?

— Onde ela está? — repeti, sem mais gritar. Ele que pensasse que eu estava enfraquecido pela preocupação. A percepção do matador de que eu estava sem foco seria minha vantagem.

— Bayek, recomponha-se — alertou meu pai ao meu lado, um mantra comum de nosso treinamento, dito sempre que meu temperamento parecia estar levando a melhor. Não me dei ao trabalho de responder.

Enfim fui recompensado pela visão da túnica do matador se avermelhando, tal como ocorrera com a de meu pai. O ferimento que eu havia infligido sangrava muito, e, talvez, se eu conseguisse prolongar a luta por tempo suficiente, ele se enfraqueceria e se cansaria, e sua destreza com a espada não seria de tanta vantagem. Talvez eu até pudesse sonhar em triunfar.

E, então, eu não estava sozinho mais. Meu pai havia se unido à batalha, arremetendo para golpear o matador, suas espadas se encontrando, dois homens que se equivaliam na habilidade com a espada, um tentando encontrar um ponto fraco no outro, uma vulnerabilidade no outro, sondando com ataques, defendendo-se e então partindo para a ofensiva.

Papai estava cansado e, como o matador, sangrava. Os dois tinham um tempo limitado antes de a perda de sangue colocá-los de joelhos, e então — é aí que entra a ligação entre mim e meu pai —, eu poderia avançar para concluir o trabalho.

Mas naturalmente o matador também sabia disso, era endurecido pela batalha e tinha cabeça fria. Sabendo que não podia permitir que os adversários ditassem o ritmo do combate, ele me atraiu, empurrando meu pai para trás com violentos golpes de cima para baixo. Era o tipo de golpe que teria exigido movimentos amplos de qualquer outro homem, mas o matador parecia realizá-los com leves movimentos do pulso. Na outra mão, ele segurava minha faca, escorregadia devido ao sangue dele; se eu avançasse, tentasse encontrar um jeito de contornar suas defesas, ele a usaria para me afastar.

Senti a frustração borbulhando dentro de mim, mas a esmaguei impiedosamente. Éramos dois, ele era um. A batalha deveria ser curta e brutal, mas não encontrávamos um jeito de contorná-lo — sua força, sua determinação e sua habilidade inegável. Meu pai e eu éramos protetores. O homem que combatíamos era um mestre em seu ofício, um matador desalmado, pura e simplesmente.

Vi meu pai. Vi o esforço transparecer num rosto abatido e pálido. Vi a dúvida em seus olhos.

E então aconteceu. O matador abriu um corte em mim. Assim que avancei, caindo na artimanha de um golpe simulado no qual eu jamais voltaria a cair, ele compreendeu minha falta de experiência real em combate e a usou como arma contra mim, sondando por baixo de minha espada com a faca mais curta e, com um gesto, abriu um corte em minha barriga que me fez cambalear para trás, um braço sobre o ferimento. Sua espada cortou meu antebraço. Um golpe, depois outro.

Houve uma pausa, e por um momento a batalha parou e ficamos todos ali, de ombros agitados enquanto recuperávamos o fôlego e vertendo sangue de nossas várias feridas.

— Quem está pagando você? A Ordem? — perguntou meu pai a nosso inimigo. — Podemos pagar mais.

Não gostei de ouvir aquilo. Equivalia a uma confissão de que esse adversário era demais para nós. Ao mesmo tempo, eu via como o orgulho podia levar à ruína, como pagar a um inimigo podia ser prático. Desde que você se certificasse de que não acordaria com uma adaga no peito por isso depois.

— Não trabalho por dinheiro, Medjay — disse o matador, sem qualquer emoção.

— Então trabalha por princípios. Talvez seus ideais estejam mais estreitamente aliados aos dos Medjay do que você pensa.

— Talvez eu não tenha ideais — disse o matador. Seus olhos se voltaram rapidamente para mim e pensei em Aya. Estava prestes a falar quando meu pai me interrompeu.

— Sua missão é me matar, não é isso?

— Minha missão é destruir a linhagem sanguínea, erradicar os Medjay.

Ele confessou isso com tranquilidade. Confiante de que estava perto de seu objetivo. De que nós estávamos acabados.

— Você jamais fará isto. Não pode matar uma ideia.

— Meu empregador discorda — ele avançou —, e seu laço com a linhagem sanguínea é seu ponto fraco.

Não consegui evitar sentir que ele tinha razão. E a luta recomeçou, golpes de espada, fortes e rápidos. A camisa de meu pai estava ensopada de vermelho. De todos nós, ele tinha os piores ferimentos, mas eu também sentia meu sangue quente abaixo do cinto e, quando me mexia, imaginava a ferida se abrindo feito uma boca na barriga, derramando mais sangue, o qual escorria para as pernas e botas, empapando os dedos de meus pés.

Enquanto isso, nosso adversário, parecia lidar com sua dor, mantendo-a oculta por trás dos olhos, se recusando a permitir que ela o derrotasse. O quanto ele estava ferido? Era difícil dizer. Ele avançava, incansável e impiedosamente. Esse era um homem que tinha perseguido sua presa durante anos. Não pretendia parar. Ele avançava, inexorável, implacável, impiedoso, e quando desferiu outro golpe em meu pai, o fim pareceu inevitável.

Eu o vi cambalear — meu pai, o qual eu acreditava que jamais iria sentir o gosto da derrota. Seus olhos, antes brilhantes da emoção pela batalha iminente, agora abarcavam o conhecimento da derrota certa: medo, não da dor ou da morte — embora ambas certamente fossem chegar —, mas do fracasso. Da perda. Mais tarde, eu perceberia que naquele momento em que ele levantou a espada novamente, como quem prepara outro ataque, na verdade agiu sem expectativa de triunfo. Só o que ele podia fazer era tentar me salvar.

Vendo-o tão fraco ali, e pensando em Aya, senti vindo à tona uma fúria que eclipsava qualquer outra coisa que eu pudesse sentir. Uma necessidade de vingança. Uma ânsia profunda de infligir a mesma dor nesse espectro mortal — fazer ao mundo dele o que ele estava fazendo ao meu.

Meu pai viu. Mesmo nas profundezas da derrota, ele conseguiu interpretar a situação e reagir, justamente quando eu me lançava para dar início a um ataque caótico e desestruturado que inevitavelmente resultaria em minha morte. Com um grunhido e uma onda de força, ele se atirou para o lado e me jogou na água. Bati os braços. Caí no rio com uma pancada, afundei, depois retornei à superfície, ofegante.

A correnteza era forte, o rio inesperadamente fundo. Tentei segurar em arbustos para não ser carregado, mas eles escapavam de minha mão. Tentei segurar outros, encontrar apoio e, pelo menos no momento, não me deixar ser arrastado. Ao mesmo tempo, sentia a escuridão cair, como se toldasse meu cérebro, ameaçando me levar, a dor de meu ferimento queimando, e aí olhei para a margem, vi o matador de pé acima de meu pai. Vi sua espada faiscar e meu pai cair de joelhos, depois se atirar de lado. Vi o matador erguer a espada e descê-la, atravessando meu pai.

E então a escuridão que vinha ameaçando me reclamar se fechou. Meus dedos relaxaram nos arbustos e fui carregado, abandonando tudo o que eu fora um dia.

A última coisa que vi foi meu sangue tingindo a água. Meu último pensamento foi pelo pai que eu apenas começara a conhecer de verdade.

59

Aya não queria voltar durante o dia, quando estaria sob os olhos vigilantes de todos os siuanos ávidos por cuidar de sua vida. Mas não foi coincidência que estivesse escuro quando ela se flagrou diante do lugar que vira pela última vez havia o que lhe parecia uma vida inteira.

Entretanto, é claro, nada estava diferente. Montada no cavalo, vendo a antiga aldeia entrar em seu campo de visão, ela quase sorriu ao pensar no local. Todos os outros lugares no Egito vinham passando por uma mudança; na verdade, grande parte do que ela e Bayek tanto discutiram envolvia tais mudanças em seu país. Siuá, porém, resistia. Diante de Aya estava o oásis, a lua ondulando como uma bolacha em sua superfície. Elevando-se para além dali, a cidade em si: a fortaleza, os templos, as lembranças...

Era um lugar que existia em seu passado, representado por Bayek e sua tia Herit, e era um lugar que representava um futuro, que agora ela sabia, no fundo do coração, que não era para ela. Podia ficar alguns anos, ainda assim. Certamente teria ficado ali com Bayek. Mas para sempre? Não.

A aldeia estava silenciosa e adormecida enquanto Aya subia a trilha. Não conseguiu evitar lançar os olhos para a antiga casa de Bayek, perguntando-se sobre sua mãe, Ahmose, sabendo que em algum momento lhe faria uma visita. Também veria Rabiah. Seria um encontro interessante.

As ruas estavam escuras e silenciosas. O único som era dos cascos de seu cavalo. Quando chegou à casa da tia, seu antigo lar, sentiu a respiração presa na garganta ao pensar que finalmente havia chegado — que esse era o fim da viagem —, e então se viu sentada por alguns momentos, tentando se readaptar e lidar com as ondas de lembranças e nostalgia que a invadiam. Havia também o temor de ter chegado tarde demais para ver a tia.

O cansaço a atingiu. Aya sentiu os ombros arriarem, a cabeça tombar para a frente, as tranças pendentes enquanto ela invocava forças e determinação, dizendo a si que precisava fazer isso, que precisava entrar.

E então, com um suspiro fundo e decisivo, desmontou do capão, pegou seu alforje, pendurou no ombro e atravessou até a porta da frente.

Ali, algo havia mudado. Aya sentiu prontamente.

As flores, era isso. Sua tia tinha o costume de sempre exibir flores do lado de fora. Na verdade, a visão de Herit voltando do mercado com um cesto de frutas e flores era tão familiar que, quando Aya se virou e olhou a rua, foi como se aquela figura estivesse impressa no cenário, apesar da escuridão.

Mas não, não havia mais flores do lado de fora. De fato, o exterior da casa da tia parecia meio descuidado. Será que sempre fora assim, ou era só sua imaginação que um dia fora perfeitamente pintado e enfeitado diariamente com flores vibrantes? Ela estendeu a mão, descascou um pouco da tinta com a unha e se perguntou se sua memória estaria lhe pregando peças.

O outro detalhe era o cheiro. Isso sem dúvida não estava em sua lembrança. Nem era um cheiro que ela associasse à infância. Era...

Pelos deuses, o que era isso? Assim que empurrou a lona de lado e pisou em seu antigo lar, o fedor saltou de lá de dentro, obrigando-a a cobrir a boca e, por instinto, procurar seu lenço antes de se lembrar que a peça fora dada a Bion no poço.

Os pensamentos sobre aquele estranho encontro foram afastados pelo cheiro que ela enfrentava agora e, tomando todo o cuidado de manter a respiração superficial, Aya avançou, com a maior cautela e silêncio possíveis. Incensórios bruxuleavam. Filetes de fumaça gordurosa se elevavam na sala. O cheiro era nauseante. Tirando isso, a casa tinha uma atmosfera de vazio.

Ela apagou os incensórios, tentando combinar a presença deles à ausência da tia — por que os incensórios estariam acesos se Herit estivesse morta? — e tentando ignorar a preocupação que lhe tomava as entranhas. Antigamente, ela teria corrido para a rua, batido à porta mais próxima e exigido saber onde estava sua tia Herit. Mas isso só a teria feito parecer uma tola em pânico, e as fofocas... Ah, as fofocas: "Você viu Aya, a menina de Herit, de volta de suas viagens, gritando por todo o canto...?"

Mas não agora. Não a Aya que ela se tornara. Em vez disso, voltou calmamente para a rua, grata por escapar do fedor de óleo queimado quase dominador dentro da casa, virou à direita e foi à casa da vizinha de Herit, Nefru — a melhor amiga da tia.

— Olá? — chamou à porta, depois recuou. O mesmo cheiro, igualmente pungente, na verdade até mais intenso. Era quase insuportável.

— Olá? — veio a resposta, a Nefru da qual Aya se lembrava. — Entre, seja você quem for.

— É... Nefru? — chamou Aya.

Ela levou a mão ao nariz e à boca e passou pela soleira da casa de Nefru, justamente quando esta aparecia a uma porta na área de dormir. Um lampião ardia.

— Aya? É você? — perguntou Nefru, andando pela sala e levantando o lampião para lançar uma luz não só no ambiente, mas também nela mesma.

E, ao ver o primeiro rosto conhecido em tantos anos, Aya quase arquejou, porque parecia um portal para um mundo de lembranças da infância. Esta era Nefru, vizinha de porta de Herit: baixa, meio rechonchuda, com faces avermelhadas que sempre inflavam um pouco quando ela sorria, coisa que acontecia o tempo todo, porque Nefru era muito sorridente. Além de vizinha, Nefru era a melhor amiga de Herit, e as duas — bem, pelo que Aya se lembrava, pelo menos — nunca paravam de rir. Sempre rindo de alguma coisa.

— Será mesmo você?

Nefru parecia quase subjugada. Ela sempre mimara Aya, que por sua vez a adorava. Agora, enquanto aquelas duas mulheres se encaravam, reencontrando-se em circunstâncias infelizes, a emoção as apanhava, as lágrimas dividindo a visão de Aya quando Nefru se aproximou e a tomou nos braços.

— Minha criança, minha criança. Herit vai ficar...

Aya ofegou de esperança.

— Ela está viva? Onde ela está?

— Ora essa, ela está aqui atrás — disse Nefru, apontando a área de dormir nos fundos. — Eu a trouxe para poder cuidar dela aqui.

— E ela está melhor?

— Ela se aguenta, criança, ela se aguenta. Fazemos o possível, eu e o médico.

— Que doença ela tem? — perguntou Aya a Nefru.

— É a tosse — disse Nefru. — Os médicos dizem que os demônios estão nela e a fazem tossir.

Aya olhou em volta, cheia de dúvidas.

— E é o médico que insiste que você tenha todos estes incensórios aqui?

Nefru assentiu solenemente.

— Vai expulsá-los, é o que ele diz. Colocamos na casa ao lado também, para o caso de eles estarem à espreita por lá.

Não estão mais, pensou Aya, mas decidiu não dizer, perguntando em vez disso, "Posso vê-la?"

— Pode, é claro que pode, minha criança, mas tudo em sua hora; no momento, ela está descansando. Dormindo, abençoada seja, e não tem dormido muito, então é melhor não a incomodarmos agora. Mas dê uma espiada. Veja por si mesma.

Depois de Aya olhar o interior do outro cômodo, satisfeita ao constatar que a tia só estava dormindo e não morta, Nefru a levou a uma mesa, gesto que pegou Aya de surpresa. Em sua lembrança, aquela mesma mesa parecia muito maior quando ela a vira pela última vez. Ali, na realidade, era bem menor.

— Você está bem? — perguntou Nefru, sentando-se numa banqueta com um leve rebolado e gesticulando para Aya se acomodar também. — Trouxe aquele seu rapazinho com você? Tem notícias do protetor da cidade? Tenho tantas perguntas para você. Há quanto tempo você voltou? Viu mais alguém? Muitos aqui terão perguntas, isso posso lhe garantir, então é melhor se acostumar a respondê-las. — Ela deu um cutucão em Aya e piscou. — E cuide para ajeitar bem sua história.

Da última vez que Aya se sentara com Nefru e bebera leite, ela era adolescente. Ao fazer isso agora, era uma mulher. Tudo o que enfrentara — as "aventuras", como Bayek e ela costumavam chamar — acabara por transformá-la. Ela saíra uma pessoa e voltava outra. Entretanto, a conversa com Nefru a ajudou a localizar aquela menina que um dia existira. Colocou-a novamente em contato com a moleca curiosa e malandra de que Nefru se lembrava. E assim, ela contou sua história à vizinha, ou melhor, uma versão de sua história, omitindo alguns detalhes mais perturbadores e deixando de mencionar os Medjay e A Ordem, embora tivesse contado que Bayek havia ficado para trás, treinando com o pai para se tornar o protetor da cidade.

— Ele não pode aprender seu ofício aqui?

Aya mordeu o lábio, pensando que contar a Nefru que eles tinham passado anos se perguntando se iriam enfrentar um assassino a qualquer momento, revelar suas dúvidas, revelar a insistência de Sabu em não voltar, independentemente das circunstâncias, não era a melhor maneira de evitar suas preocupações.

— Isso é, hum, complicado — foi o melhor que ela conseguiu dizer.

Apesar da luz baixa, Aya notou que Nefru a examinava intensamente.

— Vocês dois por acaso tiveram alguma briga? — disse a mulher mais velha.

Aya baixou a cabeça. Sabia que acharia difícil falar no assunto. Durante todo esse tempo, ao longo de sua jornada, vinha tentando não pensar em Bayek, convencendo-se de que ele verdadeiramente não entendia, que tudo ficaria bem uma vez que eles sossegassem e conversassem direito — ela não podia chorar agora. Mas então ela estava assentindo, torcendo para que fosse o bastante para satisfazer Nefru, ah, mas agora seu lábio inferior tremia e no instante seguinte ela estava nos braços de Nefru, enroscada, procurando conforto.

— Sinto falta dele, Nefru, sinto tanta saudade dele. — *Estou preocupada com ele*, era o que ela verdadeiramente queria dizer, *com medo de que o matador esteja mesmo atrás dele e que eu estivesse enganada.*

— Pronto, pronto, criança — disse Nefru. — Pronto, pronto...

Depois de um tempinho, Aya controlou as emoções e pigarreou, levantando-se quando ela e Nefru se desvencilharam.

— Ficarei na casa ao lado, então, enquanto estiver aqui. — Nefru jamais perguntara quanto tempo ela pretendia ficar. — Quando você espera voltar a ver o médico?

— Ele disse que voltará em dois dias — respondeu Nefru.

— Entendo — disse Aya. — Enquanto isso, então, vamos nos livrar destes incensórios.

— Ah, minha criança, tem certeza de que sabe o que está fazendo?

— O cheiro é horrível, Nefru. Como você consegue suportar?

Aya balançou a cabeça, torcendo o nariz enquanto Nefru franzia a testa, confusa.

— Mas Aya... foi o que o médico disse que vai expulsar esta enfermidade dela.

— Ora, não sou médica — disse Aya —, mas o cheiro é sufocante e não vejo como pode fazer bem a alguém. Vamos levar os incensórios para fora.

Aya oscilou um pouco, ainda tonta da viagem e por causa do cheiro, e Nefru estendeu a mão para segurá-la, abrindo um sorriso lento.

— Num minuto são lágrimas, no outro manda em mim. Não há dúvida nenhuma, minha criança: você voltou. Isto é certo.

60

Quando Herit acordou na manhã seguinte, houve outro reencontro choroso. Algumas horas depois, Aya lhe contou a mesma história contada a Nefru, em seguida despachou a amiga da tia para buscar mantimentos (sabendo muito bem que a notícia logo ganharia as ruas de Siuá, pois Nefru adorava uma fofoca). Igualmente perceptiva, Herit tinha discernido que as coisas não tinham acabado bem entre a sobrinha e Bayek, e, pela segunda vez, Aya se viu procurando consolo num abraço e nas palavras reconfortantes da tia, que ficou repetindo que todos os jovens eram dramáticos, que tudo ia ficaria bem, que bastava esperar e raciocinar direito. A familiaridade reconfortante de sua tia a transportou a uma infância não corrompida por matadores e ideologias antigas.

Aya preferia isso, concluiu. Naquele momento, gostava muito mais do passado do que do presente.

Logo Nefru estava de volta e entrou no quarto onde Herit estava deitada numa esteira, sob os cuidados da sobrinha. Aya tinha retirado as tapeçarias que cobriam as janelas — como os demônios poderiam escapar com aquilo ali, ela não sabia —, deixando entrar o ar fresco e fazendo o máximo para expulsar o restante do cheiro do óleo vegetal nocivo recomendado pelo médico.

— Ora essa — exclamou Nefru —, você já parece melhor. — Ela voltou sua atenção para Aya, insistindo em levá-la à janela para poder vê-la "à luz do sol pela primeira vez desde que, sabe-se lá, só os deuses teriam como dizer". Sentindo-se um pouco melhor, Herit também se levantou um pouco e por um momento Aya se viu cercada para a inspeção das duas.

— Ela não está linda, Herit? — falou Nefru.

— Sim, está. Igualzinha à mãe...

— E à tia — disse Aya, sorrindo, juntando-se a elas.

— Imagine só... — disse Nefru, olhando mais atentamente. Suas bochechas coradas ficaram tão próximas de Aya que dava para ver as veias entrecortadas enquanto Nefru a examinava. — Você está meio pálida, minha criança. Não tem nenhum problema dar conselhos a mim e a Herit, mas você precisa se cuidar melhor, pelo jeito.

Era verdade. No deserto, Aya ficara um tanto nauseada. E ainda que tivesse afugentado a preocupação de Nefru, a verdade é que ainda sentia náuseas — provavelmente os resquícios daquele óleo horrível, concluiu.

Culpa do fedor e também, disse a si, provavelmente de seus nervos. Afinal, ela dependera do talento de Nefru para espalhar fofocas a fim de atenuar o golpe de sua volta a Siuá; enfim ela podia andar pelas ruas. Mas isso também significava que Ahmose, mãe de Bayek, esperava uma visita, e partir sem vê-la seria considerado desrespeitoso. Não havia dúvida disso: tinha de ser feito, e o quanto antes, melhor. Tinha de ser feito esta manhã.

E assim, quando Herit e Nefru terminaram de inspecioná-la, Aya deixou a relativa segurança e o santuário da casa de Nefru e tomou as ruas de Siuá.

Ver Siuá banhada pela luz do sol em nada ajudou para acalmar seus nervos e, naturalmente, não lhe escapou que as pessoas nas ruas literalmente estavam parando para encará-la. Então, de súbito, parou diante dela seu amigo de infância Hepzefa.

Talvez fosse porque eles eram muito mais jovens quando ela e Bayek partiram, mas onde Nefru e Herit de certo modo pareceram conservadas pelos anos, Hepzefa tinha crescido.

Ao vê-lo parado à sua frente, com um sorriso largo e os braços abertos, Aya lembrou-se de Bayek. E por um segundo o abalo da lembrança súbita de Bayek ameaçou estragar o reencontro. Mas então os dois estavam nos braços um do outro, e mais uma vez Aya continha as lágrimas — dessa vez, de alegria.

Ela contou a história ao seu velho amigo — com a promessa de mais detalhes depois.

— Quais são as novidades em Siuá? — perguntou ela, e Hepzefa deu de ombros e riu como quem dissesse "nada de mais, a vida continua". Sennefer iria gostar de vê-la, disse ele, e ela prometeu reservar um tempinho para os dois. Antes, porém, havia a pequena questão de...

Ela empinou o queixo para a rua que dava na casa, seu destino, assentada ali como uma leoa.

— Como ela tem passado, você sabe?

— Ahmose? — disse Hepzefa. — Como sempre. Num minuto cria caso, no outro fica reservada. Se a notícia que você tem para dar a ela é boa, então creio que você vai ficar bem.

Aya não tinha certeza disso.

Com promessas de ver Hepzefa mais tarde, Aya continuou em seu caminho, andando pela rua até chegar à casa de Bayek.

Era estranho, enquanto todos os outros lugares de Siuá eram um depósito de lembranças, esse era a exceção. Sabu nunca aprovara de fato o relacionamento entre Aya e Bayek, sendo assim raras vezes ela vinha à casa dele, e mesmo assim era só para dar seu assovio costumeiro, ao qual Bayek costumava responder aparecendo. Mas Ahmose nunca mostrara nenhuma animosidade para com ela, lembrou-se Aya. Na maioria das vezes ela sorria e acenava um cumprimento antes de Bayek se juntar a ela.

Porém, ali estava Aya, pronta para fazer algo inédito: bater à porta da casa de Bayek.

— Entre — veio a voz de dentro. — Eu me perguntava quanto tempo demoraria.

Aya se preparou, entrou, e lá estava ela, Ahmose, aguardando empertigada numa banqueta, a boca rígida. Ocorreu a Aya que ela também estava conservada, como Nefru e Herit — como se o tempo não tivesse passado para ela —, embora sua casa arrumada fosse mais espaçosa.

— Você não os trouxe de volta, então? — disse ela, sem convidar Aya a se sentar. Ela olhou a visitante de cima a baixo, um tanto simpática, mas sem parecer acolhedora.

— Não — disse Aya.

Ahmose digeriu a notícia, embora naturalmente não fosse novidade. Talvez precisasse ouvir dos lábios de Aya.

— Como eles estão? — perguntou ela por fim.

— Estão bem. Os mesmos de sempre.

Ahmose deu um pigarro.

— É mesmo? Não era o que eu queria ouvir. Quando você diz algo que *pensa* que quero ouvir, está me dizendo exatamente o que *não quero* ouvir. Que tal me contar a verdade?

Aya ficou sem saber o que dizer ou como reagir. Ela se lembrava de Ahmose como uma mulher formidável, mas não se recordava dela sendo tão franca; por um momento, não soube o que responder. Mas a outra estava certa, e Aya não podia fazer menos por alguém que havia passado tanto tempo separada de sua família. Tal percepção a deixou sem palavras, desarticulada pela enormidade da situação.

Então, felizmente, Ahmose abriu um sorriso.

— Peço desculpas — disse. — Eu só esperava que... bem, você sabe o que eu esperava. — Ela se levantou, atravessou a sala e acolheu Aya num abraço caloroso. — Querida Aya, você está ainda mais forte e mais bonita do que quando partiu — elogiou. — Nem imagina como é bom ver você de novo depois de todos esses anos.

Agora finalmente vinha o convite para se sentar — bem como para recomeçar.

— E não me diga que eles estão os mesmos de sempre, por favor.

— Eles não estão, Ahmose, não. Seus dois homens se tornaram pai e filho.

Era a verdade, e uma boa verdade, afinal.

— Ele amadureceu, não foi?

— Está treinando para ser Medjay.

Aya não ficou surpresa quando Ahmose não demonstrou a mais leve reação à palavra, embora o olhar irônico tenha feito a jovem piscar de confusão.

— Ah, não, querida; eu não quis dizer Bayek...

Aaah. E assim, mais uma vez, Aya contou sua história — agora, deixando menos detalhes de fora.

61

A próxima parada era para ver Rabiah, e assim Aya atravessou a aldeia, mais uma vez submetendo-se aos olhares curiosos de Siuá, aos cochichos sob as mãos, aos cumprimentos que ela rejeitou, alegando ter assuntos importantes a tratar enquanto seguia para sua próxima escala.

— Olá, menina — disse Rabiah quando Aya chamou à porta.

— Não me diga: você já estava esperando que eu aparecesse — disse Aya que, apesar do calor geral da recepção, começava a se cansar de ser o rosto de volta a Siuá. — E então, o que a fez pensar que eu viria vê-la?

Rabiah deu de ombros.

— Você sem dúvida tem perguntas.

Aya negou com a cabeça.

— Na verdade, não. As perguntas que eu tinha foram respondidas lá fora. — Ela apontou para trás com o polegar.

— É mesmo?

— Está bem — concordou Aya —, talvez existam algumas coisas que eu gostaria que você respondesse. Por exemplo: você acha sinceramente que Sabu partiu por causa de Menna?

— Eu nunca soube o motivo — respondeu Rabiah. — Sabia que era perigoso, só isso. Foi o que Sabu me disse.

Aya a olhou atentamente, concluindo que a outra dizia a verdade. Ou melhor: não escondia nada além desta verdade.

— E então? — pressionou Rabiah. — Sabu foi chamado para lidar com Menna?

— Não, mas Bayek e eu fizemos conforme você sugeriu e encontramos os núbios, que conseguiram dar conta de Menna.

Rabiah então se recostou um pouco na cadeira, tombando a cabeça para trás, olhando o teto. Seus olhos enevoaram, e ela pareceu se livrar de um grande peso, como se o alívio tomasse seu corpo.

— Então acabou.

— No que diz respeito a Menna, sim.

— E os núbios? — perguntou Rabiah incisivamente, voltando a atenção a Aya, mas ao mesmo tempo se lembrando de suas boas maneiras; nuances de Ahmose. — Venha, menina, sente-se. Gostaria de uma água? Vinho?

— Já bebi líquido o suficiente para um dia, obrigada — disse Aya.

— Então continue... os núbios?

Rabiah ficou ouvindo atentamente enquanto Aya dava notícias a respeito de Khensa, Seti, Neka e o restante da tribo. Ao saber que os núbios tinham sido reduzidos pela guerra contra Menna, ela franziu a testa com tristeza, empertigando-se ao saber sobre Khensa.

— Não existem muitos iguais a ela — comentou.

— Devemos muito a ela.

— E o que foi feito deles, dos núbios?

— Tivemos de nos separar. Sei que eles pretendiam sair de seu lar em Tebas, e só os deuses sabem o quanto eles deviam desejar isso. Estarão viajando. Sem dúvida teremos notícias deles no devido tempo.

— Mas Menna não foi o motivo para a partida de Sabu?

— Não.

— Então o que foi? — perguntou Rabiah com cautela. — Qual era o perigo?

— Uma ameaça aos Medjay — disse Aya. — Conhece A Ordem de Alexandria?

— Já ouvi falar deles.

— Parece que estão caçando os Medjay.

— Entendo — disse ela.

— Não tem nada a dizer a respeito disso?

Rabiah deu de ombros.

— O que eu teria a dizer?

Aya se levantou, exasperada, pensando.

— Você sabia deles, Rabiah? Sabia que ia acontecer?

Ao dizer isso, prevendo a resposta, ela se perguntou quanta raiva deveria sentir por estar sendo usada por Rabiah a fim de viabilizar algum plano maior.

A mulher a observava atentamente. De súbito, deu uma gargalhada breve.

— Você é parecida com Ahmose em alguns aspectos, Aya. Ela está sempre me acusando de saber mais do que sei. — Ela gesticulou. — Como se eu tivesse truques na manga.

Aya ergueu uma sobrancelha, sentindo-se unida a Ahmose neste aspecto. As pessoas pensavam isso de Rabiah porque esta, com frequência, sabia, sim, mais do que os outros.

— Acha que consigo enxergar o futuro? — continuou a senhora. — Quem dera fosse assim. Não, infelizmente, não possuo tal dom. Simplesmente um desejo de manter os hábitos dos Medjay e a noção de que fazê-lo envolve proteger esses templos.

— Os templos estão guardados.

— Não pelos Medjay. Esta cidade precisa de seu protetor. Precisa de Sabu. Precisa de Bayek.

— Bem, no momento não parece ter nenhum dos dois. — Aya sabia que estava sendo desnecessariamente franca, mas, pelo visto, Rabiah estava acostumada à franqueza. Aya se lembrou de Ahmose e de suas viagens — e de como tinha crescido e mudado desde a última vez em que estivera em Siuá.

Rabiah assentiu, lhe concedendo razão naquele aspecto. Depois acrescentou:

— Mas um deles voltará, ou ambos.

— Como pode ter tanta certeza?

— Da volta de Sabu? Não tenho. Mas Bayek. Ah, ele voltará. Ele voltará porque você está aqui.

— Sou uma isca, é o que quer dizer?

Rabiah jogou os braços para cima, frustrada.

— De novo! Como eu poderia controlar sua presença aqui, menina? Você veio espontaneamente. Fico lisonjeada que diante de vocês eu pareça um dos deuses, manipulando todos vocês, mas na verdade não sou, como sabe.

— Acontece que tem funcionado desse jeito — disse Aya, cansada de repente. Anos de fuga cobravam seu preço, e o que no mundo lá fora soara como um nível natural de desconfiança, de súbito parecia sem propósito ali, na pequena e segura Siuá.

E agora Aya sentia uma mistura odiosa de emoções que não conseguia identificar muito bem: náusea, repulsa, indignação, frustração, ansiedade. Então se viu saindo da casa de Rabiah, dispensando a cortesia habitual e quase cambaleando para a rua, a senhora chamando-a, preocupada, até que Aya a rejeitou com um gesto, alegando cansaço.

Em sua caminhada para casa, ela se sentiu piorar. Lembrou-se do ataque no oásis, do momento em que se dera conta de que mataria para se defender. Reprisou na mente aquele momento pouco antes de as flechas do cavaleiro atingirem seu alvo. A certa altura, ela cambaleou e buscou apoio numa mureta. Seus pensamentos giravam. Aya se perguntava se essa sensação de que os acontecimentos estavam fora de seu controle, mesmo em Siuá, seriam a causa da agitação em seu estômago, da vertigem que ameaçava colocá-la de joelhos. Detestou sentir isso quando viajou com Bayek e seu pai, e continuava a detestar agora. Ouviu alguém chamar seu nome e viu uma figura — que brevemente pensou ser o matador. Mas não, era só seu velho amigo Sennefer. Aya não tinha energia para parar e conversar, de modo que abriu um sorriso fraco a ele, mas balançou a cabeça, ávida para correr para casa.

Enfim chegou lá, e quase caiu enquanto entrava, queria desesperadamente se deitar. A construção estava às escuras, e ela, desorientada, os braços e pernas bambos e trêmulos depois da tempestade de emoções que a atingira na rua, e ela precisou de um segundo para perceber que havia alguém de pé ali. A figura de um homem.

— Bayek — disse ela, mas não era Bayek. Era ele, Bion, o homem do poço.

O que ele está fazendo aqui?, perguntou-se Aya vagamente. Mas seu estômago se revirou, o ar ganhou um cheiro estranho e sua visão embaçou. O ar pareceu lhe escapar, e tudo começou a tombar lentamente. Ele vinha na direção dela, com algo vermelho na mão. *Meu lenço*, pensou ela. *Ah, que bom. Senti falta do meu lenço.* E então sentiu os pés sumirem, viu o chão se precipitar ao seu encontro, sentiu braços fortes a aparando. E então, mais nada.

62

Depois da luta, enquanto Bayek era arrastado pelas águas e Sabu jazia derrotado em terra, Bion se ajoelhou, ofegando, de cabeça abaixada, exausto e sentindo dor, escutando...

Nada.

Silêncio. Nem mesmo o canto das aves que circulavam no alto. Até o sangue que zunia aos seus ouvidos tinha diminuído. Mas agora o corpo de Sabu estava prostrado aos seus pés, o que significava que sua missão estava perto de um encerramento.

Logo a matança teria um fim.

E ele poderia encontrar a paz.

Mas aí ele ouviu outro barulho. Vinha de Sabu, de sua respiração laboriosa. Do seu peito, projetava-se a espada de Bion — o assassino não correra riscos e prendera o Medjay na terra como uma borboleta. O sangue espumava da boca, e parecia que os olhos de Sabu ficavam recuperando e perdendo foco enquanto ele tentava fixá-los em Bion, tentando ver o rosto de seu assassino antes de morrer.

Também sentindo dor, Bion se remexeu ligeiramente, fazendo uma careta devido ao ferimento no lado do corpo, a fim de olhar Sabu de cima.

— Seu nome — disse Sabu, fraco. Bion assentiu gravemente, como quem outorga dignidade a quem derrotou.

— Meu nome é Bion. Fui enviado pela Ordem para matar você e seu parente... mandado por uma autoridade da Ordem chamado Raia. É conhecido seu?

Sabu negou com a cabeça, gesto que lhe causou mais dor. Fechou os olhos para se recuperar, e quando voltou a abri-los, sua visão mais uma vez pousou em Bion, que ali não identificava nem ódio, nem raiva, só a tristeza profunda que espelhava a dele. Ele se perguntou se Sabu teria suas cicatrizes por dentro e se ele também estaria exausto de tanta matança; se havia parte de Sabu que acolhia a partida dessa vida.

— Onde ele está? — perguntou Sabu.

— Seu menino? Em algum lugar.

— Morto? — conseguiu dizer Sabu.

O matador abriu as mãos.

— Quem sabe?

— Ele é um menino forte. — Sabu sorriu com certa tristeza.

— Você ensinou bem a ele, Medjay — disse Bion, estendendo a mão para afastar uma mecha de cabelo dos olhos de Sabu. — Observei vocês de longe. Vi você lhe passar o medalhão. Você sentiu que a educação dele estava concluída, eu sei. Você lhe entregou o manto de Medjay.

— Eu dei a ele uma sentença de morte, não? — disse Sabu.

Bion balançou a cabeça.

— Não, isto já estava definido. A Ordem de Alexandria decretou que os Medjay e sua linhagem sanguínea deveriam ser extintos. Quando meu trabalho estiver concluído, apenas adeptos e impostores irão se intitular Medjay. A Ordem não terá o que temer. A era da dominância será ininterrupta.

— E isto lhe serve bem, não é?

Bion deu de ombros, o próprio gesto provocando dor e fazendo-o estremecer.

— Não, não me serve bem. Não faço nada além de obedecer aos meus senhores. Eu mato. Só isso. Matei seus amigos. Matei seu mestre Hemon e o ajudante dele, Sabestet. — Ele apontou para a espada que prendia Sabu no chão. — Desferi seu golpe mortal e em breve matarei seu filho para concluir minha tarefa. Nada disso *me serve bem*. É simplesmente o que faço.

— Primeiro você terá de encontrá-lo — disse Sabu. Forçou um sorriso. — Não será uma tarefa fácil.

Bion viu Bayek sendo carregado pelo rio. Mas era mais sagaz do que Sabu pensava. Sabia que Bayek, caso estivesse vivo, tomaria o rumo de Siuá.

Porém, não havia motivo para dizer a Sabu que ele sabia dessas coisas. Que o homem tivesse suas falsas esperanças enquanto fazia a travessia para o outro lado; que se entregasse aos deuses tendo a fé como companheira. Ele não disse a Sabu que teria de recuperar o último medalhão para levar a Raia, completar a missão e findar a matança. Não disse porque, simplesmente, Sabu já tinha o suficiente com o que lidar. Seus momentos derradeiros de vida.

Em vez disso, Bion falou:

— Você foi um adversário ótimo e digno, Medjay, um grande guerreiro. Estou certo de que não precisa que eu lhe diga isso. Leve isso aos seus deuses. Saiba que você serviu ao seu credo, à sua família e à sua... — Estava prestes a dizer "cidade", mas se deteve. — Você se portou à altura. Tem razão, Medjay, talvez eu nunca encontre seu filho. Talvez nunca complete minha tarefa. Pode levar com você o consolo de que tornou meu trabalho muito mais cansativo do que poderia ter sido. Adeus. — E então, agachou-se, decidindo, como sinal de respeito, aguardar pela partida de Sabu para só então cuidar das próprias feridas.

O Medjay levou alguns minutos para morrer. Mas, quando enfim se foi, suas pálpebras palpitaram pela última vez, um último suspiro escapou suavemente e sua cabeça virou de lado.

Bion verificou se o Medjay estava morto, pegou a espada, largou o corpo para servir de carniça e fez um curativo em seus ferimentos antes de voltar ao cavalo e partir em direção a Siuá.

63

Por quanto tempo fui levado pela água? Eu não fazia ideia. Em que forma eu estava quando o casal de idosos me retirou do rio? Também não sei. A única coisa que eu sabia era que estava deitado numa esteira, no entanto o chão não parecia firme debaixo de mim. Era como se estivesse... sim, isso mesmo, em movimento.

O que veio a seguir foram momentos de desorientação, depois uma dor lancinante no braço e na barriga, cada pontada dolorosa fazendo com que eu me lembrasse da lâmina dele, reluzindo ao sol. Pensei em seus olhos pintados de kajal, mortos; nas cicatrizes na face que pareciam brilhar como vermes brancos. Pensei no lenço vermelho e tentei me levantar, sendo jogado de volta, apunhalado pela agonia que parecia me perfurar.

O pensamento em Aya permaneceu comigo, ancorado à base de meu crânio, enquanto eu combatia a vertigem que impedia minha capacidade de raciocinar e entender onde eu estava de fato. E então, com uma reação atrasada da qual quase me envergonho, lembrei-me de meu pai. Tive novamente a visão que me seguira enquanto eu era arrastado pelo rio, sangrando, levado para longe da cena da batalha: uma espada que se erguia, brilhando de maneira quase bela ao sol, depois descia, mergulhando na carne de meu pai.

Ele tivera suas preocupações a meu respeito, as quais expressara como dúvidas quanto à minha aptidão como Medjay. Eu sabia que era uma preocupação paterna que ele jamais conseguiria articular, mas que também havia criado uma distância entre nós. Uma distância que eu tinha lutado para diminuir nestes últimos anos. No fim, creio que mais por este motivo do que por qualquer outro, nunca nos conheceríamos como amigos, mas de certo modo finalmente nos tornáramos pai e filho e ele me ensinara a ser um Medjay. Pretendíamos voltar a Siuá juntos, onde eu por fim assumiria o manto de protetor da cidade, e então talvez a amizade poderia ter sido desenvolvida com o tempo. Quem sabe? Talvez não.

Uma coisa era certa: agora eu jamais saberia.

Onde estava o medalhão que ele me dera? Eu não tinha certeza, mas sabia que no momento não importava. A não ser que eu estivesse muito equivocado, eu era o último Medjay.

A existência dos Medjay de agora em diante dependia de mim. Mesmo com o luto me assombrando, era um raciocínio que me dava fundamento e sobriedade.

Depois de algum tempo, tive consciência de outra presença no... bem, eu não chamaria de quarto, era mais um espaço. Fosse como fosse, percebi que não estava sozinho. Levantando a cabeça para olhar para a ponta da esteira, vi um homem que agora falava.

— Olá — disse ele.

Ele se pôs sob a luz e, para meu alívio, não era o assassino de meu pai. Era um homem muito, mas muito mais velho, e se postava um tanto recurvado, como suponho que seja quando alguém faz de um barco seu lar. Usava uma túnica branca e o cabelo estava preso atrás por uma faixa que atravessava a testa. Junto dele, à esquerda, estava uma mulher que deduzi corretamente como sua esposa. Parecia agitada, mas preocupada e, enquanto eu olhava, dera uma cotovelada no sujeito para que ele avançasse um passo e os apresentasse; eram Nehi e Ana, marido e mulher, proprietários e moradores do barco onde eu estava deitado, o qual usavam para pescar e transportar mercadorias rio acima e abaixo.

— Sente-se melhor? — perguntou a mulher.

Sua voz era gentil e tranquilizadora como a do marido. Lembrou-me de minha mãe no que havia de mais reconfortante, e esse mero pensamento provocou uma onda de saudade de casa, mais aguda e mais dolorosa do que qualquer um de meus ferimentos.

— Onde estou? — perguntou.

E eles me contaram. Disseram-me que moravam no barco e que estavam viajando para o norte, que, eu sabia, significava meu lar, e que eles tinham me encontrado na água, gravemente ferido.

— Parecia que você esteve nas guerras, meu jovem — disse Nehi.

— Pensamos que estivesse morto — concordou Ana.

— Cuidamos de você o melhor que pudemos — disse Nehi, esclarecendo rapidamente: — Mas você não nos deve nada, é claro, não queremos saber disso.

— Então nenhuma gratidão minha a vocês é suficiente.

Em seguida veio a pergunta: quanto tempo fazia que eu estava ali?, e eles se entreolharam, fazendo caretas, dando de ombros.

— Não muito tempo — disse Nehi. — Só quatro noites.

Tentei pensar. Isso significava que o matador, quem quer que fosse, tinha quatro noites à minha frente.

— Se me levarem ao norte com vocês, então creio que ficarei.

— A que lugar?

— Minha cidade natal. E à mulher que eu amo. — Interrompi-me, não estava disposto a colocá-los em perigo mencionando os Medjay. — Minha vida.

Eu esperava que tais respostas não fossem contraditórias. Seja como for, sabia que precisava chegar a Siuá.

64

— Eu só queria devolver seu lenço — disse Bion quando Aya despertou e o encontrou parado acima dela. — Você deixou cair.

Ela precisou de alguns instantes para focalizar, nervosa por ter um homem em sua casa sem que ela o tivesse convidado a entrar, cautelosa daquele modo que qualquer mulher ficaria. O cheiro esquisito tinha passado, pelo menos, mas ainda assim ela se lembrava dele.

— Sua vizinha disse que você voltaria logo — disse ele. — Ela sugeriu gentilmente que eu esperasse por você aqui.

Agora ela se levantava devagar, testando seu equilíbrio, procurando não ficar em desvantagem.

— Minha tia... — começou ela.

— Sim — disse ele, assentindo em reconhecimento —, estive falando com Nefru. — Ele abriu um leve sorriso, mas seus olhos jamais se alteravam. — Contei a ela sobre nosso encontro no oásis. Ela me contou tudo.

Aya sorriu com cautela, voltando a uma atitude mais serena, fazendo o máximo possível para ocultar o turbilhão em seu interior.

Por quê? Por que ela quereria evitar a companhia desse homem? Era uma boa pergunta, a que ela não sabia responder. Afinal, estava ciente de que não tinha nada a temer em relação a ele. Ainda assim, por outro lado, talvez tivesse, porque havia algo dissimulado ali. Sem dúvida ele tinha algo diferente. Algo que a deixava pouco à vontade. Ela não evitara se perguntar se os ladrões de cavalo no oásis talvez a tivessem encontrado porque alguém lhes contara que ela estivera ali. Alguém que a seguira até o oásis. E depois a Siuá.

— Quanto tempo fiquei...?

— Alguns instantes — disse ele. — Eu a apanhei e a deitei para lhe dar água. — Ele apontou um copo numa banqueta. — Você voltou a si antes que fosse necessário procurar mais assistência na casa vizinha.

Nada fora mexido, notou ela, olhando despreocupadamente o copo e o aposento. Respirou fundo mais uma vez, como se tentasse clarear os sentidos — nenhum cheiro ainda. Mantenha as coisas normais, sutis e familiares, lembrou-se ela. Deixe que ele pense que está desprevenida. Pode estar enganada. Mas também pode estar certa.

— Bem, fico feliz que não tenha ido lá. Não gostaria de preocupar minha tia nem Nefru. Mas espere um minuto, quando você falou com Nefru?

— Ah, foi quando você estava fora, vendo... — Ele pareceu pensar, embora, para Aya, a impressão fosse de que estivesse fingindo pensar — ...a mãe de alguém. Era a mãe de Bayek?

— Algo assim — disse ela, na defensiva, e então passou por ele.

Bion não tinha motivos para mencionar o nome de Bayek. Nenhum, exceto talvez os próprios interesses. Aya se obrigou a continuar calma, calculando as possibilidades. Ele significava problema. Mas seria o matador?

— Preciso ir à vizinha, ver como está minha tia.

Agora ele estava de pé também, andando para o lado, quase bloqueando o caminho de Aya. Como se fosse uma coincidência.

— Acha que deve ir à casa da vizinha se não está se sentindo bem? Ouvi os médicos dizerem que os demônios da doença podem se alimentar uns dos outros.

— Tenho certeza de que ficaremos bem — disse ela com despreocupação, manobrando para passar por ele como faria diante de um desconhecido qualquer, sem se sentir ameaçada. — Preciso saber se ela está bem.

Ele demonstrou desconforto. Se ela já não estivesse atenta, teria parecido normal.

— Nesse caso, talvez eu deva ir embora.

Sim. Sim, eu prefiro que você vá embora.

— Não, não, claro que não — logo começou ela. Se ele representava um problema, se era o matador ou um de seus agentes, ela iria querer saber onde encontrá-lo. Era melhor tê-lo debaixo de seus olhos. — Fique, por favor. Sou muito grata por seu apoio quando aqueles homens tentaram me atacar, e você pode ficar pelo tempo que quiser. Agora vou ver minha tia. Levarei só um instante. Quem sabe podemos comer depois disso? Gostaria muito de saber mais a seu respeito.

Uma estranha expressão surgiu nas feições dele, uma que Aya praticamente tomaria como fruto de sua imaginação se já não procurasse por alguma pista, qualquer que fosse.

— Obrigado — foi só o que ele disse.

Aya correu atabalhoadamente à casa da tia, tomando uma golfada de ar na rua, piscando ao sol que se refletia nos paralelepípedos descorados, os olhos se voltando para o templo como que atraídos para lá. Queria muito que Bayek estivesse ali. Naquele momento, se contentaria até mesmo com a presença do pai dele. Aya virou à direita e estava prestes a entrar na casa de Nefru quando se deteve. E se a tia estivesse em perigo? Mas, daí, ele já havia falado com Nefru. Se ele era o perigo, era tarde demais para evitá-lo.

— Nefru — chamou Aya baixinho à porta —, está em casa?

A senhora apareceu.

— Você tem uma visita — disse ela sugestivamente. Aya a levou com delicadeza para dentro de casa, para longe da janela aberta e de possíveis ouvintes.

— Você falou com ele.

Nefru assentiu.

— Ora, ele me pareceu bem gentil. E você não me contou o que aconteceu com aqueles ladrões. — Ela demonstrou certa agitação, examinando Aya como se ferimentos invisíveis de repente pudessem vir à luz.

— O que ele perguntou a você? — pressionou Aya.

Nefru assentiu novamente e revirou os olhos.

— Bem, ele foi bem inquisitivo. Queria saber tudo sobre você e Bayek, sua tia, o pai de Bayek...

— Tudo, então? — interrompeu Aya.

— Ah, sim, praticamente tudo.

E você contou a ele, não foi? Aya inspirou, transformando sua frustração numa bolinha bem apertada, usando de toda sua determinação para colocar aquele sentimento de lado.

Parada ali, ela de algum modo se sentia consciente da presença de Bion, quase como se ele pudesse ouvir através das paredes, embora essa fosse uma ideia extravagante.

É claro, você contou tudo a ele. Você não sabe de nada.

Ela então foi verificar Herit por um instante, depois saiu. Assim que Aya pôs os pés fora da casa, deu com Bion na rua, acabando de sair da casa vizinha, o que lhe provocou um leve sobressalto. Ela transformou seu susto num gesto espontâneo tipicamente feminino, com a mão no coração e uma risadinha de reconhecimento.

— Olá — disse ele com um sorriso.

Quanto mais ela o olhava, mais ele lhe parecia vazio. Ele virou o queixo, olhou para além do ombro de Aya, e ela se virou para trás, vendo Nefru voltando para dentro de casa com um aceno.

— Descobriu tudo o que precisava? — perguntou ele. Seu sorriso era fixo e treinado, sem risco algum de chegar aos olhos.

— Sim, obrigada. — Ela se permitiu uma leve hesitação, a lembrança de sua ansiedade anterior surgindo com facilidade. — Se não se importa, vou me deitar mais um pouco. — Ela passou a mão na testa. — Ainda me sinto meio fraca. Talvez possamos comer alguma coisa mais tarde.

— Eu gostaria — disse ele. — Nesse meio-tempo, creio que darei um passeio pela cidade. — Ele apontou para cima. — Seus templos são renomados.

E então os dois tomaram rumos separados.

Enquanto ela se virava, ele se curvou para ela, e Aya reprimiu o impulso de se retrair.

— Você não contou a Nefru nem à sua tia que não está se sentindo bem, não é? — perguntou ele.

Ela balançou a cabeça, mas se indagou por que ele iria querer que ela guardasse segredo, e depois, ao entrar em casa, algum instinto a fez olhar pela porta de novo. Seus olhos seguiram ao ponto aonde Bion caminhava pela rua, muito embora ele não estivesse tomando o rumo do templo. Na verdade, concluiu ela, ele estava indo em direção à casa de Bayek.

65

Fiquei triste ao deixar Nehi e Ana. Bastou ficar com eles para eu me sentir protegido sob um manto, e não um manto qualquer, mas o manto de minha mãe. Acostumei-me com os ritmos noturnos do barco. Durante o dia, quando eu me sentia melhor, subia ao convés, sentava-me para ver o movimento do Nilo, desfrutando mais uma vez de todos aqueles aspectos do rio que tanto me encantaram quando pusera os olhos nele pela primeira vez tantos anos antes, um jovem inexperiente partindo numa jornada para encontrar o pai. Também consegui treinar, embora com muita sutileza, o barco se revelando um desafio interessante para meu equilíbrio. Nehi e Ana me ensinaram mais do que chegaram a perceber naqueles momentos em que a água se agitava e eu lutava para manter os pés plantados na madeira molhada.

Mas então chegou a hora e tive de me despedir. Sentiria falta deles, mas estava ansioso para seguir em frente. Despedi-me ternamente, agradeci por terem cuidado de minha saúde e lhes garanti que sempre haveria um lugar para eles em Siuá e que, ao chegarem, eles deveriam perguntar por mim, o protetor da cidade.

— E estaremos ansiosos para conhecer esta Aya de que tanto ouvimos falar — disse Ana.

— Sim. — Torci para que meu rosto não traísse meu temor de que Aya tivesse sido vitimada pelo matador.

Na primeira oportunidade, negociei um cavalo de uma caravana local, gastando a maior parte de minhas moedas restantes. Ao começar a jornada pelo deserto até Siuá, meus pensamentos se voltaram para o matador que usava o lenço de Aya. Meus pensamentos eram sombrios. Torturavam-me à noite. Será que ele matara Aya?

Em um povoado, perguntei a um mercador:

— Está aqui há muito tempo?

— Dia e noite por mais de sete verões.

— Deve ter visto muita gente passar por aqui.

— Isto eu vi.

— Viu uma menina, uma mulher? Que teria viajado por muitos dias. Tinha o cabelo em tranças, lenços amarrados no cinto, protetores de pulso, muito bonita.

— Ah, sim, vi uma moça com essa aparência. Ela comprou pão comigo.

— Por acaso ela chegou a mencionar que estaria a caminho de Siuá?

— Sim, mencionou.

O alívio me dominou e fiz menção de partir, mas algo, algum instinto, me fez voltar.

— Posso perguntar por uma segunda pessoa?

Descrevi o assassino. E então um calafrio percorreu meu corpo quando o mercador me contou que esse homem também havia passado pelo povoado, também a caminho de Siuá. No instante seguinte eu estava em meu cavalo, redobrando os esforços para chegar em casa.

66

Bion tinha voltado e agora estava sentado de pernas cruzadas numa esteira no chão, a túnica esticada pelo colo e um copo de vinho aninhado nas mãos. Ao seu lado havia um prato, com farelos de pão. Sentada de frente para ele, Aya o observava comer, atentamente, ele de cabeça abaixada, hábitos alimentares que eram, concluiu ela, resultado de uma vida inteira passada ou no exército ou como nômade. Só devido a seu treinamento com Bayek ela via os pequenos sinais de um homem contido nos movimentos, localizava os calos específicos de alguém que brandia uma espada, usava um arco.

Sabia muito pouco a respeito do forasteiro das cicatrizes no rosto que agora era seu hóspede. Ele parecia ter descoberto tudo a respeito dela, no entanto não oferecia nada em troca. Isso em si, porém, já dizia muito a Aya, que agora tinha certeza de que ele era o assassino. Esperava por Bayek, depois de tê-la encontrado.

Ela atravessou, pegou o prato dele e serviu um pouco mais de vinho em seu copo. Em seguida, arrastou uma banqueta para o outro lado da sala, a fim de impor distância entre os dois, aí sentou e estendeu a mão para o próprio vinho.

— E então — disse ela —, qual é a sua história? Por que você nunca sossegou, formou família?

Era uma pergunta típica de qualquer moça numa cidade pequena como Siuá, como se para obter assunto para fofoca. Era fácil adotar os hábitos de Nefru, esconder-se enquanto observava com atenção.

— Quem pode saber? Anos passados na Guarda Real, imagino. Quando jovem, morei e trabalhei em Alexandria, e minha função era proteger os ricos e poderosos.

Ela se empertigou com o nome da grande cidade.

— Meus pais moram lá, em Alexandria — disse ela, e deixou que a felicidade de pensar neles levasse a preocupação que escondia, uma nova camada de desorientação. — Passei meus primeiros anos lá, antes de vir morar com minha tia.

Mas você já deve saber disso, pensou ela. E, de fato, ele estava assentindo. Só que mais parecia um reconhecimento do que um gesto casual de alguém que ouve uma história pela primeira vez.

— Um dia quero voltar para lá — concluiu ela.

Ele não fez perguntas. Não insistiu no assunto.

— Ora, é algo que jamais quero fazer — disse Bion. — É uma vida que me sinto muito feliz em deixar para trás.

— Somos diferentes, eu e você — comentou ela, perguntando-se da serenidade dele, sabendo que estava cruzando uma linha tênue com seu comentário.

Ele fez que sim com a cabeça.

— Sim, de fato somos. Exceto em um aspecto importante.

— Ah, sim? — perguntou ela, cautelosa. — E que aspecto é este?

Ela não gostou do que viu nos olhos dele. Lá estava de novo. Era como se houvesse um vazio por trás. Não havia nada lá.

— Lembra-se daquele dia no poço, quando você elogiou minhas habilidades com o arco e observou que meu arco parecia novo?

— Sim.

— Eu menti quando disse que era o melhor com o arco em minha companhia.

— Entendo — disse ela. Seus olhos se voltaram rapidamente para a porta, se perguntando se precisaria fugir, se seria capaz de alcançar a soleira antes que ele a impedisse. — Creio que a pergunta a fazer seja: por que você sentiu a necessidade de mentir para mim?

Ele mordeu o lábio.

— Eu não era muito bom com o arco. Meu comandante, Raia, costumava zombar de mim por minha imperícia com esta arma.

— Você ficou envergonhado?

— Não é algo de que se orgulhar como membro dos Machairoforoi.

Aya sentiu um formigamento no ventre, ciente de que Bion já sabia que ela sabia. Agora as palavras dos dois eram como facas, e a qualquer momento o sangue poderia ser derramado ali. Entretanto, ela permaneceu quieta. Se fosse o desejo dele lhe fazer algum mal, a essa altura já teria feito.

Mas ela estivera com a razão antes. *Isca.*

— Acho que fiquei — dizia ele. — Veja bem, sou um convertido recente ao arco. Creio que por este motivo... constrangimento, vaidade... preferi manter o fato em segredo.

— Não há nenhuma vergonha nisso. — Ela ainda se perguntava aonde ele queria chegar, mas ao mesmo tempo não se importava genuinamente. Desde que ele falasse em vez de agir, que não tentasse matá-la. Desde que ele falasse, quem quer que se aproximasse poderia ouvi-lo e saber. — Ninguém, muito menos eu, julgaria você por algo tão banal. Sua presença no poço naquele dia foi muito bem-vinda.

— Você não precisava da minha ajuda. Vi que era treinada no combate. Perguntei-me então, assim como volto a me perguntar agora, onde você aprendeu tais habilidades.

— Meu... — Ela se calou. — Meu amigo Bayek queria que eu fosse capaz de me defender em minhas viagens. Foi ele que me ensinou.

— Você os manipulou de forma magnífica. E onde ele está agora, este Bayek?

— Você fez a mesma pergunta a Nefru. Sabe a resposta. Por que será que me pergunta novamente?

Ele abriu as mãos como quem não tem uma resposta firme a dar. De olhos vazios, ofereceu um leve sorriso. Um reconhecimento tácito de que um já havia adivinhado o disfarce do outro. Ela pensou ter notado um brilho de respeito ali, mas se recusava a acreditar que significasse alguma coisa. O sujeito matava porque podia. Os sentimentos dele não eram importantes. Se tivesse a oportunidade, ele mataria Bayek, depois ela mesma seria uma vítima, e em seguida provavelmente Nefru, Herit e Ahmose, a fim de amarrar as pontas soltas. Se necessário, ela manteria a conversa com ele até o fim do mundo só para evitar que tal coisa acontecesse.

— Isso que temos em comum — lembrou-lhe Aya —, você ia dizendo...?

Ele assentiu.

— Você notou, era sobre o arco que eu ia falar. Você viu que meu arco era novo. Creio que me lembro que eu a elogiei por sua observação. E isto, Aya, é o que temos em comum. Também sou observador.

Os olhos dela continuaram fixados nos dele, porém mentalmente Aya avaliava a distância até a porta. O peso da banqueta na qual ela estava sentada. Calculava a rapidez com que seria capaz de arremessá-la nele para ganhar tempo.

— Por que tenho a sensação de que isto vai chegar a algum lugar?

— Porque vai.

Ela engoliu em seco, se preparando, sentindo a sala crepitar. Escondeu o lampejo de esperança sob seu medo, deixou que este último borbulhasse um pouco mais. Ele queria conversar. E se preciso ela conversaria até o dia em que o sol parasse de nascer.

— Vamos, conte-me. Era o que você queria o tempo todo, não? Então me conte. O que tanto observou a ponto de querer partilhar o assunto comigo?

— Muito bem, então — disse ele. — Contarei.

E ele fixou os olhos nela, aqueles olhos escuros pareciam invadi-la...

67

Cavalguei — o mais rápido que já me atrevi na vida, pressionando a montaria a avançar, avançar, prometendo-lhe água, aveia e todos os prazeres equinos que seu coração desejasse caso conseguisse me levar a Siuá a tempo.

A noite caiu e ainda trovejávamos pelo caminho, homem e animal, todos os meus momentos preenchidos por um pavor mortal de que meu corcel tropeçasse, caísse e arremessasse a nós dois na terra.

Se isso acontecesse — se de fato desabássemos —, de quem seria a culpa? Seria do pobre animal, exausto e espumando pela boca, obrigado a galopar com a visão limitada de um dia moribundo, porém firme até o fim, embora seu novo dono o tratasse tão mal? Ou seria culpa de seu cavaleiro? Um homem quase impelido à loucura com uma necessidade desesperada? Um homem numa missão?

Eu sabia a resposta a essa pergunta.

E então, finalmente, o oásis iluminado pela lua em Siuá entrou em meu campo de visão e coagi minha égua a uma explosão a mais de velocidade, prometendo-lhe uma ótima recompensa e...

Ela caiu. Ou de exaustão ou por um passo em falso, as patas dianteiras vergando, mergulhou para a frente, e de súbito estávamos no chão.

Por alguns instantes fiquei ali, gemendo. Então rolei, examinei meu corpo em busca de ossos quebrados ou ferimentos que sangrassem e, para meu grande alívio, não encontrei nada. Ao meu lado a égua se levantava com dificuldade, então ficou de pé, de cabeça baixa, mas, tirando isso, felizmente estava incólume. Eu a forçara ao extremo, mas ela me recompensara trazendo-me até ali.

Estava exausta, mas agora dava para fazer o restante do caminho a pé.

— Obrigado, obrigado — falei a ela, ofegante, pegando meu alforje, retirando a espada e o arco, pendurando-os nas costas e dando início à jornada em volta do oásis. Logo acima estava a colina de Siuá, a fortaleza e os templos me encarando imperiosamente. Peguei a trilha que levava à aldeia, braços e pernas bambos, pesados, porém decididos.

Não houve tempo para refletir sobre meu retorno. Meu único pensamento estava em Aya, e foi para a casa dela que corri. Eu estava arquejante, braços e pernas mais pesados do que jamais imaginei ser possível, latejando pelas vias e ruas que eu conhecia tão bem, mas jamais havia percorrido com tanto propósito e determinação.

E então, lá estava: a casa de Herit. Eu a vira pela última vez na noite de minha partida de Siuá, e agora, ao chegar, fui arrastado de volta no tempo, apesar de não estar no clima para desfrutar o momento. Eu necessitava raciocinar, tinha de ser inteligente — não fora isso que meu pai sempre martelara em mim? Exercite a cautela. Pense. Planeje.

A fim de recuperar o fôlego, eu me recolhi para as sombras proporcionadas pelas casas do outro lado. Em silêncio, pousei o alforje, e meus olhos se voltaram para a fachada da casa de Herit. Notei que a casa ficara mais desgastada desde a última vez que a vira. Verifiquei a espada, agarrei o cabo da faca, extraindo forças de sua presença ali à minha cintura, e atravessei a rua correndo. Junto à porta, parei, escutando muito atentamente, mas o que esperava ouvir eu não sabia dizer direito. Fosse como fosse, lá dentro reinava o mais puro silêncio. Mesmo assim, a casa parecia ocupada. Tinha uma lona à porta e tapeçarias na janela. Não havia como contornar para os fundos. Eu teria de entrar pela porta da frente, quer quisesse ou não. E assim, respirando fundo, entrei.

Escuridão. Silêncio.

Na mesa, havia dois copos, os quais levantei para examinar. Tinham sido usados recentemente. Ainda estavam molhados. Ainda com vestígios de — cheirei — vinho. Seriam de Aya e a tia? Talvez Herit tivesse se recuperado? Será que o matador ainda não havia chegado? Ou ele chegara e estava ganhando tempo? E se talvez o mercador com quem falei estivesse equivocado?

Agora minha atenção se voltava aos aposentos de dormir. Eu conhecia o desenho da casa. Só havia uma área de dormir, sendo assim era provável que Aya a dividisse com a tia. Fiquei parado por um momento, tentando decidir o que fazer. Por um lado, ser apanhado espiando o aposento seria muito vergonhoso; por outro, Aya poderia estar ali, logo além daquela parede: Aya, de quem senti tanta saudade durante muitos meses. Aya, por quem meu coração ansiava.

Muito bem. Respirei fundo, olhei rapidamente pela porta e entrei.

O cômodo estava vazio.

Olhei de novo para conferir. Ainda vazio. E agora qualquer receio meu estava sendo substituído por um novo pressentimento. Aya estava aqui, entretanto não estava. Então... onde estaria?

Algo me ocorreu e corri para a rua, agora menos preocupado em manter o silêncio. Na casa ao lado, morava a melhor amiga de Herit, Nefru. Certamente ela não iria reagir caso fosse acordada, mas as circunstâncias exigiam tal comportamento. Quando estava prestes a entrar, ouvi vozes lá dentro. Vozes que reconheci: Nefru, Herit... e Aya.

E agora eu me esquecia completamente das boas maneiras e da decência. Creio que cheguei a me esquecer inclusive dos pensamentos no matador e da ideia de vingar meu pai. Na verdade, quando ouvi a voz dela, não consegui pensar em outra coisa mais. E com um grito, o nome de Aya disparando de meus lábios, entrei intempestivamente na casa de Nefru. Não, não foi a entrada mais elegante, mas eu tinha abandonado a cautela — só queria vê-la, e a visão que me recebeu foi mais preciosa para mim do que a água, a comida ou o ar. Era Aya, levantando-se da cadeira, olhos arregalados e boquiaberta, uma expressão de surpresa atroz que se transformou em outra coisa, um reflexo de meus próprios sentimentos, algo que só consigo descrever como alegria.

Eu ouvia o falatório, Nefru dizendo, "Pelos deuses, minha criança, ele veio" e Herit concordando. Mas eram apenas ruído de fundo, nem chegavam a ser uma distração, enquanto Aya e eu corríamos como a água se fechando no encalço de uma embarcação em sua passagem.

— Senti tanta saudade — dizia ela entre beijos incontidos enquanto segurava meu rosto entre as mãos, aceitando de bom grado minha retribuição.

Atrás da gente, Nefru e Herit arrulhavam, dizendo coisas como "amor juvenil" e "não é lindo?", como se fôssemos um recém-formado casal de pombinhos, crianças trocando seus primeiros beijinhos tímidos, em vez de um casal prestes a se tornar marido e mulher, cuja separação, agora eu percebia, fora como uma pequena morte.

— Pensei que nunca mais veria você — sussurrei.

Aquele sorriso meio sarcástico que eu conhecia tão bem estava de volta.

— Rabiah me disse que sem dúvida eu veria você de novo — contou ela.

— Queria poder dizer o mesmo a seu respeito — respondi. — Tive medo que estivesse morta.

Ela balançou a cabeça, um estranho alívio tingindo sua voz.

— Não, estou bem. Onde está seu pai?

Ter de dar a notícia da morte de meu pai me trouxe uma dor renovada e penetrante.

— Ele nos encontrou, Aya. O homem que esteve nos caçando por todos aqueles anos. Ele nos encontrou e atacou.

— Sabu está morto? — indagou ela, empalidecendo. — Bayek, eu sinto muito.

Segurei-a pelos ombros.

— Ele está aqui?

Aya ficou petrificada. Cerrou as mãos, assumindo inconscientemente uma postura que ambos aprendemos durante meu treinamento. Preparada para a batalha. E eu entendi.

— Sim — respondeu ela em voz baixa.

De trás dela, Nefru se intrometeu.

— O homem de que está falando, Bayek. Ele é perigoso, não é?

Não desviei meu olhar de Aya.

— Perigoso de um jeito que você jamais acreditaria, Nefru... Ele é perigoso e pretende matar a mim e a todos os meus parentes. Se ele está aqui, devo saber imediatamente onde encontrá-lo.

Mas a expressão de Aya me dizia tudo o que eu precisava saber. Nefru sequer precisou dar continuidade ao assunto.

— Como ele é, este homem? — perguntou a Nefru enquanto Aya balançava a cabeça lentamente.

Ele estava ali. E a noção disso pairava naquela sala como se o assassino estivesse presente em carne e osso. No fim, foi preciso apenas uma palavra minha — "cicatrizes" — para que as senhoras empalidecessem em choque.

— Ele está na casa ao lado — disse a tia de Aya. — Seu nome é Bion.

Por um momento de loucura pensei em perguntar a Aya se ela estava bem — embora parecesse ótima — ou se havia acontecido mais alguma coisa. Mas, não. Parecia, pelo menos exteriormente, que ela estava incólume. Ele não tocara nela. Esperava por mim. Eu era a verdadeira presa.

— Onde ele está agora? Não está lá.

— Não sei — começou Aya. — Eu não... Bayek, acho que ele pode ter...

Mas eu pensava. *A linhagem sanguínea.*

— Minha mãe — falei de repente, soltando Aya. Entendendo tardiamente por que ela vinha se preparando para o combate na casa da tia. — Pelos deuses, minha mãe.

E no instante seguinte, eu estava correndo pela rua com Aya bem atrás de mim.

— Bayek, pare! — chamou. — Ele não a mataria sem você lá!

— Precisamos correr — gritei para ela, ainda em disparada.

— Sei disso — disse ela —, mas ele não me matou, pois você não estava lá, disse que ia esperar. — Quase tropecei ao ouvir isso, o que lhe deu a chance de me alcançar. — E você não vai pegá-lo sozinho.

Vi rostos aparecendo nas janelas e portas das casas ao redor, mas não tinha nem tempo nem pretendia falar mais baixo por isso.

— Você não conhece esse homem como eu — falei.

— Você ficaria surpreso.

— Ele adquiriu...

— Habilidades no arco, eu sei. Eu lhe disse que conversei com ele.

Isso me deixou perplexo mais uma vez. Mas ela havia me contado. E aproveitou a pausa para insistir:

— Eu vou com você.

E é claro que Aya tinha razão. Agora o restante não importava. Meu pai e eu, dois Medjay, tínhamos nos saído um tanto mal contra esse tal Bion. Em toda a Siuá, só uma pessoa havia treinado tanto quanto eu ao longo dos anos: Aya. Não tínhamos nenhum plano, mas juntos, bastaríamos. De súbito ficou claro — a própria ideia de partir sem ela era ridícula.

O momento foi transmitido entre nós. Corremos lado a lado, e, apesar da situação, ela sorria. Sabia que eu tinha tomado a decisão certa.

— Espere aí — ordenou ela, e entrou correndo em sua casa. Um segundo depois voltava a se juntar a mim, só que agora trazia sua espada e fechava os protetores de pulso enquanto subíamos pela aldeia em direção à minha casa.

Durante todos aqueles anos, desejei rever minha mãe, e agora era eu que estava levando a morte à porta dela. Se eu tivesse chegado atrasado, será que um dia poderia me perdoar? Já sabia a resposta a esta pergunta quando Aya e eu paramos pertinho de minha antiga casa. O imóvel parecia lançar sua sombra sobre mim mais uma vez. A verdade era que eu sempre achara o lar de minha família hostil, talvez pelo simples motivo de abrigar meu pai. No entanto, ainda era meu lar; era onde eu morava. Agora as coisas estavam diferentes. Enquanto Aya e eu parávamos e nos olhávamos, ambos nos perguntando o que iria acontecer, o lugar me parecia muito menos um lar e mais um campo de batalha.

Durante os anos que passamos juntos, treinando um ao outro, Aya e eu desenvolvêramos um vínculo silencioso que agora era colocado em prática enquanto eu gesticulava pedindo silêncio e depois sinalizava para ela dar a volta pelos fundos da casa. Nesse meio-tempo, fui à porta da frente, meu coração aos saltos.

Nossa porta era mais sólida do que qualquer outra coisa nas casas da aldeia. Empurrei muito levemente, lembrando-me, pelas várias escapadas juvenis, que ela rangia, mas incapaz de fazer grande coisa a respeito. Agora o tempo era essencial. Se Bion estava ali, porque ele estaria zanzando? A verdade era que eu precisava entrar e tinha de fazê-lo naquele instante.

Estaria eu entrando despreparado, como meu pai sempre me mandara não fazer? Bem provável, embora dessa vez eu não estivesse sozinho. Dessa vez eu tinha Aya comigo.

68

Imagino que uma pequena parte de mim tinha esperanças de mais uma vez encontrar um lugar vazio, como ocorrera na casa de Herit. Sim, eu queria confrontar e deter o matador, porém mais, muito mais do que isso, queria que minha mãe estivesse bem.

Minha velha casa estava do jeitinho que eu me lembrava — como sempre fora. O que eu esperava ver, não sei, mas a visão que me recebeu foi ele — Bion. Bem diante de mim, o cavaleiro, o arqueiro, o espadachim, o homem que havia matado meu pai e que recebera como missão pessoal fazer o mesmo comigo.

Só que agora eu estava encarando um atacante muito diferente. Da última vez em que o vi, ele cravava a espada em meu pai, encharcado de sangue e ferido, porém vitorioso, e por este motivo compunha uma figura gigantesca.

Agora, no entanto, não poderia estar mais distinto.

Estava sentado numa banqueta. Tinha os joelhos separados e parecia olhar para o próprio colo. Pelo menos, foi o que pensei de início, até que vi o pedaço de metal em sua mão. Era uma lâmina, das pequenas. Uma adaga. A espada, levava pendurada no cinto — já a minha estava na mão —, mas mesmo com a preocupação por minha mãe me impedindo de correr para aproveitar uma possível vantagem, olhei pela sala atentamente, verificando se ela não estaria ali.

Ele estava ciente de minha presença. Como poderia não estar? Percebi a sala vazia, exceto por nós dois, e cada ruído no espaço vazio parecia um vaso se espatifando no chão. Ainda assim, houve pouca mudança em seu comportamento, e ele não mostrou ter percebido minha chegada. Lá estavam apenas ele, a banqueta, a lâmina e, em mim, um senso crescente de fúria vingativa — a noção de que eu estava ali para consertar o erro cometido às margens do rio Nilo.

E agora ele levantava a cabeça e encontrava meu olhar.

— Olá, Medjay — falou em voz baixa.

Houve um caráter decisivo em sua saudação que não me deixou qualquer dúvida de como as coisas iriam se desenrolar.

E eu entendi. Era chegada a hora.

Avancei, atravessando a sala em duas passadas rápidas e dando um golpe com a espada de baixo para cima, na esperança de pegar seu lado esquerdo desprotegido. Mas ele previu, já havia se levantado e sacado sua lâmina num movimento de fluidez impossível que desmentia seu aparente estado de espírito.

Nossas espadas se chocaram uma, duas vezes, depois dei um passo para trás e arrumei minha postura, vendo que ele fazia o mesmo.

Pai, espero que agora esteja com os deuses e olhando por mim. Você e Tuta. Aconteça o que acontecer agora, quero que saiba que faço o que faço pelo senhor, pelos Medjay e por minha família. E, se isto resultar em minha morte, pelo menos morrerei aqui, em minha casa, defendendo meus entes queridos.

Mãe. Meus pensamentos se voltaram para ela. Como que em resposta, Aya apareceu à soleira atrás de Bion.

— Ela está bem, Bayek, está viva — exclamou. E havia lágrimas de alívio em seus olhos.

O assassino da Ordem olhou de mim para Aya, e... foi minha imaginação ou, ao pousar nela, seu olhar se abrandou... se abrandou e depois ganhou uma camada a mais de emoção? De algum modo, senti algo distinto nele dessa vez. Ele estava tão implacável quanto antes, mas de algum modo diferente.

Aya tinha a espada na mão. Quando Bion ajeitou sua posição para enfrentá-la, notei uma leve dificuldade em seu movimento. Perguntei-me: seria devido ao ferimento que lhe infligi durante a batalha no Nilo? Será que o matador que enfrentava agora era uma presença reduzida e menos eficaz do que fora naquele dia?

Captei o olhar de Aya, fiz um sinal batendo em meu lado e de imediato soube que ela tinha entendido.

Bion avistou o movimento e também compreendeu, estendendo a mão da adaga para manter aquele lado protegido. Ao mesmo tempo,

Aya andava de lado, aproximando-se dele, fora seu campo de visão. Ela assentiu rapidamente para mim e, juntos, atacamos em uníssono.

Nossas espadas se encontraram. A batalha começou.

Não desperdiçamos energia conversando com ele ou fazendo provocações. Por instinto, sabíamos que não faria sentido. Em vez disso, partimos sem dó, com um acordo silencioso para que o irritássemos, espicaçássemos constantemente, um golpe de cada vez, cansando-o até enfim encontrarmos seu ponto fraco, para só então atacarmos fatal mente, uma serpente de duas cabeças.

Mas ele era veloz e muito habilidoso. A ponta de sua espada encontrou meu ombro. Senti o sangue quente escorrendo pelo braço, mas felizmente nenhuma dor — ainda não —, e rapidamente reagi tirando meu primeiro sangue, na lateral de seu corpo, pouco acima de onde eu o havia golpeado com a faca no rio. Ele recuou, e Aya o acertou na coxa. Mais sangue escorria por sua perna no chão de pedra. Notei que ele torcia um pouco o pé sempre que ajeitava a postura, buscando apoio. Ele era bom, muito bom.

Mas nós também éramos. E éramos dois. E, embora seus golpes de espada fossem fortes, tais como eu me lembrava, eu me senti mais capaz de apará-los.

— Você melhorou — disse ele por fim, depois de alguns momentos de batalha.

— Luto com o coração. Luto para vingar a morte de meu pai.

Mas nesse momento algo aconteceu e praguejei por dentro. Minha mãe apareceu à porta do quarto e vi que cobriu a boca para conter um arquejar. Não era assim que eu imaginava dar aquela notícia.

— E para vingar seu credo. Não é verdade, Medjay? — provocou o assassino. Com frieza e despreocupação. O que quer que eu tivesse visto ali antes tinha desaparecido.

— Isto também. Sim. Isto também.

Um choque, depois outro. Metal encontrando metal, uma dança constante e interminável pela sala, as túnicas encharcadas de sangue, o piso escorregadio.

— E se você conseguir... se vingar seu pai, o que vai ser? — perguntou o assassino. Ele formou as palavras em torno de sua respiração entrecortada e, embora mantivesse um ar implacável, eu sentia que estava se cansando. — Haverá mortes e mais mortes. Um dia você estará tão cansado quanto eu agora. Um dia sentirá náuseas só de ver o próprio reflexo. É o que os outros sentem, pelo que me disseram.

— A diferença é que você mata por matar — falei. — Desejo ajudar a construir um Egito melhor. — As palavras pareciam corretas. Sólidas.

Seu sorriso foi repentino — torto e sarcástico.

— O problema de todos vocês, A Ordem e os Medjay, é que vocês *todos* pensam estar ajudando a construir um Egito melhor. Todos pensam que seu jeito é o único. E enquanto ficam tão ocupados tendo razão, os cadáveres se acumulam.

— Largue a espada e acabe com tudo isso, então, mercenário. Prometo lhe dar um fim rápido.

Outro choque, metal contra metal. Nós dois tentávamos encontrar um jeito de passar pelas defesas do outro. Aya atacava também. Ela acertou dois golpes rápidos, ganhando um olhar feio de Bion, e conseguiu se esquivar de um golpe bem a tempo. Voltei a atacar, e assim continuou.

— Não posso fazer isso, Medjay. Por mais que eu quisesse — disse ele.

— Você precisa acabar com a linhagem sanguínea, não é isso?

Bion assentiu.

— Todos nesta sala devem morrer.

— Não Aya — falei.

— Até Aya.

— Por quê? — perguntei. — Ela não partilha da linhagem sanguínea.

Bion a olhou — e foi com ela que ele falou.

— Você não sabe?

Os olhos dela voaram para mim, e fiquei inquieto. *O que ele quis dizer?* Medo se contorceu em minha barriga.

Não perca a concentração, pensei. *É isso o que ele quer.* E por um momento a batalha teve uma pausa, nós três nos rondando. Para além do ombro do matador, vi a figura de minha mãe ainda à soleira, mas me recusei a deixar que sua presença me distraísse.

— Você sabe o que ele quis dizer? — perguntei a Aya sem tirar os olhos de Bion, a espada em riste.

— Não deixe que ele desvie sua atenção da luta — disse ela. Havia recuperado a compostura, decifrando a tática dele.

— Não deixarei.

— É simplesmente uma questão de oportunidade, nada que eu estivesse tentando evitar — garantiu ela. — Não estou escondendo nada de você, Bayek.

— Ela carrega um filho seu, Medjay — disse Bion, então deu um salto para mim.

É bem verdade que suas palavras surtiram efeito, atingindo-me como um murro na barriga. Ouvi Aya arfar ao fundo. Mas mesmo assim consegui repelir Bion, e qualquer vantagem que ele tivesse esperado ganhar foi perdida quando mais uma vez voltamos a nossas posições. Permiti-me abrir um sorriso, sabendo que eu agora levava a melhor. Deveria eu ficar enfraquecido por uma declaração de que Aya trazia um filho meu? Será que ele esperava me pegar desprevenido?

Seja como for, sua estratégia foi um fracasso. Bem ao contrário: eu me senti mais forte, mais confiante. Esperançoso. Com esperanças de que ele tivesse razão. Que, mesmo que agora fosse apenas um artifício dele, esperava que mais tarde viesse a se tornar verdade. Eu estava lutando por mais do que os Medjay e meu pai; parti para Bion com ainda mais ferocidade, e Aya fez o mesmo.

E tal como eu tinha visto a derrota iminente de meu pai às margens do rio, eu via a mesma coisa agora em Bion. Sua defesa estava mais desesperada, os movimentos, menos disciplinados. Seu rosto empalidecia, e a testa brilhava de suor. Ele calculara mal. O que ele sempre vira como um ponto fraco era na verdade uma força.

Mas ele era um soldado, um guerreiro, um matador com uma missão. A derrota simplesmente não fazia parte de seus planos. E isso o tornava perigoso.

Como que dando forma a meus pensamentos, ele agiu. Aya tinha se aproximado demais, encorajada, talvez, pelo modo como via a luta se desenrolar, e assim Bion deu uma finta, mergulhando sobre ela, agarrando-a e puxando-a.

E, com este único movimento, ele virou a batalha. Agora tinha Aya como refém, a faca em seu pescoço. A vantagem era toda dele.

69

Fiquei petrificado. Ouvi a palavra *"Não!"* e percebi que tinha sido dita por mim. Aya estava tensa, de queixo erguido, a lâmina voltada para sua nuca. Ela estava virando a espada lentamente — eu conhecia o golpe que ela cogitava dar, e o gelo foi abrindo caminho lentamente pela minha coluna. Se ela conseguisse atravessar a espada pelos dois, no ângulo certo, poderia sobreviver. Ou não. Acima do ombro dela, os olhos de Bion me fitavam e eram frios, impiedosos e falavam de dor e angústia sem fim, provocadas e recebidas. Os dela falavam de amor e determinação. E, embora não quisesse fazer isso, ela faria.

Vi o braço dele tenso, prestes a correr a lâmina pelo pescoço de Aya. A espada dela se virou ainda mais, perigosamente pronta. Minha mão foi à faca no que eu já sabia ser um movimento inútil, então...

Bion arregalou os olhos e abriu a boca. A mão que segurava a espada relaxou, e no instante seguinte a lâmina tilintou na pedra. A de Aya se juntou a ele um instante depois. Corri para tomá-la nos braços enquanto o matador cambaleava, enquanto Aya ofegava, virando-se para olhar para trás. Vi a faca enterrada nas costas dele — e minha mãe parada atrás, de braço ainda erguido.

— Diga a meu marido que eu enviei você — disse ela a Bion, olhando-o vingativamente enquanto ele caía de joelhos, depois tombava de lado, até cair no piso, soltando um suspiro que reconheci como um prelúdio da morte.

A sala se aquietou, o perigo parecendo enfim se dissipar. A fúria de minha mãe ardia, feroz e brilhante, e me lembrei da noite em que ela matara os homens de Menna. Defendendo sua família. Por um momento, parecia inacreditável que a batalha tivesse acabado, mas tinha: nosso inimigo jazia derrotado aos nossos pés. Suas botas tremelicavam, débeis. Palavras se formavam. Vi que ele me suplicava com os olhos e peguei minha adaga, prestes a ir até ele.

— Cuidado, Bayek — alertou Aya, e eu assenti, aproximando-me de Bion com cautela e então me ajoelhando. Aya veio comigo e nos agachamos junto dele, vendo que o fim era iminente. Em seus olhos estava a aceitação da derrota, talvez até mesmo o alívio por tudo ter chegado ao fim. Uma estranha curiosidade, como se ele estivesse se perguntando o que iria acontecer. Pouco antes de ele falecer, porém, vieram algumas palavras finais para mim, os dedos me puxando para bem perto. Aproximei-me, com a faca a postos. Ele não seria tolo de tentar nada agora, não?

— Meus parabéns, Medjay — falou, ofegante.

— Haverá mais assassinos?

O sangue agora fluía livremente de sua boca. Cada palavra era uma missão.

— O nome de meu empregador é Raia. Você o encontrará em Alexandria. Ele esteve usando sua caçada aos Medjay... esteve usando a mim... como um meio de aumentar sua posição na Ordem. Somente Raia sabe de minha existência. Os pergaminhos que alertaram A Ordem para os planos de seu credo foram descobertos pelo mestre dele, e Raia o matou. Faça o que quiser com esta informação.

— Ele sabe onde estou? — perguntei.

Os olhos de Bion se voltaram para Aya, ajoelhada ao meu lado, depois retornaram a mim. Ele abriu a boca outra vez e me perguntei se estaria prestes a se desculpar pela infelicidade que criara, mas aí percebi que não, aquilo não era da natureza dele. Sua natureza era matar e morrer, levar os demônios que o assombravam para o além.

E foi o que ele fez. Bion, o assassino que nos perseguira por tantos anos, fechou os olhos, soltou seu último suspiro, e uma grande paz caiu sobre todos nós.

Levantei-me, sabendo que tinha cumprido meu primeiro dever, não só como protetor de Siuá, mas como um Medjay.

Epílogo

Apesar de tudo que eu um dia dissera e prometera a mim mesmo, alguns meses depois me vi em Alexandria, diante da casa de um homem que eu conhecia apenas como Raia, um nome que me fora entregue pelos lábios de um assassino moribundo enviado para me matar e também aniquilar minha mãe, minha futura esposa e o filho que ela carregava.

Aya e eu estávamos casados, e nosso filho era um lindo menino que batizáramos de Khemu. Nefru ficara infinitamente satisfeita por ter adivinhado a condição de Aya antes de todos nós, citando a vertigem e sua reação ao cheiro das ervas curativas do médico. E felizmente fora adequadamente contrita para não revelar a notícia a metade de Siuá e ao nosso pretenso matador antes de pensar em falar com a própria Aya. Não se passava um dia sem que nos víssemos maravilhados com Khemu: as mãozinhas que se estendiam para segurar nossos rostos. Tanto amor, incondicional, descomplicado. Ele gostava de segurar meu nariz, puxando-me para ganhar beijos e carinho. Nestas ocasiões, eu olhava meu filho e me perguntava se meu pai tinha feito o mesmo comigo. Sabia que ele me olhara e que seu desejo era me proteger do mundo. Agora eu entendia muito mais.

E assim, minha vida em Siuá recomeçou. Agora eu era o protetor da cidade. É claro que sabia que Aya não tinha abandonado seus sonhos de um dia voltar a Alexandria, mas ela decidira não me acompanhar quando eu partira de Siuá três semanas antes. A viagem seguinte, faríamos por ela. Aya queria encontrar seus pais, apresentar Khemu e também me apresentar a eles. Creio, talvez, que eu até estivesse começando a ansiar por isso.

Demorou algum tempo, mas encontrei Raia. Pelo menos, sua casa. Ali, assumi posição nos arbustos do outro lado. Era uma propriedade luxuosa e bem-equipada, e me deitei para esperar, sabendo que quando o visse, teria de decidir: ou eu o mataria prontamente, ou passaria o restante de minha vida preocupado, perguntando-me se ele mandaria mais assassinos atrás de mim e de Aya e, agora, de nosso filho.

Na realidade, não havia o que decidir.

Esperei durante horas até que, enfim, ele apareceu. Elegantemente vestido, como imaginei que estaria, liderando uma pequena procissão, com uma mulher que tomei por sua esposa e as duas filhas.

Tinham mais ou menos a idade que Aya e eu tínhamos quando partimos de Siuá pela primeira vez todos aqueles anos antes. Vi os quatro se aproximarem da frente da casa e fiquei admirando a família dele, ganhando tempo. A noite cairia em breve. A escuridão ocultaria minha abordagem. E as pessoas só ficariam sabendo do ocorrido no momento em que o amanhecer trouxesse o despertar. Eu havia tomado minha decisão.

Minha família, e todo o Egito, continuariam a salvo.

Este livro foi composto na tipologia Minion Pro,
em corpo 11,5/15,55, e impresso em papel offwhite,
no Sistema Cameron da Divisão Gráfica
da Distribuidora Record.